제국의 탄생 1권

제국의 탄생 1

초판1쇄 발행 | 2015년 12월 4일
초판1쇄 발행 | 2015년 12월 10일

지은이 | 이원호
펴낸이 | 박연
펴낸곳 | 한결미디어

등록일자 | 2006년 7월 24일
등록번호 | 제313-2006-000152호
주소 | 서울시 마포구 모래내로 83 한올빌딩 6층
전화번호 | 02 · 704 · 3331
팩스번호 | 02 · 704 · 3330
ISBN 979-11-5916-014-1 04810
ISBN 979-11-5916-013-4 (세트)

Birth of an Empire

제국의 탄생

1 한(恨)을 태우다

이원호 지음

한결미디어

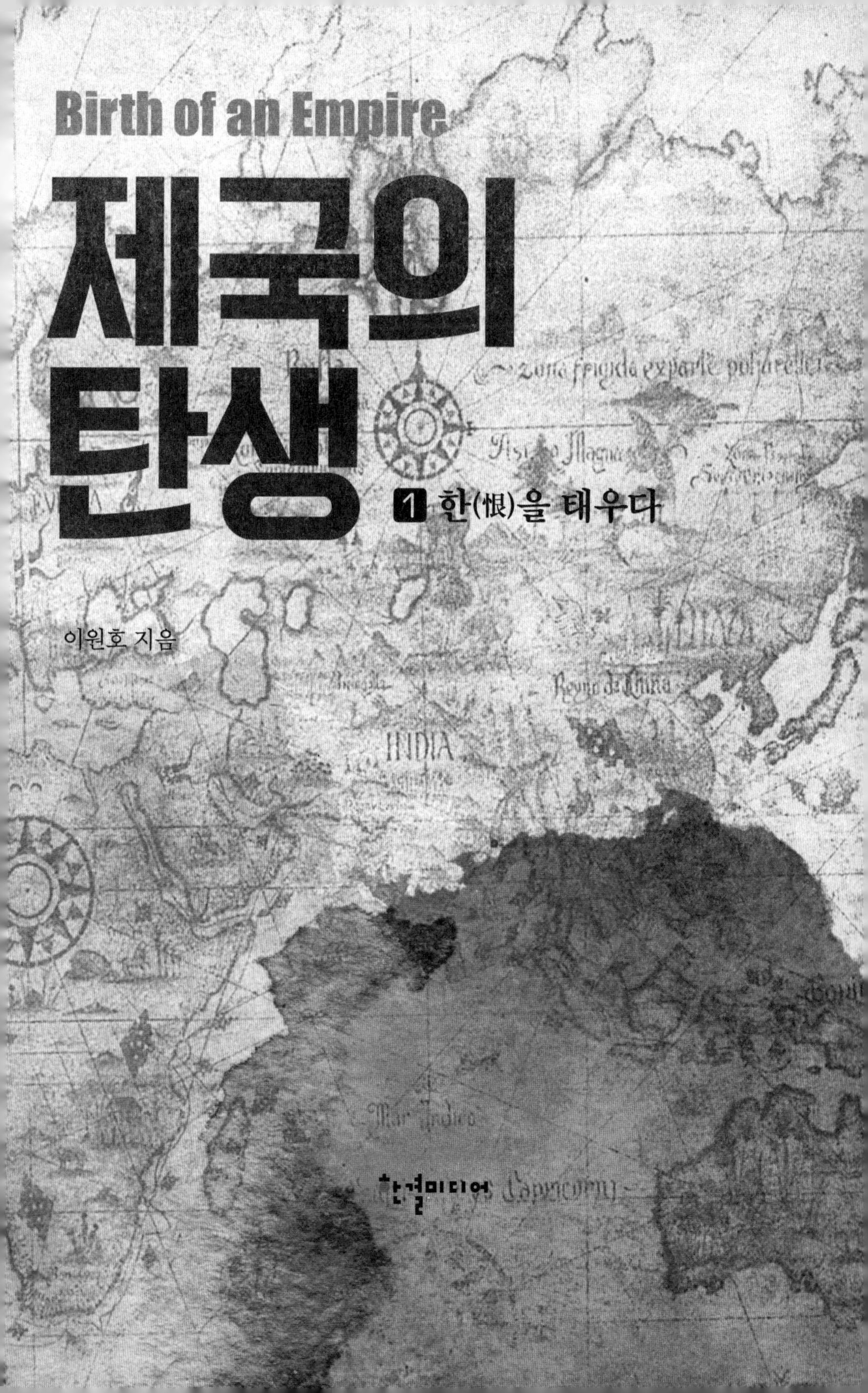

저자의 말

『제국의 탄생』은 4년 동안 '북큐브'에 연재되고 있는 '냉혈자' 4부입니다.

고려 무신 정권 시대와 몽골제국이 징기스 칸을 거쳐 오고데이, 구유크, 몽케, 쿠빌라이로 이어지는 격변기가 배경입니다.

고려아(兒) 김산이 7살 때 몽골군에 포로가 되어 중국 대륙에 끌려간 후에 몽케 칸의 심복이 되어 서역 정벌을 이루는 「역사 무협」입니다.

『고려혼』(전3권), 『냉혈자』(전2권), 『영웅전설』(전2권)에 이어지는 소설이지만 주인공 김산의 행적이 각 장마다 변화가 있는 터라 개별적으로 읽으셔도 '재미'를 느끼실 수 있을 것입니다.

스마트폰 전성시대여서 종이책보다 전자책, 짧은 문장의 스마트폰 소설과 만화가 대세인 시대입니다. 독자가 있어야 책이 존재할 수 있는 것이며 가르치려고 드는 자세는 독자의 다양하고 빠른 욕구를 채워드릴 수 없습니다.

『제국의 탄생』은 주인공 '김산'이 몽케 칸의 신임을 받아 제국의 '북부총독'에 임명되고 부모형제를 죽인 '구타이'를 찾아 원한을 푸는 장면이 나옵니다.

그리고 서역원정군 총사령이 되어서 대군을 거느리고 서역정벌에 나섭니다. 그곳에서 '고려'라는 이름의 대제국을 건설할 야망을 키웁니다. 새로운 제국을 건설하는 것입니다.

꿈은 하루아침에 난데없이 찾아오는 것이 아닙니다. 꿈의 성취는 꿈을 꾸는 사람들의 몫입니다. 저는 제 소설이 독자 여러분께 꿈의 일부분을 제공해드린다는 희망을 품고 있습니다.

재미있게 읽으시고 멋진 꿈을 키우시기 바랍니다.

2015년 12월 5일 이원호

목차

대마도 수호신

불화살이 날아오기 시작했을 때 마쓰우라의 대장선은 오히려 옆구리를 받혀 항구 쪽으로 밀려가는 중이었다. 조타수가 기를 쓰고 방향을 틀었지만 뒤쪽 배가 또 연달아서 받는 바람에 마쓰우라의 배가 뒤엉켜버렸다.

"불! 불을 꺼라!"

이쪽저쪽에서 외침이 일어났고 고수가 북 신호를 한다는 것이 당황해서 진격하라는 북을 쳤다. 배끼리 부딪는 소리가 요란하게 울렸다.

"이런 빌어먹을!"

이제는 화살이 날아와 허둥대는 부하 하나의 등판에 꽂혔으므로 요시다가 발을 굴렀다.

"저놈한테 소리쳐라! 우린 적이 아니라고!"

그 순간 날아온 불화살이 갑판에 불덩이를 퍼뜨렸다. 화살에 기름 주머니가 묶여 있었기 때문이다.

"돌렸다! 어서 빠져나가자!"

신따로의 외침이 아우성 속에 섞여 들렸다. 배들은 항구 50여 보 근처에서 겨우 정지한 상태였으니 불화살은 더 소나기처럼 쏟아졌다. 그때서야 배가 돌려졌지만 늦은 것 같다. 사방이 불바다가 되어 있는 것이다.

"노를 저어라!"

기둥 뒤에 숨어 화살을 피하면서 요시다가 악을 썼다. 불덩이가 된 배가 이제는 포구 밖으로 빠져나가기 시작한다. 앞쪽에는 10여 척의 지쿠젠, 나가토 함선이 황급히 도망치는 중이었는데 서너 척만 연기를 뿜고 있을 뿐 피해는 적다.

"대장, 세 척이 불에 타서 따라오지 못합니다."

신따로가 분한 표정으로 소리쳤다. 나머지 배도 제각기 크고 작은 화공 피해를 입었다. 대장선까지 지금 불길에 싸여 있는 것이다. 그때였다. 앞장서서 도망치던 지쿠젠의 전함 위에서 불비가 쏟아졌다.

"아앗!"

놀란 외침이 요시다의 주변에서 터졌다. 포구 끝 쪽의 가네산에서 불비가 쏟아진다. 불화살이 그렇게 보이는 것이다. 요시다가 보는 순간에 배 두 척이 금방 불길에 휩싸였다. 그만큼 가까운 데다 위에서 쏘아대기 때문이다. 1백여 보밖에 되지 않는 거리인 것이다. 위에서 내려다보고 쏘는 터라 피할 수도 없다.

"아아앗!"

근처에서 비명이 들린 것은 이쪽에도 불화살이 날아오기 시작했기 때문이다.

"이런, 개새끼들."

요시다가 이를 갈았지만 어쩔 수가 없다. 돌아갈 수도 없고 이제는 빠져나갈 수도 없는 것이다.

다시 이끼섬으로 마쓰우라, 지쿠젠 등의 참상이 전해진 것은 그날 신시(오후 4시) 무렵이었다. 가이구치 포구 안으로 들어갔던 20여 척의 각 영주 소속 전함들은 단 한 척도 빠져나오지 못하고 히젠 해적들의 공격을 받아 불에 타 침몰했다. 뭍으로 헤엄쳐 나온 자들도 남김없이 도륙되었는데 히젠 해적들이 복수를 한 것이다. 그러나 포구 안으로 들어가지 못한 이쪽 배가 서너 척 있었는데 그들은 빠짐없이 그 참상을 보았다. 히젠의 배가 한 척도 남아 있지 않았으므로 그들을 쫓지 못했기 때문에 가네산 근처까지 다가가 안을 들여다보고 돌아온 것이다.

"히젠 놈들이 우리를 원수로 여기는 것 같네."

이제는 좌장이 된 지쿠젠의 감독관 사다모리가 말했다. 하로항의 지쿠젠 본거지인 저택 안이다. 청에는 나가토의 대장인 혼다, 마쓰우라의 부장(副將) 다카하시가 앉아 있었는데 무거운 분위기다. 사다모리가 말을 이었다.

"정탐선의 보고에 의하면 가이구치에는 배가 대부분 다 타서 더 이상 히젠 수군 깃발을 달고 바다로 나갈 수는 없게 되었지만 살아남은 병력이 3, 4백 명 있다는군."

"도대체 누가 그렇게 했을까요?"

다카하시가 말을 잘랐다.

"우린 아닙니다. 그런데 히젠 놈들은 우리가 그랬다고 믿는 것 같습니다."

"그럼 우리란 말인가?"

사다모리가 되물었고 혼다는 쓴웃음만 지었다. 그때 사다모리의 부장 스즈끼가 말했다.

"가이구치에 남은 히젠 잔당이 위험합니다. 그놈들이 쓰시마에 남아 있을 리가 없습니다."

"그럼 어떻게 하자는 건가?"

혼다가 스즈끼를 흘겨보았다.

"나도 이번에 그놈들한테 배 4척을 잃었어. 그 개자식들이 도와주러 간 우리 배에 불화살을 쏘았단 말이야. 가이구치는 쳐다보기도 싫어."

그것은 지쿠젠도 마찬가지다. 배 5척에 졸개 2백여 명을 잃은 것이다. 잠자코 앉아 있는 마쓰우라군 다카하시의 얼굴이 일그러졌다. 마쓰우라는 대장 요시다 이하 부장 신따로, 그리고 9척의 전함을 잃은 것이다. 배에 탔던 3백여 명의 졸개도 몰사했다. 그때 사다모리가 말했다.

"놔두면 그놈들은 쓰시마 밖으로 나갈 수가 없어. 내버려두자고. 우리가 구태여 쓰시마에 갈 필요는 없네."

사다모리가 번들거리는 눈으로 무장들을 둘러보았다.

"쓰시마에는 그놈들을 태우고 나갈 배가 없네. 답답한 놈들이 주민을 약탈하고 살겠지만 그러다가 죽거나 농민이 되겠지. 그때까지 놔두세."

해시(오후 10시)가 되었을 때 지쿠젠의 감독관 사다모리는 술상을 밀고 자리에서 일어섰다. 술기운이 번진 얼굴은 상기되었고 얼굴에는 웃음이 떠올라 있다.

“마쓰우라 측에서는 펄쩍 뛰지만 히젠과 마쓰우라의 싸움이 되었어. 어쨌든 이번 싸움으로 양측 대장이 죽었으니 서로 비긴 셈인가?”

“그런 셈이지요.”

스즈끼의 얼굴에도 웃음이 배어났다.

“마쓰우라 측에서 가이구치에 배를 한두 척 보내 불을 질렀을 가능성이 가장 큽니다. 그것이 마침 서풍을 타고 대화재가 된 것이지요.”

“삼국지의 적벽대전이 따로 없군. 장관이었겠는데 그 구경을 못해서 아쉽다.”

“어쨌든 히젠, 마쓰우라가 제각기 치명상을 입었으니 이번 고려 원정에는 우리가 가장 득을 보겠습니다.”

둘은 복도를 걸어 내실 입구에서 멈춰 섰다. 사다모리가 머리를 돌려 스즈끼를 보았다.

“우리가 히젠의 진로를 그대로 훑고 가기로 하지.”

“저도 그럴 생각이었습니다.”

스즈끼가 얼굴을 활짝 펴고 웃었다. 히젠의 진로란 고려 땅 진격로를 말한다. 히젠은 가장 막강한 세력이었으므로 고려 땅의 요지만 통과하는 것이다. 요지란 가장 재물이 풍부한 지역이다. 그리고 나머지 영주의 해적단은 세력 순으로 고려 땅 진격로를 배당받는 것이다.

스즈끼가 머리를 들었을 때다. 앞에 선 사다모리의 얼굴이 굳어져 있었으므로 주춤한 스즈끼의 시선이 옮겨졌다. 사다모리의 시선이 뒤쪽으로 향해 있었기 때문이다.

“아앗!”

그때 외침은 사다모리의 입에서 터졌다. 스즈끼의 뒤쪽에서 나타난 괴한이 칼을 휘둘렀기 때문이다. 머리통이 떨어진 스즈끼가 휘청거렸지만 쓰러지지는 않았다. 대신 베여진 목에서 피가 온천수가 뿜어져 오르는 것처럼 치솟았다.

"여봐라!"

사다모리가 소리쳤지만 말을 맺기도 전에 다시 칼날이 날아왔다. 비무장인 데다 예상 밖의 상황이다. 검술에도 자신이 있었던 사다모리는 손을 들어 막는 시늉을 했다가 머리통과 팔목까지 같이 절단되었다. 땅바닥에 떨어진 머리통의 두 눈이 놀란 듯 치켜떠졌고 그동안 비틀거리던 두 머리 없는 몸통이 엉키더니 함께 쓰러졌다.

자시(밤 12시)가 조금 지났을 때 나가토의 대장 혼다는 눈을 떴다. 주위는 조용했지만 섬뜩한 살기가 느껴졌다. 40대 중반의 혼다는 검술의 달인이다. 무심검류를 20여 년 연마한 터라 한때는 나가토 영주의 검술 사범도 맡은 적이 있다.

"누구냐?"

숨을 죽인 혼다가 누운 채로 낮게 물었다. 머리맡의 검걸이에 검을 걸쳐 놓았지만 손을 뻗을 상황이 아니라는 것을 알고 있는 것이다. 무거운 살기가 머리맡을 가로막고 있는 것 같다. 손을 뻗으면 당한다. 그때 눈앞에 검은 물체가 다가왔다. 방안의 불은 꺼놓아서 어둠에 덮여 있었지만 형체는 선명했다. 장신이다. 이렇게 큰 체격은 드물다.

"나를 베러 왔느냐?"

다시 혼다가 물었을 때 사내가 다시 한 걸음 다가와 섰다. 거리는 두 발짝, 사내가 허리에 찬 칼을 빼면 닿는다. 그때 혼다는 사내의 의도를 알았다. 살기가 더 강해졌기 때문이다. 이래도 죽고 저래도 죽는다면, 그 순간 혼다가 몸을 비틀면서 손을 뻗쳤고 발로는 덮고 있던 이불을 사내를 향해 차올렸다. 전광석화 같은 빠른 동작이었고 세 가지 움직임이 거의 동시에 일어났다. 그 순간 방안이 조용해졌다. 혼다의 머리가 이불자락과 함께 몸통에서 떨어져 나간 것이다. 떨어진 이불이 혼다의 몸통을 덮는 바람에 피가 튀지도 않았다.

다음 날 아침, 마쓰우라의 본거지인 저택 청에 앉은 다카하시가 주위를 둘러보았다. 다카하시는 45세, 마쓰우라의 수군 대장인 요시다의 부장으로 이곳 이끼섬에 파견되었지만 무장은 아니다. 영주 안도가 보낸 자문역으로 회계 담당이다. 다카하시의 주변에는 대여섯의 간부급 해적이 둘러앉아 있었는데 모두 눈은 뜨고 있으나 초점은 잡지 못하고 흔들리는 것이다. 당황하고 불안한 표정이다. 그중에는 가만 앉아 있지를 못하고 엉덩이를 들썩이는 자도 있다. 지난밤에 지쿠젠의 대장 사다모리와 부장 스즈끼, 그리고 저택 안에 있던 간부급 7, 8명이 몰살을 당했는데 모두 칼을 맞았다. 그리고 또 있다. 나가토의 대장인 혼다와 수하 간부 대여섯 명도 똑같이 참살당한 것이다. 하룻밤 사이에 지쿠젠과 나가토의 대장과 간부급들이 모조리 암살을 당했으니 이끼섬 분위기는 흉흉했다. 온갖 소문이 다 돌았는데 쓰시마의 귀신이 불 바람을 타고 왔다는 소문이 가장 많이 번졌다. 이즈하라의 고려 대장군 귀신이라는 것이다. 어쨌든 이끼섬의 3국, 즉 마쓰우라, 지쿠젠, 나가토의 대장들이 만 하루 사이에 처참하게 도륙을 당했으니 정상으로 지낸다는 것이 오히려 이상한 상황이 되었다. 섬 안의 모든 활동이 거의 중단 되었으며 지쿠젠과 나가토의 잔당들은 칼을 들고 뛰쳐나와서 우왕좌왕하고 있는 것이다. 누가 불씨라도 던지면 폭동이 일어날 것 같기도 했다. 그때 다카하시가 말했다.

"히젠의 잔당이 복수를 했다면 타고 온 배가 있어야 할 것이 아닌가? 적어도 대여섯 척은 왔어야 될 것이야."

"부장, 이러다간 지쿠젠과 나가토의 잔당들이 우리한테 덤벼들지도 모릅니다."

부하 하나가 말했고 다른 놈이 거들었다.

"밖에서는 서로 칼부림이 났습니다. 아직 무리를 지어 싸우지는 않지만 곧 그렇게 될 것 같습니다."

그렇다. 머리를 잃었으니 모두 사분오열되어 있는 것이다. 그때 다카하시가 말했다.

"부하들을 모두 소집하라."

눈을 치켜뜬 다카하시가 말을 이었다.

"이러고 있다가 오늘 밤에 또 귀신들한테 당할지 모르겠다. 일단 본토로 돌아갔다가 상황을 보고 나서 돌아오는 것이 낫겠다."

"옳습니다."

부하 서너 명이 일제히 동의했다.

"귀신이 아니더라도 패싸움에 휘몰려 당할지도 모릅니다."

부하들이 일어나 서둘러 청을 나갔을 때 다카하시는 긴 숨을 뱉었다. 지금은 누가 그랬는지 알아낼 여유가 없는 것이다. 다카하시 자신도 온몸에 소름이 돋아나는 상황이니 부하들은 더할 것이었다.

대마도 부사 종태서는 그동안 산속에서 은신하고 있었지만 가이구치 포구가 불바다가 되었을 때부터 샅샅이 보고 들었다. 산마루에서 불바다가 된 가이구치 항구를 내려다보았을 때는 한 바가지나 눈물을 쏟기도 했다. 수시로 아래를 들락거리는 주민, 장교들이 소식을 전해주었는데 포구에 히젠의 잔병(殘兵)이 350여 명쯤 남아 있다는 것도 알고 있었다. 하지만 섬 밖의 이끼섬 동향을 알 리는 없다. 지난 며칠 동안 몽골 장군 김산을 만난 후부터 종태서에게는 수십 년 세파를 겪은 것보다 더 큰 사건들의 연속이었다. 오시(낮 12시) 무렵쯤 되었다. 가이구치에 정탐을 나갔던 장교 하나가 헐레벌떡 산길을 올라왔는데 뒤에 낯익은 얼굴들이 보였다. 바로 별장 윤성수와 박동면이다. 그들이 김산을 따라 포구의 히젠 함대에 불을 지른 것은 분명했지만 그 후의 동향을 모르고 있었던 터라 종태서는 반색을 했다.

"아이고, 오는구나. 그런데 장군께선 어디 계시냐?"

종태서가 소리쳐 묻자 앞장서 다가오던 윤성수가 대답했다.

"장군께선 아래쪽에 계시오. 장군님의 전갈을 가져왔습니다."

다가선 윤성수가 가쁜 숨을 고르며 말했다. 긴장한 종태서가 시선만 주었고 윤성수가 말을 이었다.

"장군께선 지금부터 고려인 군사들을 모아 히젠의 잔당을 모조리 잡아 죽여야 한다고 말씀하셨소. 우두머리를 더 죽일 테니 나머지는 대마부사 이하 고려 관속들의 몫이라고 하셨습니다."

"과연."

종태서가 머리를 끄덕였다.

"나도 그럴 작정이었다. 장군의 말씀이 있었으니 지금 당장 산을 내려갈 거야."

"저하고 박 별장이 힘을 모을 겁니다."

"그래야지."

종태서가 어깨를 부풀렸다가 내리더니 윤성수를 보았다.

"포구를 불바다로 만들고 나서 어떻게 했는가? 엊그제 이끼섬에서 한 떼의 군함이 왔다가 히젠의 잔존 세력에게 몰살당했어. 아느냐?"

"그것도 우리가 다 보았습니다."

그러고는 윤성수와 박동면이 번갈아서 그 후의 일을 이야기해주었으므로 종태서와 수행원들은 숨도 죽이고 들었다. 이윽고 이야기가 다 끝났을 때 종태서가 혼잣소리처럼 말했다.

"대마도 수호신이 오신 것이다."

"장군님, 후가꾸는 안채에서 밖으로 나오지를 않는다고 합니다."

밖에서 돌아온 사중건이 말했다. 유시(오후 6시) 무렵, 산골짜기에는 이미 짙게 어둠이 덮였다. 이곳은 가이구치 포구에서 10리(4km)쯤 떨어진 산골짜기 안, 대마도는 굴곡이 심한 해안이어서 몇 백 보만 떨어져도 바닷가가 보이지 않는다. 다만 해안이 험해서 배를 정박시킬 곳을 찾기가 어려울 뿐이다. 김산의 시선을 받은 사중건이 말을 이었다.

"히젠의 잔존 군사들도 흩어지지 않고 포구에 모여 있습니다."

김산이 머리만 끄덕였다. 그것이 살 길인 것이다. 짐승 무리라도 본능적으로 그렇게 했을 것이었다. 위기가 닥치면 자연스럽게 무리가 모이는 것이다.

"내가 오늘 밤에 다시 히젠의 수괴 놈들을 다 죽일 것이다."

팔짱을 끼고 앉은 김산이 앞에 앉은 사중건과 장교 둘을 지그시 보았다.

"그 후부터는 대마부사와 고려 관속들의 할 일이야. 고려령 대마도는 고려인의 손으로 정비해야 될 것이다."

"윤 별장이 그렇게 전했을 것입니다."

사중건이 방바닥에 두 손을 짚고 김산을 보았다.

"장군님, 오늘 밤 저를 데려가 주시겠습니까?"

"짐이 된다."

한마디로 말을 자른 김산이 쓴웃음을 지은 얼굴로 사중건을 보았다.

"너희들은 포구 밖에 있다가 내일 오시(낮 12시)가 지났을 때 종 부사에게 알리거라. 히젠의 수괴는 다 처리했다고 말이다."

"예, 장군님."

"졸개들이 뿔뿔이 흩어질 테니 그놈들이 섬에 남은 배를 끌어 모아 나가도록 하는 것이 가장 좋다. 그러니 근처에 배 서너 척을 모아 주도록 해라."

"예, 부사한테 그렇게 전하겠습니다."

사중건이 다시 머리를 굽혔을 때 김산이 눈을 감았다. 오두막 방에서 나가라는 표시다.

고려령 대마도는 경상관찰사 휘하의 대마부사 관직을 종태서가 대를 이어받았지만 무신정권 이후로 관리가 소홀했다. 그래서 관속들의 녹봉은커녕 부사의 녹봉도 보내지 않았는데 그것이 대마도부의 기강이 흔들린 이유가 되었다. 대마도는 산지가 9할 이상이나 되는 데다 나머지 땅도 척박해서 농지가 턱없이 부족하다. 그런 곳에 1만 가까운 주민이 부대꼈으니 해적들과 함께 고려나 대륙으로 식량 원정을 다니게 된 것이다. 저녁 술시(오후 8시) 무렵, 포구 안쪽의 대덕

사는 본래 절이었지만 30년쯤 전부터 폐사(廢寺)가 되어 있었는데 사찰 규모는 그대로 남았다. 정문, 대웅전, 요사채에다 창고까지 온전해서 히젠 해적들의 숙소로 쓰였는데 지금도 그렇다. 후가꾸가 포구 안 민가에서 숙소를 이곳으로 옮겨온 이유는 수백 명 부하들의 경호를 받을 수 있었기 때문이다. 요사채 안쪽 방을 숙소로 삼은 후가꾸는 저녁상을 물리자마자 심복 나리타에게 말했다.

"앞으로 마쓰우라, 지쿠젠 놈들이 가만있지 않을 거다. 경비를 늘려라."

"예, 야간 감시를 두 배 늘렸습니다."

일개 조장에서 부장급으로 벼락출세한 나리타가 어깨를 펴고 대답했다.

"가네산만 지키고 있으면 들어오지 못합니다."

"그건 그렇지만 다른 곳에서 내려 산을 넘어올 수도 있지 않느냐?"

"그건 그렇지요. 하지만."

나리타의 눈동자가 흔들렸다.

"포구 뒤쪽에도 경비병을 두 배 늘렸는데요. 후가꾸 님."

남은 부하는 352명, 8백여 명에서 반 이상이 죽었지만 쓰시마 안에서는 천하무적인 것이다. 쓰시마의 고려인 부사 종태서가 어딘가 숨어 있겠지만 녹봉도 받지 못하는 관속 10여 명을 데리고 있을 뿐이다.

"다이스케와 아베를 쏘아 죽였다는 몽골 놈 흔적이 없어졌어."

후가꾸가 생각난 듯 말했다.

"마쓰우라와의 전쟁에 정신이 팔린 사이에 말이야."

"어디에 숨어 있겠지요."

나리타가 말했지만 자신 없는 표정이다.

"그까짓 한 놈이 무슨 짓을 하겠습니까?"

"하야시를 벤 놈이 누군지 궁금하다."

"마쓰우라의 칼 좀 쓰는 놈들이 무더기로 덤벼들었을 겁니다."

나리타가 위로하듯 말했다.

"후가꾸 님, 며칠간 잠도 제대로 주무시지 못했습니다. 쉬시지요.

천장의 서까래에 앉아 있던 김산은 둘의 왜말을 들었다. 그러나 왜말을 알아듣지는 못했다. 둘의 머리통에서 바로 여섯 자(180cm) 위쪽에 앉아 있었지만 전혀 눈치채지 못하고 있다. 절집이어서 규모가 컸고 천장도 높기 때문이다. 이윽고 사내 하나가 방을 나가자 안에는 수괴만 남았다. 김산이 물끄러미 수괴의 머리를 내려다보았다. 마당에서 사내들의 두런거리는 목소리가 들렸다.

다음날 오후, 아소만 근처 니이에 가 있던 부사 종태서에게 장교 하나가 달려왔다. 연락을 맡은 전령장교다. 김산이 온 후부터 대마부사 종태서 휘하에는 하나씩 관직을 맡은 관속이 되살아났다. 이제 종태서는 관속 10여 명을 휘하에 거느렸고 별장 둘은 장교 30여 명을 지휘하고 있다.

"나리, 장군께서 전갈을 보내셨소!"

소리치며 다가온 장교 옆으로 관속들이 따르고 있다. 이곳은 니이 외곽의 감독관 유기숙의 저택 안이다. 유기숙은 니이의 감독관직을 이어받았지만 이 또한 유명무실한 상태여서 부사 종태서를 만난 지가 3년도 더 되었다. 유기숙과 앉아 있던 종태서가 긴장으로 몸을 굳혔다. 이윽고 마당에 선 장교가 소리쳤다.

"어젯밤 장군께서 히젠의 잔당 두목 후가꾸와 심복 나리타 등 간부급 20여 명을 베어 죽여서 지금 가이구치에는 왜구들이 거의 없습니다. 겁이 나서 모두 사방으로 흩어졌기 때문이오."

놀라기는 이쪽도 마찬가지여서 종태서와 유기숙은 서로 얼굴만 보았다. 당연히 환성을 질러야 되는데도 그렇다. 그때 장교의 말이 이어졌다.

"졸개들은 모두 귀신이 나타났다면서 조각배를 타고 포구를 떠나는 놈도 있었다고 합니다."

"그, 그래서."

입안의 침을 삼킨 종태서가 물었다.

"장, 장군께선 지금 어디 계시냐?"

"지금 가이구치 근처에 계십니다."

어깨를 들었다가 내린 장교가 상기된 얼굴로 종태서와 둘러선 관속들을 보았다.

"대마부의 장교들을 풀어서 치안을 확보하라는 말씀을 하셨습니다."

주막으로 들어선 김산이 빈 청을 둘러보았다. 유시(오후 6시) 무렵, 가이구치 포구 안이다. 3백여 명이나 득실거리던 히젠의 해적 무리가 한나절 동안에 빠져나가자 포구에 남은 원주민들은 한동안 어리둥절하여 집 밖으로 나오지도 못했다. 해적 무리가 순식간에 흩어진 이유는 공포 때문이다. 날이 밝았을 때 해적들은 밤사이 처참하게 살해된 두목급들을 보았기 때문이다. 조장급까지 다 죽었는데 그 시체가 끔찍했다. 머리가 떼어진 것은 물론이고 배가 갈라져서 창자가 나뭇가지에 걸쳐졌고 몸통이 절단되어 각각 멀리 떨어진 것도 있다. 서너 명이 집단으로 살해되었는데 머리만 따로 지붕 위에 얹혀 있는 것도 있었으며 어떤 시체는 집안 서까래에 걸쳐져 있기도 했다. 밥을 하는 큰 솥 안에도 두목급 시체가 들어가 있었으며 은행나무의 가지 위에도 시체가 거꾸로 걸쳐졌는데 높이가 30자(9m)나 되어서 사람의 짓이 아니었다. 그래서 후가꾸의 시체가 지붕 위에 놓인 것을 본 졸개들은 몇 명 되지 않았다. 그전에 다 도망쳤기 때문이다. 후가꾸의 시체를 본 졸개들마저 눈이 뒤집힌 얼굴로 포구를 빠져나갔는데 물에 투신해서 죽은 졸개도 서너 명이나 되었다. 공포가 전염병처럼 번져서 왜구들을 몰아낸 것이다. 그러나 주민들은 달랐다. 상대가 왜구 해적들이었고 왜구를 죽인 것이 귀신이건 대장군이건 주민 편이라는 생각이 들었기 때문이다.

"주인 있는가?"

빈 청에서 묻자 안쪽에서 유령처럼 사람 하나가 나왔는데 여자다. 여자가 헝클어진 머리를 쓸어 올리면서 김산을 보았다.

"뉘십니까?"

고려말이다. 물론 김산이 고려말로 물었기 때문이다. 김산이 유심히 여자를 보았다. 주막 안은 불도 켜지 않아서 어둡다. 어둠 속에 여자의 흰 얼굴이 드러났다. 낡고 해진 치마저고리를 입었는데 눈의 흰자위가 번들거렸다.

"손님이다. 밥과 술이 있느냐?"

그러자 여자가 되물었다.

"이곳이 어딘 줄 알고 오셨습니까?"

"주막 아니냐?"

"이곳은 무당집이요. 죽은 혼령의 굿을 해주는 무당집입니다."

여자가 억양 없는 목소리로 대답했다.

"그럼 네가 무당이란 말이냐?"

놀란 김산이 여자를 보았다. 어둠 속이었지만 김산의 진기(眞氣)를 품은 눈이 여자의 모습을 선명하게 관찰했다. 스물서넛쯤 되었을까? 남루한 옷으로 가렸지만 성숙한 몸이다. 일부러 씻지도 않고 얼굴에 때와 검댕을 칠한 것은 왜구들의 시선을 피하려는 수작이다. 김산의 시선을 맞받은 여자가 한 걸음 다가섰다. 어두운 청 안에서 여자의 두 눈이 짐승처럼 번쩍였다. 보통 사람이라면 소름이 끼칠 만한 안광이다.

"이곳이 무당집인 줄 모르셨다니, 외지인이시군요."

"그렇다."

"몸에 피비린내가 잔뜩 배어 있습니다. 살인을 많이 하셨군요."

김산이 쓴웃음을 짓고는 옆쪽 마루에 앉았다. 집안은 이제 짙은 어둠에 덮였지만 사물 윤곽은 뚜렷하게 드러났다. 옆쪽 마루 뒤편이 방이고 여자가 나온 쪽은 부엌이다. 구석에 집기가 쌓여 있었는데 제구 같다. 김산이 지그시 여자를 보았다.

"네 몸은 때에 절고 검댕을 묻혀 더럽지만 맑구나, 특히 네 음기는 신선하다. 아직 사내를 받아들이지 못한 것 같구나."

숨을 들이켠 여자의 눈빛이 더 강해졌다.

"떠보지 마시오, 입을 더 놀렸다가는 수호신의 천벌을 받을 테니까."

"수호신이 누구냐?"

"당신이 고려인이라면 바로 천벌을 받소. 내가 천하대장군의 영험을 받은 무당이요."

"내가 천하대장군이다."

무당의 말을 자른 김산이 지그시 웃었다.

"내가 너한테 영험을 주려고 온 것이야."

"당치않소!"

여자의 목소리가 커졌지만 끝이 떨렸다.

"천벌이 내릴 것이오!"

"씻고 오너라."

김산이 무당을 응시한 채 말을 이었다.

"새 옷으로 갈아입고, 내가 바깥문을 닫을 테니 씻고 방에 들어가 이불을 펴라."

그 순간 여자가 몸을 돌렸지만 한 걸음도 내딛지 못했다. 김산의 손에 어깨를 잡혔기 때문이다. 몸이 굳어진 여자가 입을 딱 벌린 순간이다. 여자는 어깨를 통해 뜨거운 기운이 온몸으로 번져 나가는 것을 느꼈다. 뜨겁다. 그리고 황홀하다.

"이것이오."

광 문을 연 사천이 횃불을 안쪽에 비추면서 말했다. 그 순간 종태서를 포함한 윤성수 등의 입이 딱 벌어졌다. 광 안에는 재물이 산처럼 쌓여 있는 것이다. 호레즘선에서 가져온 재물이다. 그중 일부를 고려인 잡부에게 나눠 주었다가 오까다에게 꼬리가 잡혔지만 재물은 이곳에 온전하게 숨겨져 있다. 사천이 횃불을 비춘 채 말을 이었다.

"장군께서 이 재물을 대마도 관속들의 녹봉과 대마도부 운영에 쓰시라고 하셨습니다."

감동한 대마부사 종태서가 머리를 끄덕였다.

"장군께서 진정한 대마도 수호신이시네."

부엌 구석의 툇마루에 앉은 김산이 씻고 있는 무당을 보았다. 이제 귀퉁이에 호롱불을 밝혀놓아서 쪼그리고 앉은 무당의 알몸이 다 드러났다. 무당은 이쪽에 등을 보인 채 바가지에 담긴 물을 머리에 붓고 있었는데 긴 머리가 늘어져 땅에 닿았다. 호롱불이 흔들렸다가 다시 바로 섰다. 주위는 조용하다. 왜구들이 도망쳐 나간 가이구치 포구 안에는 얼마 남지 않은 주민들만 숨을 죽이고 있을 뿐이다. 그때 커다란 엉덩이를 들썩이며 머리를 감던 무당이 앞을 향한 채로 물었다. 목소리가 떨린다.

"나리, 진정 수호신이오?"

"왜 또 묻느냐?"

"혹시 사술을 부린 것은 아닙니까?"

"무당이 신을 믿는 것이 아니라 사술을 믿는다는 말이냐?"

김산의 얼굴에 웃음이 떠올랐다. 무당은 아직 자신이 신(神)이라고 다 믿지는 않았다. 머리를 돌린 무당이 김산을 보았다.

"내 몸이 이렇게 뜨거운 것은 신의 조화인 줄은 알겠습니다. 그런데 신이 어쩌면 그렇게 사람하고 똑같습니까?"

"그러니까 신 아니냐? 신이 사람으로 변했는데 머리가 둘 달린 채 나타나면 되겠느냐?"

"그런데 왜 나를 씻으라고 합니까?"

말문이 터진 무당은 말이 많았다. 두려움도 조금씩 가셔지고 있는 데다 부끄러움도 잊어가고 있다.

"너에게 영험을 내리려고 한다."

"어떤 영험이요?"

"내 진기를 주면 너는 신통력을 얻게 될 것이야."

"진기를 어떻게 줍니까?"

"알면서 왜 묻느냐? 네가 받아들일 구멍이 있지 않느냐?"

"망측해라."

얼굴이 빨개진 무당이 다시 물로 몸을 씻더니 손바닥으로 문질렀다. 풍만한 엉덩이가 들썩였고 흰 살결이 매끄럽게 윤기를 내었다. 김산이 숨을 들이켰다. 처음부터 무당을 범할 생각은 갖지 않았다. 주막인 줄 알고 들어온 곳이었다. 그러다 무당한테서 대마도 수호신인 대장군을 섬긴다는 말을 듣고 난 후에 생각이 바뀐 것이다. 이윽고 다 씻은 무당이 일어섰을 때 김산이 말했다.

"보자, 돌아서라."

"망측해라."

다시 무당이 몸을 비틀어 말했지만 김산의 말대로 돌아섰다. 호롱불이 흔들렸고 눈앞에 무당의 알몸이 정면으로 드러났다. 김산의 시선을 받은 무당의 얼굴이 홍시처럼 붉어졌다. 무당의 알몸은 풍만했다. 그러나 군살은 없다. 젖가슴은 밥사발만 했지만 단단하게 솟았으며 볼록한 배 아래쪽의 검은 숲은 무성했다. 두 다리를 딱 붙이고 섰으므로 단단하고 탄력 있고 허벅지가 물기에 덮여 번들거리고 있다.

"다 보셨으면 방에 들어가겠습니다."

무당이 말했으므로 김산이 머리를 끄덕였다.

"불을 꺼요. 신령님."

김산이 방으로 들어서자 이불을 턱밑까지 올린 채 누워 있던 무당이 말했다. 쓴웃음을 지은 김산이 기둥에 매어놓은 호롱불을 손으로 저어 껐다. 그러자 방안은 짙은 어둠에 덮였다. 김산이 옷을 벗는 소리만 방안에 울리고 있다. 이윽고 옷을 벗은 김산이 이불을 들치고 들어섰다. 알몸을 웅크린 채 모로 누워 있던 무당을 안아 바로 눕힌 김산이 말했다.

"너에게 극락 구경을 시켜주마."

벌써 무당은 가쁜 숨을 몰아쉬는 중이었고 몸은 뜨겁다. 김산이 진기를 넣어주었기 때문이기도 했지만 달아올라 있는 것이다. 그만큼 성숙한 몸이라는 증거다. 김산이 무당의 어깨를 끌어안고 한쪽 손으로 젖가슴을 주물렀다. 무당이 김산의 손을 덮었지만 말리지는 않는다. 무당의 숨소리가 더 가빠졌고 숨결이 김산의 목덜미에 닿았다.

"살이 좋구나."

김산이 젖가슴을 주무르며 말했다.

"그동안 남자가 그립지 않았더냐?"

"신령님 몸도 뜨겁소."

몸을 비틀면서 무당이 허덕였다. 그러다가 김산의 거대한 물건이 아랫도리를 건드리자 놀라 물었다.

"에구머니, 이것이 무엇이오?"

"알면서 묻는구나."

쓴웃음을 지은 김산의 손이 이제는 아랫배를 훑고 내려가 검은 숲을 덮었다.

"앙큼한 것 같으니."

"신령님 물건은 이렇게 큽니까?"

무당이 가쁜 숨을 몰아쉬고 물었을 때 김산의 손가락이 골짜기로 들어갔다. 골짜기에는 이미 질펀하게 온천수가 흐르고 있다.

"네가 남자 맛을 보려고 기다리고 있었구나."

손가락으로 동굴을 더듬자 무당이 사지를 비틀면서 말했다.

"아이구, 신령님, 나 죽소."

"오냐, 죽여주마."

김산이 무당의 몸 위로 오르자 무당은 거침없이 다리를 벌린다. 남자의 몸은 받지 않았지만 익을 대로 익어서 터지기 전의 몸이다. 상대가 누구건 간에 이미 받아들일 준비가 다 되어서 애타게 기다리고 있는 것이다. 그때 무당이 헐떡이며 말했다.

"신령님, 살살 넣어 주시오."

그 순간 김산의 물건이 동굴 안으로 진입했다.

"아아악."

무당의 입에서 커다란 비명이 터졌지만 바로 탄성이다. 무당의 동굴은 좁았지만 탄력이 강했으므로 김산은 어금니를 물었다. 강하게 수축하고 있는 것이다.

"아이구, 나 죽어."

무당이 허리를 추켜세우면서 소리쳤다. 김산의 몸을 더 깊게 받으려는 시늉이다.

무당의 이름은 고선, 5년 전 처녀 무당으로 전라도 신안 앞바다에서 해신 굿을 하던 중에 풍랑을 만나 대마도까지 흘러왔다고 했다. 대마도에서는 무당이 없었던 터라 대마부사 종태서가 가이구치 포구 안에 당집을 만들어준 것이다. 왜구들도 무당을 건드리기는 꺼려했기 때문에 포구 안에 당집은 놔두었는데 무당 고선은 행여나 탈을 당할까 두려워서 더러운 행색에 미친년 행세를 한 지 오래되었다고 했다. 그날 밤 자시(12시)가 되었을 때 폭풍 같고 태풍 같은 정사가 두 번이나 끝난 후다. 가쁜 숨을 몰아쉬던 고선이 문득 이불을 들치고는 제 아랫도리를 보고 나서 말했다.

"신령님, 제 첫 몸을 드렸는데 왜 하혈이 나지 않습니까?"

"네가 자주 뛰었기 때문이다."

김산이 고선의 알몸을 당겨 안으면서 웃었다.

"굿을 하면서 뛰는 바람에 막이 저절로 떼어진 것이지."

"어떻게 그렇게 잘 아시오?"

"내가 신령이지 않느냐?"

그러자 고선이 두 손으로 김산의 물건을 감싸 쥐었다.

"신령님은 언제까지 나하고 계시려오?"

"왜 그러느냐?"

"매일 밤 내 몸으로 오실 수 있소?"

"이년이 음탕하구나."

"신령님 때문이오."

어느덧 물건이 단단해졌으므로 고선이 김산의 어깨를 당겨 몸 위로 오르라는 시늉을 했다.

"신령님, 넣어주시오."

고선의 숨소리가 다시 가빠져 있다.

이즈하라는 대마도 북단의 요지로 주민수가 가장 많은 곳이다. 그러나 본토에서 내왕하는 각 영주의 함선과 대륙의 공용선이 바로 코앞을 지나는 터라 해적 선단은 기지로 사용하지 않았다. 아무리 본토에서 묵인해준다고 해도 버젓이 해적 선단을 정박시킬 수는 없었기 때문이다. 진시(오전 8시) 무렵, 이즈하라의 중심부에 위치한 광일사의 대웅전에는 20여 명의 사내가 둘러앉았다. 중앙에 앉은 사내는 바로 대마부사 종태서다. 종태서는 오늘 고려관리 복장인 붉은색 관복에 검정 띠를 둘렀고 머리에는 꿩 털이 붙은 관모를 썼다. 실로 10년 가깝게 이런 차림을 한 적이 없는 터라 본인도 맞지 않는 옷을 입은 것 같은 표정을 지었고 보는 사람도 어색해졌다. 그러나 종태서의 어깨는 펴졌고 턱은 치켜 올려졌다. 종태서가 말했다.

"지금부터 대마부는 대마부사가 관리하게 될 것이오. 왜인들이 물러갔지만 다시 올 것에 대비해서 관민(官民)이 일체가 되어야 할 것이오."

대웅전에 모인 사내들은 이즈하라의 유지들이다. 그중 8할이 삼국시대에 흘러온 유민들이며 나머지는 고려인이다. 왜인은 없다. 원주민이라고 불리는 본토인도 삼한시대 그 이전에 흘러온 한반도 출신인 것이다. 해류를 거꾸로 타고 일본 열도에서 이 척박한 섬으로 이주해 온 왜인은 없는 것이다. 다시 종태서의 말이 이어졌다.

"본토에서 수호신이 오신 이 기회에 우리는 기반을 굳혀야만 하오."

종태서가 주위의 사내들을 둘러보았다.

"수호신께서는 이끼섬의 마쓰우라, 지쿠젠, 나가토의 해적들도 격멸시키셨소, 당분간 왜국 영주들의 함대는 침탈하지 못할 것이오."

그때 수군거리는 목소리가 이쪽저쪽에서 일어나더니 곧 대웅전 안은 놀란 유지들의 웅성거림으로 덮였다. 그때 종태서가 옆에 앉은 별장 윤성수에게 말했다.

"별장, 그대가 본 대로 말하라."

윤성수가 헛기침을 하자 대웅전 안이 조용해졌다. 어깨를 편 윤성수는 먼저 오까다의 검객 하야시를 벤 이야기부터 시작했다. 하야시를 모르는 대마도인이 없었기 때문이다. 김산이 후가꾸를 소탕한 이야기까지 끝났을 때 대웅전 안에 슬슬 열기가 떠오르기 시작했다. 자신감이다. 그때 유지 하나가 물었다.

"각 지역의 대관(代官)에게 대마도병(兵)을 할당하여 머릿수를 채우는 것이 좋소."

"옳소."

서너 명이 금방 동조했을 때 나이 든 유지 하나가 헛기침을 했다.

"허나 병사만 모으면 뭘 하오? 당장에 먹일 양식도 없지 않소? 무기는 어떻게 구한단 말이오?"

그 순간 대웅전 안이 조용해졌다. 그때였다. 잠깐의 정적을 종태서의 웃음소리가 깨뜨렸다.

"앗핫핫, 조 대관의 지적이 날카롭소, 허나 가장 중요한 그것을 우리 대마도부(府)에서 놓치겠소?"

어깨를 편 종태서가 다시 윤성수에게 말했다.

"별장, 창고에 있는 부(府) 재산을 말하라."

"예."

윤성수가 가슴에서 접힌 종이를 꺼내더니 소리 높여 읽었다.

"호피 17장, 금붙이 457냥, 은 266근, 비단 375필, 무명 1,200필, 옥

구슬 100근, 녹용 150근이고 나머지를 합하면 금 3백 냥 가치가 됩니다. 이것으로 고려 땅에 가서 무기와 양곡을 바꾸면 1천 명 군사가 무구를 갖추고 반년은 먹을 만합니다."

모두 호레즘선 창고에서 꺼낸 재물인 것이다. 그때 종태서가 거들었다.

"이제 가이구치 포구도 비었으니 그곳 창고를 털면 3천 명 군사가 5년 먹고 살 재물을 갖게 될 것이오. 우리가 이 기회를 놓치면 안 되오."

새 옷으로 갈아입고 말끔하게 씻은 고선은 다른 여자 같았다. 집 안으로 들어온 고선이 김산을 향해 이를 드러내고 웃었다.

"나리, 포구 안에 왜놈이 하나도 보이지 않습니다."

마루에 앉은 고선이 말을 이었다.

"모두 산으로 도망을 쳤다는군요. 이곳저곳에 흩어져 있는 왜구 시체를 모아서 화장을 시키고 있습니다."

"곧 대마부사가 대마도군(軍)을 이끌고 올 것이다."

김산이 말하자 고선이 눈을 반짝이며 물었다.

"나리, 대마부사를 아시오?"

고선은 이제 김산이 신령님은 아니라는 것을 안다. 그래서 더 살갑게 굴고 있는 것이다.

"알지, 내가 모르는 사람이 있느냐?"

"부사 나리가 언제 오십니까?"

"아마 오늘 밤 안에는 올 게다."

사시(오전 10시) 무렵이다. 밖에서 사람들의 기척이 들렸다. 포구 주민들이다. 그동안 숨어서 숨을 죽이고 있던 주민들이 나온 것이다. 그러나 무당집 안으로는 얼씬하지 않는다. 그때 고선이 방안으로 들어와 김산의 옆에 앉았다.

"나리."

고선에게 시선을 준 김산의 얼굴에 웃음이 떠올랐다.

"또 색정이 동하느냐?"

"안아주시오."

"네가 그 맛을 보더니 색녀가 되었구나."

"모두 나리 때문이오."

"네 몸이 뜨겁기 때문이지."

"그것도 나리가 알려주셨소."

이제 고선의 얼굴이 상기되었고 목소리가 떨렸다. 가만 앉아 있지를 못하고 몸을 비비 꼬고 있다.

"내가 나가봐야 한다."

정색한 김산이 말하자 고선의 얼굴에 실망의 기색이 덮였다.

"나리, 어디로 가시오? 곧 돌아오시는 것이지요?"

"떠나기 전에는 돌아오마."

자리에서 일어선 김산이 소매 안에서 금화 두 냥을 꺼내 고선의 치마 위에 놓았다.

"곧 장이 열릴 테니 양식을 사놓아라. 이제 대마부사가 규율을 잡으면 양식 걱정은 안 하게 될 것이다."

이끼섬에 남아 있던 각 영주의 잔당들은 서로 앞을 다투어 본토로 도망쳤다. 그러나 다 떠난 것은 아니었다. 대장들을 잃었기 때문에 우왕좌왕하다가 시간이 지나자 진정이 되었다. 마쓰우라의 잔당들은 다카하시의 인솔 하에 섬을 떠났지만 지쿠젠과 나가토의 잔당 2백여 명이 아직도 섬에 남아 있는 것이다. 배도 전함 4척, 연락선, 수송선 등 10여 척이 온전히 정박되어 있다. 신시(오후 4시) 무렵, 지쿠젠 잔당이 본거지로 삼고 있는 하로항 북쪽 저택으로 졸개 하나가 뛰어 들어오면서 소리쳤다.

"배가 옵니다!"

놀란 사내들이 이쪽저쪽에서 뛰어 나왔고 마루에 앉아 있던 지쿠젠 잔당 두목 스즈키가 벌떡 일어섰다. 마루에서 발돋움을 하면 포구가 보이는 것이다. 그 순간 스즈키가 숨을 들이켰다. 배다. 2층 누각선이 한 척, 그리고 전함 3척이 누각선을 호위하고 있다.

"저건 어느 영주 깃발이야?"

눈을 가늘게 뜬 스즈키가 누각선 돛대에서 펄럭이는 흰색 바탕에 붉은색의 초승달 문장을 보면서 물었다. 그때 옆에 서 있던 기무라가 대답했다.

"붕고의 중신(重臣) 히데다까의 문장이오! 내가 붕고에 갔다가 저 문장을 본 적이 있소!"

"그런데 붕고의 중신이 왜 이곳에 온단 말인가?"

스즈키가 물었지만 기무라가 알 리가 없다. 함대는 점점 다가오고 있다. 이끼섬이 어떤 꼴을 당했는지 전혀 모르는 것 같다. 누각선과 나란히 들어오는 것을 보면 전혀 방비하는 자세가 아니다. 이윽고 입맛을 다신 스즈키가 기무라에게 말했다.

"기무라, 우리가 붕고 중신 놈에게 굽실댈 필요가 없지, 졸개들에게 일단 피하라고 일러라."

"어, 어디로 말이오?"

"뒤쪽 산으로, 그리고 오늘 밤이 지나고 나서 상황을 본 다음에 포구로 돌아오기로 하자."

"그렇습니다."

기무라가 뛰어 나가자 스즈키는 다시 함대를 노려보며 입맛을 다셨다. 히젠의 공격을 받아 이끼섬의 여러 영주 부대가 풍비박산되었지만 다른 영주들의 도움 따위는 바라지도 않은 것이다. 이끼섬에 근거지를 틀었던 나가토, 지쿠젠의 수군(水軍)은 곧 본토의 지원을 받고 귀환할 것이었다. 그동안만 견디면 된다. 지쿠젠의 하급 무장인 스즈키로서는 1백 명 가까운 부하들만 잘 건사하고 있으면 되는 것이다.

그런데 하로항에 남아 있던 나가토의 잔병들은 지쿠젠처럼 일사불란하게 움직이지 않았다. 나가토 무리의 지휘자는 창고지기였던 오까베였는데 붕고의 깃발을 알아보았다. 그래서 잔병 50여 명을 이끌고 나가 함대가 정박하는 것을 지켜보았다. 이끼섬은 공용항 역할이다. 대마도가 히젠 전용항처럼 되었지만 이끼섬은 개방되었다.

"그대가 이곳 수장(首將)이오?"

누각선 갑판에 서 있던 무장 하나가 소리쳐 물었으므로 오까베가 어깨를 폈다.

"그렇소, 나는 나가토의 수군(水軍)으로 혼다 님의 가신인 오까베요!"

"이 배에 붕고의 중신인 히데다까 님이 타고 계시오!"

무장의 목소리가 높아졌다.

"남송으로 가는 길에 배의 식수가 오염되어서 식수를 실으러 왔소."

"예, 도와드리지요."

마음이 놓인 오까베가 소리쳤다.

"식수는 얼마든지 있소이다. 빈집도 많으니 쉬고 가시오!"

붕고의 중신 히데다까는 40대 후반으로 마른 몸에 단정한 용모의 사내였다. 붕고는 규슈 동쪽으로 40여만 석 영지를 보유하고 있다. 인접국인 히젠이나 나가토 등이 해적질로 국고를 채우나 붕고는 농경지가 많아서 부유한 영주국에 들었다. 히데다까는 영주 아오모리의 명을 받고 남송의 실력자인 가사도에게 선물을 바치러 가는 중이었다. 아오모리는 작년에 남송 황제 이종으로부터 정4품 예문관 정리(正吏) 벼슬을 받았는데 그것도 가사도가 손을 쓴 것이다. 하로항에서 가장 깨끗한 숙소라면 마쓰우라의 본거지 저택이 될 것이다. 그 저택의 청에 앉은 히데다까가 앞에 앉은 오까베에게 물었다. 얼굴이 굳어 있는 것은 그동안의 대마도, 이끼섬 상황을 들었기 때문이다.

"그럼 서로 전쟁을 했단 말인가?"

"전쟁이라고 볼 것도 없지요. 기습을 받았으니까요. 비겁한 수작입니다."

어깨를 편 오까베가 말을 이었다.

"히젠 수군이 멸망한 것은 우리들과 전혀 상관이 없습니다. 그런데 히젠 놈들이 상황을 알아보려고 가이구치에 들어간 우리들을 전멸시킨 것입니다."

"허어, 그래 놓고 또 밤에 이곳을 습격했단 말인가?"

"그렇습니다."

"이거 불안하군."

히데다까의 시선이 옆에 선 무장에게로 옮겨갔다.

"야마토, 경계를 단단히 해라."

"예, 주군."

무장이 서둘러 청을 나갔을 때 히데다까가 다시 물었다.

"그럼 이곳에는 각 번의 군사가 얼마나 남아 있나?"

"다 도망치고 겨우 2백 정도만 남아 있습니다. 그런데 지쿠젠 일당이 지금은 보이지 않는군요. 나리께서 오시는 것을 보고 히젠 일당인 줄 알고 산속으로 도망친 것 같습니다."

"그럼 여기엔 나가토와 지쿠젠군 2백 정도만 남았단 말인가?"

"마쓰우라는 모두 도망쳤고 나가토와 지쿠젠도 허겁지겁 떠났지만 지쿠젠의 스즈키와 제가 잔병들을 데리고 남았지요. 대장들이 다 암살을 당해서 사분오열이 된 것입니다. 도망친 무장들은 곧 죗값을 받을 겁니다."

"그렇군."

히데다까가 천천히 머리를 끄덕였다.

"그럼 쓰시마에는 히젠 잔병들이 남아 있겠군."

"그렇겠지요."

"쓰시마에 들어가지 않기를 잘했군. 마쓰우라나 지쿠젠 꼴을 당할 뻔했어."

그때 오까베가 말했다.

"나리, 이만 저는 물러가겠습니다."

"수고했어."

히데다까가 웃음 띤 얼굴로 말했다. 이번에 히데다까가 데려온 군사는 2백여 명, 남송에 사절단으로 가는 행차니만치 호위무사만 10

여 명이었고 군사들도 모두 정예다. 그때 잠자코 옆에 앉아 있던 무사 하나가 억양 없는 목소리로 말했다.

"히데다까 님, 물과 채소를 싣고 나면 바로 내일 아침에 출항하는 것이 낫겠습니다. 번들의 싸움에 휩쓸릴 필요가 없습니다."

"물론이지."

쓴웃음을 지은 히데다까가 무사를 보았다.

"마사키 님이 솜씨를 보일 기회가 왔는데 아쉽네."

"이곳은 우리가 나서서 싸울 곳이 아닙니다."

"그렇지."

보료에 몸을 기댄 히데다까가 말을 이었다.

"배에 실린 보물을 단단히 지켜야 하네, 이번에 주군께서 정3품으로 오르는 데 필요한 물건이야."

김산이 이끼섬에 도착했을 때는 자시(밤 12시) 무렵이다. 지난번에 왔던 배와 선원을 빌렸고 수행원으로는 통역 사중건만을 대동했다. 하로항에서 10여 리(4km) 정도 떨어진 바닷가에 배를 정박시킨 김산이 산을 넘어 포구 뒤쪽으로 다가간 것이다.

"아, 대선(大船)이 있습니다."

포구를 내려다본 사중건이 소리쳤다. 포구에 정박한 10여 척의 배들 중에서 2층 누각선도 보인 것이다. 배에 등을 켜놓아서 선체가 모두 환하게 드러났다.

"며칠 전에는 보이지 않았는데 그사이에 들어온 모양입니다."

김산이 머리를 끄덕였다. 이끼섬에 잠행한 이유는 대선(大船)을 나포하려는 것이다. 이제 황해를 건너 몽골제국으로 돌아갈 작정이었다. 무명과 양곡을 바꾸려고 남송의 임안에 온 고려 관리들을 우연히 만난 후에 대마도까지 오게 되었으나 돌아갈 때가 되었다. 조금 더 산을 내려가자 포구가 가까워지면서 대선과 옆에 정박한 전함 3척도 선명하게 드러났다. 부둣가에 모닥불을 여러 개 켜놓았고 경계를 엄중하게 했기 때문이다.

"대양을 건너려는 함대 같습니다. 2층 누각선은 본토에서 사신으로 가는 고관이 탄 것 같습니다."

"잘 되었다."

김산이 웃음 띤 얼굴로 말했다.

"저 배를 타고 가면 되겠다."

"나리."

놀란 사중건이 걸음을 멈추고는 김산을 돌아보았다.

"그럼 소인이 모시고 가지요."

"네가 할 일은 다 했다."

김산이 발을 떼어 이제는 앞장을 서서 산을 내려갔다.

"사신으로 가는 놈들이라면 통역도 있을 것이다. 너는 대마도로 돌아가라."

히데다까가 손을 뻗어 머리맡에 놓인 칼을 쥐었다. 깊은 밤, 주위는 조용하다. 해시(오후 10시)에 잠이 들었다가 지금 깨었으나 몇 시가 되었는지는 알 수가 없다. 칼자루를 쥔 순간 히데다까는 몸을 비틀면서 칼을 옆으로 후려쳤고 그 반동으로 몸을 일으켰다. 눈 깜박하는 사이의 칼부림이다. 히데다까는 20여 년간 검술을 연마한 검객이기도 했다. 지금까지 단 한 번도 진검 승부에서 패한 적이 없는 무장이기도 한 것이다. 그러나 다음 순간 히데다까의 가슴이 서늘해졌다. 칼이 허공을 자른 것이다. 헛칼질을 한 다음에는 온몸의 세포가 곤두서는 느낌이 든다. 그 허점을 상대가 파고들 것이기 때문이다. 그러나 반응이 없다.

"누구냐?"

숨을 고르면서 히데다까가 물은 순간이다. 뒤에서 짧은 웃음소리가 났으므로 히데다까는 대경실색을 했다.

"에잇!"

다음 순간 히데다까가 몸을 틀면서 뒤를 향해 칼을 후려쳤지만 또 빗나갔다. 히데다까의 온몸에 찬 기운이 덮였고 등에서 땀방울이 주르르 흘러내렸다. 그 순간 히데다까는 눈을 부릅떴다. 앞에 사람이 서 있다. 장신의 사내다. 가죽조끼를 입었고 머리에는 두건을 썼다.

"이놈! 누구냐!"

그 순간 히데다까가 다시 칼을 내려쳤지만 세 번째 헛칼질은 방바닥까지 긁어 내렸다. 다음 순간 히데다까는 벌떡 뒤로 넘어졌다. 사내가 손으로 가슴을 밀친 것이다. 숨이 막힌 히데다까가 입을 딱 벌린 채 누워 시선만 주었다. 몸을 움직일 수가 없었기 때문이다. 손가락 하나를 들어 올릴 기력까지 떨어졌으나 오감은 모두 살아 있다. 그때 사내가 말했다. 몽골어다.

"밖에 있는 놈, 내 말을 알아듣는 놈이 있으면 대답하거라!"

밖에서는 대답이 없었으므로 사내가 이번에는 한어로 같은 말을 반복했다. 그때 누워 있던 히데다까가 대답했다.

"내가 한어를 안다."

잠시 후에 히데다까가 벽에 기대고 앉았으며 앞쪽에 김산이 앉았다. 괴한은 김산이다.

"네 배에 내가 타겠다."

김산이 지그시 히데다까를 응시하며 말했다. 마치 상전이 종에게 지시하는 것 같았지만 자연스럽다. 김산이 한어로 말을 이었다.

"하지만 배는 임안 위쪽의 몽골제국 영토에 기항시키도록 해라."

그때 방문 밖에서 헛기침 소리가 들렸다.

"히데다까 님 마사키입니다. 괜찮으십니까?"

왜말로 묻는 것이다. 히데다까가 만류한 터라 방안으로는 들어오지 못하고 밖에서 초조하게 기다리고 있다. 이제 마당에는 수십 명의 호위무사, 군사들이 모여 있는 것이다. 그러자 히데다까가 밖에 대고 소리쳤다.

"난 괜찮네, 모두 물러가 있게."

그러자 김산이 히데다까에게 말했다.

"한어나 몽골어 또는 고려어를 하는 통역을 데려왔을 것 아니냐? 방으로 들여도 된다. 그리고 저기 밖에서 기다리는 자도 경호대장인 것 같으니 들라 해라."

그러자 히데다까가 다시 소리쳤다.

"마사키 님, 역관 시모노를 데리고 들어오시게."

히데다까는 평정을 찾은 것 같았다. 눈동자도 흔들리지 않았고 자세도 반듯해졌다. 정면으로 김산을 응시한 채 히데다까가 말했다.

"내 평생에 그대처럼 대담한 몽골인은 처음 보았다. 자, 앞으로 20여 일간을 같은 배 안에서 생활할 터인데 그대의 신분을 밝혀 주겠는가?"

그때 방안으로 무사 차림의 사내 둘이 들어섰는데 하나는 작은 체구에 당황한 기색이 역력했다. 역관이다. 다른 하나는 강한 눈빛으로 김산을 응시한 채 문 앞에 한쪽 무릎을 꿇고 앉는다. 어깨를 늘어뜨리고 있는 것이 금방 발도(拔刀)를 할 자세다. 김산이 사내에게 등을 보인 채 앉아 히데다까를 보았다.

"내가 누구냐고 묻느냐?"

쓴웃음을 지은 김산이 말을 이었다.

"네 주군인 영주는 물론이고 일본 전역의 영주를 발아래에 꿇릴 수 있는 사람이다. 지금은 그쯤만 알아두어라."

그러고는 김산이 자리에서 일어섰다.

"내일 출발할 때 만나겠다."

"어디에 있겠는가?"

히데다까가 묻자 김산이 쓴웃음을 지었다.

"날 찾지 말고 출항해라, 네 배 안에서 만나게 될 테니까."

몸을 돌린 김산이 아직도 발도의 자세를 취하고 있는 무사를 내려다보았다. 사신단의 경호대장 마사키다. 규슈 제일의 검객으로 불리는 마사키는 30대 후반으로 5단검법을 창안했다. 붕고 영주 아오모리의 검술 사범이며 1천5백 석을 받는 가신이기도 하다. 이번에 사신단의 경호 책임자 겸 자문역으로 남송에 파견되었는데 실제로는 히데다까의 감시역이기도 하다. 김산이 마사키의 시선을 받으면서 웃었다.

"제법이다. 네가 몸을 굳힌 것이 그만큼 진기를 느꼈기 때문일 것이다."

그러고는 마사키의 옆을 지나 방을 나갔다. 문이 닫혔을 때 마사키의 얼굴에서 땀이 뿜어 나왔고 숨소리가 갑자기 거칠어졌다. 통역이 시키지도 않았는데 김산의 말을 통역하자 마사키의 어깨가 늘어졌다.

그 날 밤, 축시(오전 2시)가 되었을 때 지쿠젠 무리가 은신한 북쪽 산등성이에서 날카로운 비명이 울렸다. 깊은 산속이어서 울림은 곧 나무들 사이에 묻혔는데 이어서 어지럽게 사방으로 내달리는 사내들로 숲 속은 소란스러워졌다.

"대장이 죽었다!"

졸개 하나가 내달리며 소리쳤다.

"부대장도 목이 잘렸어!"

그때 뒤쪽에서도 외침이 일어났다.

"조장 둘이 죽었어! 우두머리는 다 죽었다! 히젠 암살대 놈들이 이곳까지 쫓아온 거다!"

"으아아악!"

숲 속 어딘가에서 처절한 비명이 울렸으므로 졸개들의 공포심은 극에 닿았다. 이제는 제각기 외침을 뱉으며 사방으로 뛴다. 뛰다가 나무에 부딪쳐 자빠지는 졸개도 있는가 하면 서너 명은 낭떠러지 아래로 연달아서 추락했다.

다음날 날이 밝았을 때 마사키가 서둘러 히데다까의 방 앞으로 다가가 부른다. 묘시(오전 6시)가 조금 지났을 무렵이다.

"히데다까 님, 주무시오?"

"무슨 일인가?"

바로 방안에서 인기척이 나더니 히데다까가 문을 열었다. 그때 마사키가 말했다.

"나가토의 수괴들이 밤사이에 모두 암살당했습니다. 지금 살아남은 나가토 졸개들이 떼를 지어 배를 타고 도망치는 중입니다."

"저런, 우리 함대 피해는 없는가?"

"없습니다."

머리를 든 마사키가 히데다까를 보았다.

"뒤쪽 산에서 도망쳐 내려온 지쿠젠의 졸개들도 바다로 도망치고 있습니다. 산속에서도 어젯밤 암살이 있었다고 합니다."

"……."

"우리를 피해 산속에 은신했던 지쿠젠의 수뇌부도 모두 밤에 살해당했다는 것입니다."

"안 되겠어. 우리도 지금 떠나기로 하지."

방에서 나온 히데다까가 서둘렀다.

"식수를 다 실었으면 이곳에 머물 이유가 없지 않은가? 당장 떠나기로 하지."

"예, 히데다까 님."

몸을 돌리려던 마사키가 히데다까를 올려다보았다.

"히데다까 님, 어젯밤의 그 괴한은 그냥 놔둬도 되겠지요?"

"그럼."

히데다까의 시선이 주위를 훑었다.

"자신이 알아서 하겠다고 했지 않는가? 그리고 연락할 방법도 없네."

4척으로 구성된 사신단 함대가 이끼섬을 떠난 것은 그로부터 한 시진(2시간)쯤이 지난 진시(오전 8시) 무렵이다.

"히데다까 님, 그 괴한은 배에 타지 못한 것 같습니다."

2층 누각선 선창까지 훑어보고 나온 마사키가 쓴웃음을 짓고 말했다.

"그자가 아마 어젯밤 히젠군이 기습하는 바람에 배를 놓친 것이 아닐까?"

히데다까가 주위를 둘러보며 물었다. 배는 순풍을 타고 서쪽으로 항진하고 있다. 이제 고려령 남해안을 지나 서해를 건너야 하는 것이다. 마사키가 머리를 저었다.

"제가 어젯밤 살해된 오까베의 시신을 보았습니다. 단칼에 머리가 분리되었는데 엄청난 검력이었습니다."

히데다까의 시선을 받은 마사키가 말을 이었다.

"다른 네 명도 마찬가지였습니다. 모두 몸통이나 머리가 절단되었고 단숨에 절명했습니다. 신기(神技)를 가진 검객입니다."

"그렇다면 그것이……."

"예, 어젯밤 그자일 가능성이 많습니다."

"마사키 님이 보아도 그자가 보통 인물이 아니던가?"

"예, 기력(氣力)이 엄청난 사내였습니다. 부끄러운 말씀이나 어젯밤 그자에게 압도되어서 칼에 손을 댈 수가 없었습니다."

마사키의 얼굴에 쓴웃음이 번졌다.

"아마 칼을 빼었다면 제가 당했을 것입니다."

"그런데 그자가 보이지를 않는단 말이지? 그럼 잘된 일 아닌가?"

그때 마사키가 숨을 들이켜더니 히데다까의 뒤쪽으로 시선을 돌렸다. 히데다까가 마사키의 시선을 따라 머리를 돌렸다가 몸이 굳어졌다. 눈만 치켜뜬 채 석상처럼 움직이지 않는다. 바로 뒤에 어젯밤의 괴한이 서 있었기 때문이다.

"어, 어떻게……."

그때 마사키의 입에서 왜말이 튀어나왔다. 마사키도 놀랐기 때문이다. 그때 김산이 말했다.

"내 이야기를 하고 있었던 모양이군."

한 걸음 다가선 김산이 히데다까의 어깨를 한 손으로 가볍게 쳤다. 그러자 기운이 들어간 히데다까가 숨을 뱉으면서 말했다.

"도대체 당신은 누구요? 귀신이오?"

특명

"너희들은 상상도 해보지 못한 세상에서 온 사람이야."

김산이 한어로 대답했다.

"왜국은 섬이라고 들었다. 그러니 어찌 넓은 대륙을 알겠느냐?"

"당치 않은 소리."

기개가 살아 있는 히데다까가 눈을 치켜떴다. 마사키는 이제 정신을 차렸어도 한어를 모르는 터라 둘의 눈치만 본다. 선원과 수행 무사들이 주위를 얼쩡거렸지만 다가오지는 않는다. 어깨를 부풀린 히데다까가 김산을 보았다.

"이보오, 나는 그대가 귀신이 아니라는 것은 이제 알겠어. 하지만 우리 일본 땅이 좁다니? 기마로 한 달을 달려야 동서를 횡단할 수가 있어."

"과연 넓군."

정색한 김산이 머리를 끄덕였다. 3년 전에 김산은 폴란드를 정벌하고 총독 쿠추가 되어서 통치했다. 그때 폴란드 영토가 기마로 한

달을 달려야 될 만큼의 넓이였던 것이다. 배는 이제 대해(大海)로 접어들고 있다. 김산이 머리를 들고 2층 누각을 보았다. 그곳이 히데다까의 숙소인 것이다.

"내가 저곳을 쓰겠다."

김산이 눈으로 누각을 가리키며 말을 이었다.

"보아하니 방이 넓던데 그대와 같이 써도 되겠다."

"그러시지."

히데다까가 쓴웃음을 지으며 말했다.

"그대의 신출귀몰하는 마술도 궁금하고 정체도 알고 싶은 터에 잘 되었네."

그러자 김산의 얼굴에도 웃음이 떠올랐다.

"그래, 나도 왜국 이야기를 듣자."

"혼자 탄 것 같습니다."

김산이 누각으로 들어갔을 때 마사키가 히데다까에게 말했다.

"히데다까 님이 지시만 내려주시면 경호무사와 함께 베지요. 궁수를 사방에 배치하고 한바탕 쏘아 댄다면 새도 빠져나가지 못합니다."

"마사키 님, 우리에 들어온 짐승은 금방 잡아 죽일 필요는 없어."

히데다까의 얼굴에 웃음이 떠올랐다.

"저자가 아무리 날고뛰는 재주가 있다지만 이렇게 단신으로 배에 오를 줄은 상상도 하지 못했어. 어쨌든 보름이나 여유가 있으니 서둘지 말게."

"저자 말대로 임안 위쪽 몽골령 항구에 배를 대실 것입니까?"

"내가 미쳤나?"

"그럼 기회를 봐서 처리할 테니까 시기만 알려 주시지요."

"알았네."

히데다까는 숨을 들이켰다. 저 괴물의 지시대로 몽골령으로 갈 생각은 없는 것이다. 몽골 제국과는 아직 교류를 해본 적도 없어서 몽골 관리에게 잡힌다면 어떤 꼴을 당할지 모른다.

누각 뒤쪽의 창을 열면 선미가 보인다. 누각선은 돛대가 앞쪽에 세워져 있었기 때문에 창에서 시야는 탁 트였다. 술시(오후 8시) 무렵, 시종이 가져온 저녁상을 각각 따로 받아서 먹고 났을 때 히데다까가 먼저 말했다.

"그대는 간이 큰 사내로군."

그 순간 김산이 풀썩 웃고 나서 히데다까를 보았다.

"우물 안에 사는 개구리가 바깥세상을 모른다는 말이 있지."

"내가 대륙에 대해서도 알아."

히데다까는 정색하고 말을 이었다.

"대륙이 얼마나 넓은지도 아네."

"네 눈앞에 앉은 나에 대해서도 그저 마술이나 부리는 인간으로 알고 있지 않느냐?"

"그대가 담대한 사내라는 건 알고 있지 않나?"

김산이 입을 다물었으므로 히데다까가 일어섰다. 김산은 히데다까의 심중을 읽을 수가 있었다. 자신을 사술을 쓰는 일개 무림인 정도로 생각하고 있는 것이다. 그러나 그것이 오히려 어깨가 가볍다. 배를 빌려 타고 가기만 하면 된다. 누각의 히데다까 거처는 사방 10자(3m)의 침실에 위쪽은 관물을 넣어둔, 같은 면적의 방으로 나누어졌는데 김산은 침실을 썼다. 히데다까가 관물을 넣은 방으로 옮겨간 것이다. 칸막이 문이 닫히기 전에 김산이 히데다까에게 물었다.

"히데다까라고 했지?"

"그러네."

"네 보좌역으로 보이는 무사, 이름이 무엇인가?"

"마사키야."

"마사키에게 쓸데없는 짓을 하지 말라고 하게, 그랬다가는 이 누각선의 경호무사가 몰살당하게 될 테니까."

문 앞에 선 히데다까의 눈썹이 꿈틀거렸지만 입은 닫혀 있다. 김산이 차분한 눈빛으로 히데다까를 보았다.

"궁수가 여섯이 있던데 사방에서 활을 쏘고 나서 덤비려고 하지만 모두 죽는다. 마사키에게 활을 쏠 위치가 좋지 않다고 전해라."

"그렇게 전하지."

마침내 히데다까가 정색하고 말했다.

"나도 그대가 우리에게 해를 끼치지 않는다면 무사히 내 임무를 마치고 싶네."

"먼저 궁수가 활을 쏜다고 했습니까?"

쓴웃음을 지은 마사키가 히데다까를 보았다. 다음날 진시(오전 8시) 무렵, 둘은 선수에 나란히 서서 앞쪽 바다를 보고 있다. 누각선을 선두로 좌우에 두 척의 전함이 따르고 있었는데 서풍이 알맞게 불어서 돛이 부풀었다. 세 척의 선대는 우측에 고려 남해안을 끼고 순조롭게 서진하는 중이다. 마사키가 말을 이었다.

"당연하지요. 그쯤은 다 생각해낼 수 있을 것입니다. 궁수가 여섯이라는 것도 활이 여섯 개 놓여 있는 것을 보았겠지요."

"이보게, 마사키 님."

히데다까가 정색했다. 어젯밤 김산한테서 들은 이야기를 다 해주었지만 마사키의 전의는 가라앉지 않았다. 살의라고 해야 맞을 것 같다.

"그자는 몽골령에 내리기만 하면 되는 것 같네. 나도 탈 없이 임무를 마치고 싶고, 그러니 그냥 이대로 가는 것이 낫겠네."

"몽골령으로 가시잔 말씀이오?"

눈을 치켜뜬 마사키가 바짝 다가섰다. 뒤를 훑어본 마사키가 목소리를 낮췄지만 이 사이로 말했다.

"우리가 몽골령에 배를 대면 온전할 것 같습니까? 우린 남송에 가는 사신이란 말씀이오. 남송과 몽골은 지금 전쟁 중이란 것을 잊으셨소?"

"하지만……."

"몽골령에 배를 붙이면 히데다까 님의 임무는 끝장이 나는 것임을 모르시오?"

"아직 여유가 있어."

마침내 히데다까가 한 발짝 물러섰다.

"서둘 것 없단 말이네, 아직 열사흘을 더 가야만 하지 않는가? 그 동안 생각해보세."

다음날 바람이 남풍으로 바뀐 데다 풍랑이 거칠어져서 선대는 흩어졌다가 저녁 무렵에야 겨우 모였다. 배에 등을 밝힌 후에 누각에서 저녁을 먹을 적에 히데다까가 불쑥 물었다.

"그대는 몽골국의 관리인가?"

김산의 시선을 받은 히데다까가 말을 이었다.

"관인(官人) 같아 보여서 그러네."

"그런 셈이지."

건성으로 대답한 김산이 밥을 삼키고는 귀를 기울이는 시늉을 했다.

"선창에서 한 놈이 다쳤네. 떨어진 것 같은데 피를 많이 흘리는구먼."

무슨 소리인가 하고 눈만 치켜뜬 히데다까에게 김산이 정색하고 말했다.

"왼쪽 선창이야, 사람을 보내게, 서둘러!"

입맛을 다신 히데다까가 자리에서 일어나 누각 밑에 대고 소리쳤다.

"왼쪽 선창으로 내려가 보아라! 누가 피를 흘리는가 보도록 해라!"

그러고는 쓴웃음을 짓고 돌아와 자리에 앉았다.

"내가 귀신에 홀린 셈으로 치겠네."

김산은 잠자코 다시 밥을 씹었고 히데다까가 말을 잇는다.

"난데없이 선창에 누가 떨어졌다니? 그대는 눈 하나를 선창에 두었는가?"

그때였다. 누각 밖에서 경호무사 하나가 소리쳐 보고했다.

"나리! 선창에서 보급품 담당 구보가 발을 헛디뎌 떨어졌는데 쇠고리에 배를 찢겼습니다."

놀란 히데다까가 김산을 보았을 때 사내의 말이 이어졌다.

"기절해 있는 것을 구해냈습니다. 피를 많이 흘리고 있어서 나리께서 말씀하시지 않았다면 구보는 죽었을 것입니다."

그때 김산이 머리를 들고 히데다까를 보았다.

"피 냄새를 맡았기 때문이야. 나는 마사키가 지금 너한테 보고하는 자 옆에 서 있다는 것도 냄새로 알 수가 있어."

그 말에 다시 쓴웃음을 지은 히데다까가 슬그머니 자리에서 일어섰다. 그러고는 누각 아래를 내려다보고는 숨을 들이켰다. 방금 들은 대로 옆에 마사키가 서 있었기 때문이다.

다음날 사시(오전 10시)가 되어서야 바람이 약해졌고 풍향이 서풍으로 바뀌었다. 이제 고려 땅은 멀어져서 보이지 않는다. 누각 밖의 계단에 서 있던 김산이 히데다까를 불렀을 때는 배의 돛을 펼치려고 분주한 때였다.

"히데다까!"

김산이 소리쳐 부르자 선수에 서 있던 히데다까가 쓴웃음을 지었다.

"무슨 일인가?"

히데다까가 묻자 김산이 손으로 북쪽을 가리켰다.

"해적선이다."

놀란 히데다까가 머리를 들고 그쪽을 보았지만 파도 끝만 보일 뿐이다. 히데다까의 시선을 따라 옆에 서 있던 마사키도 그쪽을 보면서 물었다.

"히데다까 님, 무엇입니까?"

"저 괴인이 해적선이 있다는군."

"보이지 않는데요?"

그때 다시 김산이 소리쳤다.

"해적선 다섯 척이 이쪽으로 온다!"

"다섯 척이라는데."

긴장한 히데다까가 선장에게 지시했다.

"돛대 위로 감시원을 올려 보내라! 서북방에 해적선 다섯 척이 온다는 거다!"

누각선에서 소동이 일어났다. 선장의 지시로 돛대 끝으로 올라갔던 선원 둘이 곧 입을 맞춰 소리쳤다.

"전함 5척이 이쪽으로 오고 있소!"

"돛대 두 개짜리 전함입니다!"

이제는 돛대 두 개짜리 전함 5척과의 거리가 5리(2km) 정도로 가까워졌을 때 누각선 선수에서 작전회의가 열렸다. 히데다까와 마사키, 그리고 무사대장 야마토와 선장까지 넷이다.

"해적선이 분명합니다."

선장이 말했다. 50대의 선장은 대해(大海)를 수십 번 건넜고 해적선과 조우한 것도 10여 번이라고 했다. 멀리서 보기만 해도 해적선을 알아볼 수가 있는 것이다.

"저놈들은 빨라서 도망칠 수가 없습니다. 복건성이나 광동성 해적들이 분명한데 그놈들은 잔인해서 배까지 빼앗고 사람은 노예로 팔거나 죽입니다."

선장이 말하자 히데다까가 머리를 들고 뒤쪽을 보았다. 이쪽의 신호를 받은 전함 두 척은 이미 각각 50보쯤 거리로 다가와 있다. 뭉쳐 있는 것이다. 마사키가 물었다.

"선장, 저쪽 병력은 얼마 정도냐?"

"저만한 크기의 전함이면 척당 7, 80명씩은 싣고 있을 것입니다."

선장이 이제는 훤하게 보이는 해적선을 곁눈질하면서 말했다.

"배가 가볍고 빨라서 한 시진(2시간) 후에는 우리가 잡히겠소."

일단 이쪽 배 세 척은 지금 도망치고 있는 것이다. 그러나 속력 차이가 나는 터라 간격은 점점 좁혀지고 있다. 그때 마사키가 이 사이로 말했다.

"우리는 모두 모으면 1백2십이야. 마지막 한 명까지 싸워 죽이는 수밖에."

마사키가 히데다까를 보았다.

"히데다까 님, 결정을 내려 주시지요."

그때 김산이 그들 사이로 끼어들었다.

"저놈들을 접근시켜라."

김산이 한어로 말했다.

"이쪽에서 항복하는 것처럼 우리 옆으로 배를 붙여도 된다."

"아니, 그러면."

히데다까가 눈을 치켜떴다.

"백병전을 하자는 말인가?"

"너희들이 할 필요는 없다."

김산이 둘러선 사내를 하나씩 훑어보며 웃었다.

"내가 혼자 적선으로 건너갈 테니까, 배를 붙일 필요도 없다. 30보 거리로 다가붙으면 된다."

"30보라고 했나?"

잘못 들었는가 싶어서 히데다까가 묻자 김산이 머리를 끄덕였다.

"그렇다. 항복하는 시늉을 하고 30보 거리까지 접근하면 된다. 다섯 척 중 대장선이 있을 테니 대장선에 붙여야 한다."

히데다까의 말을 들은 마사키가 물었다.

"30보 거리에서 어쩌겠다는 것입니까?"

"건너간다고 했네."

"건너간다고요?"

눈을 치켜뜬 마시키가 곧 어금니를 물었다.

"어쨌든 그 방법이 가장 나을 것 같습니다. 잘못 들으신 것 같으니 3보 거리로 배를 붙여주시면 저도 적선으로 뛰어들겠습니다."

대장선은 금방 알 수 있었고 그쪽도 숨길 이유가 없다. 선수의 기둥에 붉은 칠을 했는데 검정색 돛대 끝에도 붉은색 깃발을 달고 있는 배다. 그 대장선이 앞장을 섰고 나머지 네 척의 전함이 뒤를 따르고 있다. 대장선이 그중 제일 컸는데 길이가 80보 정도였으며 폭은 15보, 이쪽 누각선보다 크다. 나머지 네 척은 70보 정도의 길이다. 거리가 3백 보 정도로 다가왔을 때 배 위의 사내들이 보였다. 남송의 해적선이다. 남송의 해적단은 장거리 원정에 익숙해서 멀리 인도, 호레즘까지 진출했는데 가끔 고려와 왜국 연안에 침범해서 주로 아이들을 잡아가 서역 땅에 노예로 팔았다.

"대장선이 다가온다!"

이쪽은 이미 돛을 내린 상태로 항복을 표시한 상황이어서 해적선은 순식간에 다가왔다. 멀리서부터 항복한다는 신호를 본 터라 해적선은 거침없이 접근했다.

"대장선이 30보 거리에 왔을 때 바로 돛을 올리고 선수를 왼쪽으로 틀도록."

김산이 말하자 히데다까 옆에 선 통역이 선장에게 바로 통역했다.

"알았습니다."

이미 지시를 받았지만 선장이 소리쳐 선원들에게 지시했다. 30보 거리에서 괴인이 해적선으로 뛰어 건넌다는 말이 다 퍼졌지만 아무도 믿지 않는다. 옆에 선 마사키도 이제는 대장선을 응시한 채 입을 다물고 있다. 30보나 3보나 이쪽에서 건너가야 배를 돌릴 것이었다.

"다가온다!"

선원 서너 명이 한꺼번에 소리친 것은 대장선의 접근 속도가 빨랐기 때문이다. 거리가 1백 보로 바짝 좁혀졌다. 이제는 선수에 선 지휘관의 모습도 선명하게 보인다. 남송군 장군 복색이었는데 손에 칼을 쥐고 소리치고 있다. 그때 김산이 머리를 돌려 히데다까를 보았다.

"대장선의 깃발이 떨어지면 날 데리러 오너라."

그러고는 김산이 이를 드러내고 웃었다.

"히데다까, 알았느냐!"

"네가 살아 있다면."

히데다까가 한마디씩 분명히 말했다.

"우릴 구하려고 뛰어든 너를 배신할 것 같으냐?"

그때 대장선의 선수가 불쑥 다가왔다. 거리가 50보, 40보에서 주춤거린다. 이제 대장선이 속도를 떨어뜨리면서 배 측면을 붙이려고 비스듬히 선체를 틀고 있다. 그때 거리가 35보로 가까워졌고 김산이 우측 난간에서 두 걸음 물러섰다. 모두의 시선이 대장선의 해적들보다 김산에게 집중되었다. 김산이 배에서 떠나는 즉시 움직여야 되는 것이다. 해적선의 해적들은 이제 모두 이쪽을 향한 측면에 붙어 서서 갈고리를 쥐고 있다. 배가 조금만 더 가까워지면 갈고리를 걸 작정이다. 갈고리 길이는 20자(6m) 정도였으니 10보 거리가 되면 던져질 것이다. 그 순간이다.

"아앗."

배 안에서 놀란 탄성이 터졌다. 괴인이 발을 구르는 것 같더니 곧장 새처럼 허공으로 튕겨 오른 것이다. 한낮이다. 허공으로 떠오른 괴인의 몸이 바다 위를 날아서 대장선 안으로 떨어졌다.

"아앗!"

또다시 누각선에서 탄성이 터졌을 때 히데다까가 소리쳤다.

"배를 돌려라!"

대장선 안으로 뛰어내린 김산의 주위를 금방 수십 명의 해적들이 둘러쌌다. 제각기 병장기를 겨눈 해적들의 기세는 흉포했다. 대장선의 규모는 컸다. 갑판 위에만 1백여 명의 해적이 있다.

"이놈, 네놈은 누구냐!"

그때 사내 하나가 소리쳤는데 지휘관급 같다. 그러자 이어서 외침이 울렸다.

"놈들이 배를 돌려 달아난다!"

"잡아라!"

그 순간 김산은 숨을 들이켰다. 한인들의 해적선이어서 말을 알아들을 수 있는 것이다.

"너희들은 어디 해적이냐?"

허리에는 칼을 찼지만 두 손을 늘어뜨린 김산이 사내에게 소리쳐 물었다. 그때 뒤쪽에서 칼날이 날아왔다. 해적 하나가 김산의 뒤에서 내려친 것이다. 그 순간이다. 김산의 몸이 다시 뛰어올랐고 칼을 내려친 해적은 머리 없는 몸이 되어 서 있었다. 목에서 뿜어 오르는 피가 허공으로 솟았고 기겁을 한 해적들이 비켜섰다. 어느새 뒤쪽에 선 김산이 소리쳤다.

"이놈들! 모두 죽을 테냐!"

김산의 외침이 대장선을 울렸다.

"대장이 어떤 놈이냐! 나서라!"

"으아악!"

다시 앞장서 칼을 내질렀던 해적 둘이 쓰러지면서 단말마의 외침을 뱉는다.

대장선이 멈춰 서면서 그 뒤를 따르던 다섯 척의 전함도 주춤대더니 주변에서 머물렀다. 그래서 사신단의 선대 3척은 위기를 벗어날 수 있었다. 거리가 5리(2km) 정도로 멀어졌을 때 선장이 다가와 히데다까에게 물었다.

"나리, 저쪽 다섯 척은 움직이지 않습니다. 더 가면 보이지 않을 것 같은데요."

히데다까가 머리를 들었다. 대장선의 깃발을 볼 수 있는 거리가 이 정도라는 뜻이다. 더 가면 깃발이 보이지 않는다. 신시(오후 4시)가 되어가고 있다. 그때 옆에 서 있던 마사키가 말했다.

"히데다까 님, 가십시다."

마사키가 외면한 채 말을 이었다.

"여기서 멈춰 기다릴 수 없습니다. 마침 순풍을 만났으니 곧장 임안으로 가십시다."

3보 거리에서 같이 대장선에 뛰어들 작정이었던 마사키는 괴인이 30보 거리에서 날아가는 바람에 무안을 당했다. 다시 마사키가 말했다.

"그자가 대장선의 해적들을 제압하고 깃발을 올렸다면 잘된 일이지요. 이젠 그 배로 몽골령에 도착할 것 아닙니까?"

그사이에도 배는 해적 선단과 점점 멀어졌고 그만큼 히데다까의 의지도 멀어졌다. 이윽고 히데다까가 말했다.

"좋아, 그대로 임안으로 가자."

히데다까는 해적 선단을 향했던 몸을 돌렸다.

복건성 장주 출신의 해적 두목 귀정혼은 40대 중반으로 대를 이은 해적 가문의 선주(船主)였다. 지금 귀정혼은 누각계단 밑에서 누각에 앉아 있는 김산을 올려다보며 꿇어앉아 있다. 주위에는 30여 명의 수하들이 제각기 엎드려 있었는데 배는 네 척의 전함과 함께 정지한 상태다. 김산이 입을 열었다.

"돛대의 깃발을 내렸느냐?"

"예, 내렸습니다."

대답한 귀정혼이 김산에게 물었다.

"대감, 왜선을 기다리십니까?"

"그렇다."

쓴웃음을 지은 김산이 머리를 돌려 옆쪽을 보았다. 이제 왜의 사신단 선대는 점점 멀어져서 세 개의 점으로 보인다. 맑은 날씨여서 시야가 탁 트였다. 그때 부장 하나가 소리쳐 말했다.

"왜선들은 곧장 항진하고 있습니다. 한 번도 멈추거나 선회한 적이 없소."

이쪽 상황에 대해서 관심이 없었다는 증거였다. 김산이 대장선을 둘러보았다. 시체 여섯은 이미 바다에 던져 치웠고 피는 다 닦여져서 배 안에 흔적은 남아 있지 않았다. 배를 제압하는 데 여섯을 죽인 것이다. 김산의 무공에 혼이 나간 졸개들이 주춤거렸을 때 선주 귀정혼이 나서서 김산의 정체를 물었고 그 순간부터 사태가 수습되었다. 귀정혼이 김산의 명성을 알고 있었기 때문이다.

"대감, 이 배로 가시지요."

귀정혼이 말했다.

"왜선보다 빠르고 더 편안하실 것입니다. 제가 어느 곳이든 하명만 하시면 모시겠소이다."

"그렇다면."

쓴웃음을 지은 김산이 귀정혼을 보았다.

"저놈들을 잡을 수 있겠느냐?"

"저놈들이라고 하시면……."

귀정혼의 시선이 바다 쪽으로 향했다가 돌아왔다. 이제 왜선단은 검은 점으로 보였다가 사라졌다가 했다. 그때 김산의 심중을 읽은 귀정혼의 두 눈이 번쩍였다.

"예, 내일 오전이면 다시 잡을 수 있습니다. 아마 묘시(오전 6시)쯤 될 것 같소."

이번에는 대장선의 누각 안에서 김산이 귀정혼과 마주앉아 저녁을 먹는다. 해적단의 저녁상이 사신단보다 훨씬 나았다. 돼지고기 볶음에 생선튀김, 삶은 만두까지 놓였고 술병도 있다.

"제 근거지는 장주에서 1백 리쯤 떨어진 우도라는 섬입지요."

돼지고기를 씹고 난 귀정혼이 김산에게 말했다. 귀정혼은 넓은 얼굴에 어깨도 넓은 장한이다. 햇볕에 탄 피부는 검고 두툼한 입술에 눈빛이 강했다. 몸에서 풍기는 열기가 뜨겁다. 귀정혼이 말을 이었다.

"8대에 걸쳐 1백여 년간 해적질을 해오는 터라 우도는 해적 왕국이나 다름없습니다. 대감."

"그럼 네가 왕이냐?"

김산이 묻자 귀정혼은 머리를 저었다.

"제 부친이 계십니다. 도주(島主)라고 부르지요. 제 형이 선단을 관리하고 있습니다. 저는 별동대를 이끌고 있을 뿐입니다."

"해적선은 몇 척이나 되느냐?"

"모두 70여 척이고 우도의 주민이 모두 해적이라고 쳐도 되니 5천여 명을 동원할 수가 있소이다."

"내가 숨겨진 수군(水軍) 함대를 만났구나."

"대감께서 써주시기만 한다면 기대에 어긋나지 않을 것입니다."

어깨를 편 귀정혼이 말을 이었다.

"우리 우도 선단은 지금까지 어느 왕조에도 복속하지 않았습지요. 송(宋)의 수군 함대가 두 번이나 우도를 쳤지만 두 번 다 패하고 돌아간 후에 30여 년간 누가 건드리지도 않았습니다."

이제 남송의 운명이 경각에 달린 상황이니 우도를 칠 겨를도 없을 것이었다. 귀정혼이 두 손을 방바닥에 짚고 김산을 올려다보았다.

"대륙의 동향은 수시로 정탐을 해왔고 이제 남송이 바람 앞의 등잔불 신세라는 것도 압니다. 또한 몽골제국의 대장군이시며 어사총감이신 대감의 명성도 진즉부터 알고 있었습니다. 저희 우도 선단을 몽골 제국에 편입시켜 주시지요."

김산의 얼굴에 웃음이 떠올랐다.

"조건이 있을 것이다. 무슨 조건이냐?"

"해상무역을 우도 선단에 맡겨 주시면 세금으로 국고를 불려 드리지요."

"그렇군."

머리를 끄덕인 김산이 정색했다.

"너는 인연을 복(福)으로 만들었다. 이것은 운이 아니라 네 성실성이며 자질이다."

김산의 시선이 바다 쪽으로 향해졌다.

"그 반대의 부류도 있구나."

"해적선이다!"

돛대 위에 선 망보기가 소리쳤을 때는 묘시(오전 6시) 무렵이다. 놀란 히데다까가 이불을 걷어차고 누각의 창을 열었다.

"다섯 척이다!"

다시 고함 소리가 울렸고 히데다까도 동쪽 수평선에 떠 있는 다섯 척을 분명히 보았다. 어제 만난 해적선이다. 그 순간 히데다까는 심장이 내려앉는 느낌을 받는다. 해적선이 따라온 이유가 분명했기 때문이다. 괴인의 생사에 관계없이 해적선은 다시 이쪽을 약탈하려고 온 것이다.

"히데다까 님!"

누각 아래에서 마사키가 소리쳐 불렀다.

"선장은 한 시진(2시간) 안에 배가 잡힌다고 합니다. 도망치다가 잡힐 바에야 이곳에서 결전을 하는 것이 어떻습니까?"
"선대를 모으게!"
어쩔 수 없었으므로 히데다까도 소리쳐 지시했다.
"배를 붙이고 전투 준비를 하게!"

"배를 붙이는군요."
귀정혼이 앞쪽을 응시하며 말했다.
"끝까지 저항할 작정입니다."
"어차피 몰살당한다는 것을 알고 있어."
옆에 선 김산이 쓴웃음을 지었다.
"내가 살았건 죽었건 피할 방도가 없다는 것을 아는 것이다."
"몰살시키고 재물만 빼앗겠습니다. 남송 사신이라면 틀림없이 공물을 가득 싣고 있을 테니까요."
김산은 입을 다물었고 머리를 든 귀정혼이 소리쳤다.
"세 척이 뭉치고 있다. 우리는 사방에서 일제히 붙는다!"
익숙한 솜씨다.

마사키의 검술은 뛰어났다. 해적 셋을 차례로 베었지만 네 번째를 베려고 할 적에 얼굴에 화살을 맞았다. 주춤하는 순간 해적이 내지른 창에 몸통이 꿰여 작살에 꽂힌 생선 꼴이 되어 쓰러졌다. 사방에서 아수라처럼 달려든 해적 4백여 명의 기세는 흉포했다. 더구나 제각기 무공을 연마한 해적들이다. 붕고 영주의 사신단 1백여 명을 단숨에 몰살시킨 해적들이 누각을 둘러쌌다. 누각에는 사신 히데다까와 경호대장 야마토 둘이 살아남아 있었기 때문이다. 이제 사방에서 울렸던 아우성과 비명은 다 그쳤다.

"이리 나오너라!"

누각 아래에서 귀정혼의 부장이 소리치자 누각 휘장이 걷히더니 야마토와 히데다까가 나왔다. 둘 다 손에 칼을 쥐고 있다.

"이놈들, 우리는 너희들 재상을 만나러 가는 일본국 사신단이다!"

야마토가 소리 높여 외쳤지만 왜말이다. 이쪽은 눈썹 하나 까닥하지 않았다. 그때 누각선 선미에 나란히 서 있던 귀정혼이 김산에게 물었다.

"대감, 어떻게 할까요?"

그때 김산은 누각에 서 있던 히데다까의 시선이 이쪽으로 향한 것을 보았다.

김산을 본 순간 히데다까는 숨을 들이켰다. 다음 순간 온몸의 기력이 다 빠져나가는 느낌을 받는다. 김산은 선미에 해적 지휘관으로 보이는 사내와 나란히 서 있었는데 지휘관의 말을 듣고 있는 것처럼 보였다. 그때 김산의 입이 열렸다. 30보 정도밖에 떨어지지 않아서 입이 열리는 것도 선명하게 보였다. 듣고 난 후에 지휘관이 머리를 들고 소리쳤다.

"죽여라!"

한어여서 히데다까도 확실하게 들었다. 다음 순간 빛줄기 같은 화살이 날아와 히데다까의 몸통을 꿰었다. 히데다까는 수십 발의 화살을 맞고 쓰러지면서 얼굴을 일그러뜨렸다. 죽음에 대한 공포 따위는 이미 잊고 살았다. 부끄러움 때문이다. 배신자로 죽어야 하는 것이 치욕이었다.

그로부터 20여 일이 지난 미시(오후 2시) 무렵, 김산이 카라코룸의 내성 밀실에서 황제 몽케와 몽케의 동생이며 남부군총사령인 쿠빌라이, 또한 쿠빌라이의 동생인 서부지역 원정군사령관 훌라구와 넷이 둘러앉아 있다. 이곳은 황제의 침소 옆방이어서 잡인의 출입이 금지된 지역이다. 김산이 몽케에게 보고를 마쳤을 때는 신시(오후 4시)가 다 되어가고 있다. 임안의 동향에 대해서 묻고 대답하는 데 시간이 꽤 걸렸기 때문이다. 이윽고 머리를 든 몽케가 김산에게 말했다.

"네가 제국의 반석이다. 오랫동안 제국을 위해 노고를 아끼지 않았구나."

김산이 머리만 숙였을 때 몽케의 말이 이어졌다.

"서쪽은 훌라구가, 남쪽은 쿠빌라이가 맡고 있지만 장성 북쪽이 불안하다. 오고데이 일족과 구타이를 아직 소탕하지 못했기 때문이야."

그 순간 김산이 숨을 들이켰다. 구타이의 이름을 듣자마자 온몸에 한기가 번지면서 진기가 뭉쳐진 느낌이 들었기 때문이다. 한동안 잊고 있었던 이름이다. 지금도 구타이의 칼에 무처럼 몸통이 절단되던 동생 은의 모습이 떠올랐다. 몽케가 옆에 놓인 칼을 집어 김산에게 내밀었다.

"너를 북부 총독으로 임명한다. 네가 장악할 곳은 장성 북쪽의 오고데이 영지를 포함하여 여진, 거란령까지다. 그곳에서 더 이상 반란 세력이 준동하지 못하도록 하라."

칼을 내밀고 있었으므로 김산이 두 손으로 받았다. 금으로 손잡이를 만든 지휘도인 것이다.

"성은이 망극합니다."

"너는 고려인이나 내 형제와 다름없다."

몽케의 시선이 부드러워졌고 쿠빌라이와 훌라구도 제각기 머리를 끄덕였다.

"네가 이룬 공으로 몽골제국이 이만큼 성장했다. 바투 님이 지금도 너를 데려가려고 하신다."

"과분하신 칭찬이올시다."

"북방을 단단히 굳혀라, 반역세력은 멸족시켜라."

"예, 폐하."

머리를 숙인 김산이 칼을 받아들고 물러나 앉았을 때 쿠빌라이가 물었다.

"네 생각에 남송은 언제까지 지탱이 되겠느냐?"

"조정이 썩었으니 10여 년 후면 무너질 것 같습니다."

김산이 황제와 두 황자를 보았다.

"요즘 신흥 세력인 가사도가 왕륜과 서로 권력 다툼을 시작하고 있으니 머지않아 자멸할 것입니다."

"그렇다면 굳이 대군으로 국경을 무너뜨릴 필요가 없겠군."

쿠빌라이가 말하자 김산이 대답했다.

"상인들에게 몽골제국 치하에서는 더 활발하게 무역을 장려한다는 소문을 내면 적극적으로 지원해줄 것입니다."

"상인들은 누가 왕이 되건 상관하지 않지."

몽케가 머리를 끄덕였다.

"네 말대로 그렇게 소문을 내겠다."

북부 총독의 교지를 받은 것은 다음날이다. 대장군 겸 북부지역군

총사령관, 북부총독의 관인을 받은 김산에게 정1품 관등이 내려졌다. 왕족을 제외한 재상급 반열에 오른 것이다. 숙소로 삼고 있는 카라코룸 영빈관은 바로 홍경이 영빈관주였던 그곳이다. 홍경의 딸이며 쿠빌라이 여동생의 딸이기도 했던 이화는 이미 왕족과 결혼하여 두 아이의 어머니가 되어 있다고 했다.

"대감, 이번에 북부의 군단장으로 임명받은 예케가 인사드립니다."

신시(오후 4시)경에 영빈관을 찾아온 대장군 예케가 부임 인사를 했다. 예케를 시작으로 10여 명의 대장군, 관리들이 인사차 찾아왔으므로 영빈관이 며칠 동안 떠들썩해졌다. 전령이 팔방으로 뛰었고 봉화까지 이용해서 북부총독 김산의 취임을 전 몽골제국에 알린 것이다. 북부는 오고데이, 차가타이령까지 포함시킨 데다가 서역까지 뻗은 광대한 지역이다. 오고데이, 구유크 2대 황제를 배출했던 오고데이 가문은 톨루이 가문의 몽케에게 황제 자리가 넘어가자 반란을 일으켜 반역세력이 되었다. 오고데이 가문을 지지했던 차가타이 가문도 마찬가지다. 그들에게 본거지는 남겨주었지만 나머지 방대한 영토는 이제 김산의 북부령에 귀속되었다. 부임 준비를 마치고 북부령으로 출발하기 전날 저녁이다.

"대감, 산동성에서 온 동막이라는 자가 아침부터 뵙는다고 기다리고 있습니다."

이번에 수행위사로 임명된 체르기가 말했다.

"대감께서 공무를 보시는 관계로 민간인 접근을 금지시켰기 때문인데 유구현 보향각의 집사라고 합니다."

처음 듣는 이름이어서 머리만 기울였더니 체르기가 말을 이었다.

"고려인이어서 제가 쫓지 않고 밖에서 기다리게 했습니다. 대감."

체르기는 몽골인으로 5백인장이다. 양치기 부족 출신이나 10인장부터 출발해서 제 힘으로 5백인장까지 되었으니 전쟁뿐만이 아니라 사회 경험도 많이 했다고 봐야 될 것이다.

"데려오라."

김산이 말하자 예상했다는 듯이 체르기가 몸을 돌렸다.

잠시 후에 청 밑에 선 사내는 40대쯤으로 옷차림은 말쑥했지만 지치고 불안한 기색이었다. 김산을 보더니 땅바닥에 꿇고서 이마를 땅에 붙였다가 떼었다.

"소인 장준이 인사드립니다."

사내가 몽골어로 말했으므로 김산이 머리를 기울였다.

"너는 고려인이라고 들었다. 아니냐?"

고려어로 묻자 사내의 어깨가 솟았다가 내려갔다. 금세 두 눈이 번들거린다.

"예, 고려인입니다."

사내가 바로 고려어로 대답했다.

"산동성 유구현의 보향각 집사로 있습니다. 대감."

"그런데 나한테 왜 왔느냐?"

"예, 제 주인이 아영입니다."

집사의 시선이 똑바로 김산에게 꽂힌 채 떼어지지 않았다. 숨을 죽인 김산을 향해 사내가 말을 이었다.

"주인마님께서 심부름을 보내신 것입니다. 아십니까?"

"왜 자꾸 아느냐고 묻느냐?"

김산이 묻자 집사가 눈을 떼지 않고 대답했다.

"아영을 모른다고 하시면 더 이상 말을 하지 말고 인사만 하고 돌아오라는 지시를 받았기 때문이오."

"안다."

김산이 눈을 치켜뜨고 말했다.

"내가 모를 리가 있느냐? 아영이 내가 준 머리칼을 갖고 있더냐?"

"예에."

그 순간 집사가 커다랗게 머리를 끄덕였는데 눈물이 흩어졌다.

"가슴에 걸고 계신다고 합니다."

"그것도 물어보면 대답하라고 했어?"

"예에."

"그래, 온 이유를 말하라."

"예에."

손등으로 눈물을 닦은 집사가 헛기침부터 했다. 마당에 둘러선 수하 위사, 관리들은 둘의 고려말을 듣기만 한다. 그때 집사가 말했다.

"마님께서 아드님을 낳으셨습니다. 지금 세 살이 되셨는데 이제는 이름을 받아 올 때가 되었다고 하셨습니다."

놀란 김산의 몸이 굳어졌다. 사내도 말을 그치더니 시선만 준다. 이윽고 김산의 입이 떼어졌다.

"아들이라고 했느냐?"

"예에, 대감."

다시 김산의 입이 닫혀졌고 눈동자의 초점이 멀어졌다. 헤어진 지 벌써 4년이 된 것이다. 아영이 내 자식을 낳았다. 것도 대를 이어갈 아들을, 아영의 가슴에 차고 있는 부모님 머리칼의 기운을 받았기 때문인가? 이윽고 눈의 초점을 잡은 김산이 집사에게 말했다.

"오늘은 이곳에서 쉬어라."

"예, 대감."

"내가 내일 출발하기 전에 이름을 전해줄 것이다."

김산의 목소리가 떨렸다.

산동성 유구현은 바다에서 1백여 리 떨어진 내륙의 교통 요지였는데 지방 토호들의 세력이 강했다. 현령 오크리가 몽골군 5천인장으로 사방 2백여 리의 현을 통치하기에는 벅찼기 때문에 토호들과의 협력이 필요했다. 왕조가 바뀌면서 토호들이 발흥했다가 왕권이 확립되면 시들어지기를 반복하면서 수천 년을 이어가는 것이다. 지금은 몽골제국의 신생기다. 몽골군단은 강력했지만 변경까지 손길이 미칠 수는 없다. 현령 오크리는 유구현의 토호 태씨(太氏), 정씨(丁氏), 소씨(蘇氏)의 지원을 받았다. 그중 태씨의 족장 태홍은 1만여 호의 문중을 거느린 데다 몽골제국의 초창기에 후금을 멸망시키는 데 일조를 한 공으로 '대덕장군'이란 직함까지 받았다. 현령 오크리도 어렵게 생각하는 존재였다.

"대인(大人), 갑자기 웬일이십니까?"

오크리가 청으로 들어선 태홍을 맞으며 부드럽게 물었다. 신시(오후 4시) 무렵, 족장 태홍이 온다는 기별을 받았지만 내막은 모르겠다. 사유를 말해 주지도 않고 그저 집사를 보내온다고만 한 것이다. 자리에 앉은 태홍이 흰 수염을 쓸어내리며 웃었다.

"사흘 후에 내 셋째 자식이 귀향을 합니다. 그때 잔치를 벌이려는데 현령께서 참석해 주십사하고 초대 말씀을 드리려고 왔소."

"아이구, 사람을 보내셔도 될 것을 직접 대인께서 오시다니 이런 광영이 없소."

40대 중반의 오크리가 쩔쩔매었다. 태홍은 60대 중반이니 오크리가 아들뻘이다. 그리고 태홍의 셋째 아들 태구자는 관리로 출신해서 지금은 하북성장 휘하의 판관이다. 정5품 판관이니 현령 오크리와 동격이 된다. 오크리가 말을 이었다.

"가지요, 큰 잔치가 되겠습니다."

"보향각을 통째로 빌려 잔치를 하기로 했습니다. 부디 자리를 빛내 주시지요."

다시 가슴까지 닿는 흰 수염을 쓸면서 태홍이 거드름을 피웠다. 태홍은 전답이 수백 결인 데다 해안의 태씨촌에서는 무역선 세 척을 보유하고 있다. 태씨 소왕국이라고 불려도 과언이 아니다. 태홍이 청을 나갔을 때 현의 도사 양방이 오크리에게 말했다.

"나리, 선물을 가져가셔야 하지 않겠습니까?"

"글쎄, 그것이 걱정이다."

무장(武將) 출신으로 융통성이 적은 오크리가 입맛을 다셨다.

"현의 재정이 열악한데 토호 아들의 잔치 선물까지 챙겨야 하다니, 걱정이구나."

"나리."

바짝 다가선 양방이 목소리를 낮췄다.

"방법이 있습니다."

"뭐냐?"

양방의 주름진 얼굴에 희미하게 웃음이 떠올랐다.

"구룡마을에서 이번에 걷는 세금을 감면해주는 것입니다. 2할 정도만 감면해도 쌀 2천 석이 됩니다."

오크리는 숨을 죽였고 양방의 말이 이어졌다.

"그럼 태 대인은 그 절반에 해당하는 쌀 1천 석 가치의 금화로 나리께 인사를 할 것입니다. 이것이 바로 서로 좋은 일이지요."

"그렇군."

정색한 오크리가 머리를 끄덕였다.

"지난번 구룡마을, 가해마을의 세수가 경작 면적에 비해서 다른 지역보다 3할 정도가 낮던데 그렇게 서로 좋았던 것이냐?"

"예."

양방이 길게 숨을 뱉고 나서 말했다. 도사 양방은 유구현에서 12년째 근무하는 향관이다. 반면에 오크리는 현령으로 부임한 지 석 달밖에 되지 않은 것이다. 오크리가 우두커니 양방을 보았다. 눈동자의 초점이 멀어져 있다.

"그럼 그렇게 하지. 구룡마을 세수를 2할만 감면해주면 되겠지?"

"잘하셨습니다. 나리."

얼굴을 환하게 편 양방이 두 손을 모으고 어깨를 움츠렸다.

"태 대인이 곧 1천 석에 해당되는 금 1백 냥을 상자에 넣어 보내드릴 것입니다."

"쌀 10석이 금 1냥으로 계산되는군."

"그렇습니다."

"지난 현령은 이런 식으로 해서 금화를 얼마나 걷었느냐?"

"3대 토호의 마을에서만 매년 금화 2천 냥은 걷었지요."

"으음."

오크리의 입에서 신음이 터졌다. 태씨 가문만 해도 구룡마을을 비롯하여 7개 마을이 태씨 집성촌이다. 오크리가 천천히 머리를 끄덕였다.

혼자 달린다면 하루에 5백여 리도 주파할 수가 있다. 그러나 지금은 북부 총독으로 어사총감처럼 밀행을 할 수는 없는 노릇이다. 김산은 카라코룸 황궁으로 전령을 보내고 나서 친위대를 이끌고 산동성으로 동진했다. 방향을 정확히 잡으면 남동이다. 몽골제국의 총독은 5명뿐으로 왕(王)으로 불리기도 한다. 동부 총독은 연경에 진을 치고 있는 몽케 칸의 막냇동생 아리카부케이며 서부 총독은 아리카부케의 형 훌라구, 그 훌라구는 지금 서역 원정군 사령관을 겸하여 출정 준비 중이다. 그리고 남부 총독이 훌라구의 형 쿠빌라이인 것이다. 중부 총독은 황제 몽케가 겸직하고 있는 터라 북부 총독 김산의 위상이 어떤지는 설명이 필요 없다. 친위대만 해도 2만여 기였지만 김산은 지나가는 도읍에 민폐를 끼치지 않으려고 친위군 3천을 이끌었다. 그러나 각각 2필의 예비 마를 이끄는 데다 치중대까지 딸려 2만여 필의 말 떼가 지나면 지진이 난 것처럼 산천이 흔들렸다. 카라코룸에서 산동성 유구현까지는 2,000여 리, 집사 장준도 말을 달렸으나 열이틀이 걸렸다고 했다. 그런데 김산이 이끄는 친위군은 엿새 만에 1,800리를 주파했다. 빠르다. 유구현은 중국 대륙의 동쪽 끝으로 산동반도의 중심에 위치하고 있다. 이제 9할은 온 셈이다.

"이곳이 좋겠다."

주위를 둘러본 김산이 말했을 때는 유시(오후 6시) 무렵, 수심이 낮은 강가의 넓은 황무지다. 2만여 필의 말을 너끈히 수용할 수 있는 황야가 펼쳐져 있다. 이곳은 산동성이다.

"대감, 봉화 신호를 받았는지 산동성에서 관리들이 오는 것 같습니다."

이번 행차의 군감(軍監)으로 자원한 대장군 예케가 앞쪽을 가리키며 말했다. 김산은 이미 본 터라 잠자코 시선을 주었다. 이윽고 20보 앞으로 다가온 관리들이 일제히 말에서 내리더니 땅바닥에 무릎을 꿇었다. 그중 앞쪽에 꿇은 사내가 소리쳐 인사를 했다.

"산동성장 대장군 망구드가 북부 총독을 맞습니다."

김산이 발을 떼어 성장에게 다가갔다.

"대장군은 일어서라."

망구드가 일어섰는데 낯이 익다. 머리를 기울였던 김산이 문득 물었다.

"그대는 고려 원정 시에 기마군을 지휘했지 않은가?"

그 순간 망구드가 활짝 웃었다. 수염투성이의 입이 열리면서 석류알 같은 이가 드러났다.

"대감, 그때 소장이 선봉대장이었습니다. 대감을 모시고 고려 땅 깊숙이 들어갔지요."

"그렇군. 기억이 난다."

3천인장이었던 망구드를 5천인장으로 승진시켜준 것도 김산이다. 이제 망구드는 2만 군을 거느린 대장군 겸 성장이 되었다. 곧 김산과 망구드, 그리고 예케까지 셋은 진막 안에 들어가 앉았다.

"대감, 산동성으로 오신다는 봉화 연락을 받고 거성에 준비를 다 해놓았습니다."

망구드의 거성이 이곳에서 20리(8km)거리인 것이다. 김산이 망구드의 시선을 받더니 쓴웃음을 지었다.

"내가 폐하께는 사실대로 아뢰었지만 봉화 신호로는 정확한 행선지는 밝히지 못하고 그저 산동성이라고만 했어."

이제 김산의 언행은 무게가 있다. 김산이 지그시 망구드를 보았다.

"나는 유구현에 간다."

"대감, 유구현이라고 하시면……."

"이곳에서 200리 거리인가?"

눈을 가늘게 뜬 김산이 쓴웃음을 지었다.

"내 자식을 만나러 가네."

아영이 주위를 둘러보며 말했다.

"접시는 많을수록 좋다. 그러니 여분으로 쌓아놓아라."

"예, 마님."

뒤를 따르던 식당 집사가 말했다. 유구현 보향각은 현 내(內)에 있는 10여 개의 여관 중 가장 크고 시설도 좋아서 관리들의 숙소로 이용되었다. 여관에는 유곽과 식당까지 딸려 있었기 때문에 각종 연회나 예식까지 열렸는데 내일 열리는 태씨 가문의 셋째 아들 태구자의 귀향 잔치는 풍성했다. 초대 손님만 7백여 명인 것이다. 유구현령은 물론 인근 2개 현의 현령과 관리, 태씨 문중은 물론 정씨, 소씨 문중의 인사들까지 초대했기 때문이다. 그때 뒤에 서 있던 유곽 집사가 말했다.

"마님, 태씨 문중 집사가 아직 연회비를 가져오지 않았습니다."

몸을 돌린 아영의 얼굴에 웃음이 떠올랐다. 흰 얼굴이 풍성해지면서 주변이 환해지는 느낌이 든다. 이제 아영은 스물일곱, 유구현에 온 지는 4년이 되었는데 주변에서는 고관이었던 남편이 죽은 과부로

만 알려졌다. 아영이 품위가 있는 데다 유구현에 올 적부터 막대한 재물을 가져왔기 때문이다. 그래서 현령도 함부로 대하지 못했고 토호들도 마찬가지였다. 후환이 있을까 두려웠을 것이다. 그러나 아영이 아이를 낳고 3년이 지난 지금은 많이 달라졌다. 고관의 과부라면 고관 친척이라도 얼굴을 디밀 만한데 한 번도 찾아온 적이 없는 데다 아직 아이 이름도 짓지 않았기 때문이다.

"그러냐? 놔둬라."

아영이 웃으면서 말하고는 식당을 둘러보았다. 어제부터 식당과 여관의 손님을 받지 않고 잔치 준비를 하는 중이다. 2층 식당은 칸막이를 터서 5백 명을 수용하도록 만들었고 옆쪽 다실과 유곽 일부를 개조해서 3백 명분 여유를 더 갖췄다. 음식은 소 15마리, 돼지 75마리를 잡은 데다 생선은 7수레, 채소와 과일 등이 12수레, 그릇과 집기까지 며칠 전부터 갖춰놓았으며 주방 요리사를 40여 명이나 고용했다. 식당과 여관 종업원 2백여 명이 모두 투입된 것은 물론이다. 아영은 이번 태씨 문중 잔치에 황금 1,700냥을 청구했고 문중 족장 태홍이 오늘 오전까지 대금을 지급한다고 했던 것이다. 발을 뗀 아영의 뒤로 집사들과 시종, 담당 조장 10여 명이 따르고 있다. 붉은색 비단 치마저고리를 입은 아영은 머리에 금비녀를 꽂았고 귀에는 진주 귀걸이를 달았다. 걸음은 품위가 있었으며 표정은 부드러우면서도 위엄이 풍겨 나왔으므로 하인들은 저절로 위축되었다. 식당의 구석 자리까지 돌아보던 아영이 문득 생각난 표정을 짓고 앞을 향한 채로 묻는다.

"장준이 떠난 지 며칠이 되었느냐?"

"예, 금 시세를 보러간 지 오늘로 18일째가 되었습니다."

유곽 집사가 바로 대답했을 때 시종이 말을 받았다.

"마님, 지금쯤 돌아오고 있을 것입니다."

다른 사람들에게는 심복인 여관 집사가 장준에게 산동 거성으로 금 시세를 알아보라고 심부름을 보낸 것으로 말했지만 시종은 그가 카라코룸에 갔다는 것을 아는 것이다. 어사총감 김산이 이제 북부 총독이 되었다는 소문은 닷새도 되지 않아서 서역에까지 퍼졌다. 그것은 관(官)의 봉화 통신 때문이다. 그 통신을 들은 관인들이 바로 소문을 퍼뜨렸는데 이것은 공고문을 벽에 붙이는 것이나 같다. 다 알리라고 봉화신호를 보냈기 때문이다. 그 소문을 들은 아영은 마침내 김산에게 소식을 전하기로 결심했던 것이다. 그때 아영 앞으로 관인 서너 명이 다가왔다. 유구현의 관리는 아니다. 그들 중 선임으로 보이는 관리가 아영에게 거만한 표정으로 말했다.

"이봐, 그대가 여관 주인인가? 나는 태 판관을 모시고 온 서 좌수라고 한다."

멈춰선 아영에게 사내가 말을 이었다.

"판관께서는 오항주를 준비하라고 하셨다. 손님용으로 오항주 1백 병을 준비해놓도록 해라."

아영 뒤쪽에는 수군거리는 목소리가 들렸다. 오항주는 한 병에 금화 네 냥짜리다. 1백 병이면 4백 냥인 것이다. 그때 아영이 웃음 띤 목소리로 말했다.

"알겠습니다. 급히 술을 구하러 사람을 보내지요. 하지만 선금은 주셔야겠습니다."

관리가 지그시 아영을 보았다. 염소수염을 길렀고 얼굴은 길다.

"돈은 나중에 계산하기로 하지. 태 판관이 어떤 분인지 알고 있지?

그러니 잔말 말고 거행하게."

그때 아영의 얼굴에서 스르르 웃음기가 지워졌다.

"오늘 저녁까지 연회대금으로 황금 1,700냥을 가져오지 않으면 연회는 열 수 없습니다."

아영의 목소리가 식당을 울린 것은 모두 숨을 죽였기 때문이다. 놀란 관리들이 몸만 굳혔고 아영의 목소리가 다시 울렸다.

"오항주도 마찬가지, 술값을 내놓아야 술을 가져올 것입니다."

"아니, 이런 방자한......!"

그때서야 정신을 차린 관리가 발을 구르며 소리쳤다.

"네 이년! 여관 주인년이 감히 누구 앞에서 억지를 쓰느냐! 내 당장 옥에 처넣겠다!"

그때 아영이 머리를 돌려 뒤에 선 집사, 하인들을 보았다.

"손님 내보내라."

"예에."

유곽 집사가 먼저 대답하더니 하인들에게 소리쳤다.

"몽골 법에서 관리가 유흥업소에서 행패를 부리면 민간인 대우를 하라고 했다. 자, 쫓아내라!"

"예에!"

뒤에 선 하인들뿐만 아니라 식당의 하인들까지 일제히 대답하더니 관리들에게 달려들었다.

"아니, 이놈들이!"

관리들이 악을 썼지만 역부족이다. 수십 명의 건장한 하인들에게 밀린 관리들의 관복이 찢겨졌고 모자가 밟혔다. 여관 문밖으로 떠밀려간 관리들은 길바닥에 뒹굴었으니 백주에 이런 모욕이 없다.

"네 이년! 두고 보자!"

관리들이 발을 구르며 이를 갈았지만 구름처럼 모여든 구경꾼들의 웃음거리가 되었다.

"무어?"

태홍과 마주앉아 점심을 먹던 태구자가 젓가락을 내려놓았다.

"여관에서 봉변을 당해? 어디, 자초지종을 말해보아라."

둘 앞에는 옷이 찢겨지고 얼굴에 상처까지 난 좌수 서종이 서 있다. 뒤에 선 셋의 몰골도 말이 아니다. 마치 전장에서 도망쳐 나온 꼴이다.

"대금을 지급하지 않으면 연회를 안 하겠다면서 하인들을 시켜 저희들을 두들겨 쫓았습니다."

기가 막힌 표정을 짓고 서종이 말했을 때 태구자가 벌떡 일어섰다.

"내, 이년을 당장 죽이리라."

눈을 치켜뜬 태구자의 서슬이 시퍼렇게 솟았다. 그때 태홍이 손을 들었다.

"앉아라."

"예?"

어깨를 부풀린 태구자의 기세는 아직 흉포했다. 성격이 독하고 급해서 어렸을 때부터 망나니였던 태구자다. 지금은 아비 덕으로 관직에 나왔지만 아직도 버리지 못했다. 더구나 이곳은 태씨 문중이 장악하고 있는 고향인 것이다. 살인을 해도 덮을 수가 있다. 그때 태홍이 정색하고 말했다.

"그년, 보향각주 아영은 배경이 있는 년이다. 섣불리 건드리지 마라."

"배경이라니요? 그까짓 떠돌이 여관 주인년이 정부라도 있단 말입니까?"

"과부라는 소문이 났지만 그년을 보면 범상치가 않다."

태홍이 손을 저어 거지 몰골이 된 채 서 있는 서 좌수 일당을 내보내고 나서 태구자를 다시 앉혔다. 태홍이 아직도 눈을 치켜뜨고 있는 태구자에게 말했다.

"대금을 주지 않으면 내일 연회를 하지 않는다니 지금 대금을 보내야겠다."

"아버님."

태구자의 얼굴이 하얗게 굳어졌다.

"천하의 태씨 문중이 하찮은 여관 주인년의 협박에 넘어간단 말씀이오? 절대로 안 됩니다."

"닥쳐라!"

마침내 태홍의 노성(怒聲)이 터졌다. 찔끔한 태구자가 입을 다물었을 때 태홍의 목소리가 청을 울렸다.

"이놈아, 그년이 그렇게 나왔다면 뭔가 믿는 구석이 있기 때문이다. 여관을 경영하는 년이면 산전수전 다 겪었을 터, 제 성질에 못 이겨서 저 지랄을 했다면 이미 진즉 사단이 났을 것이다. 판관이나 되는 놈이 그것도 짐작하지 못하느냐!"

숨을 들이켠 태구자는 어금니를 물었지만 분이 풀린 것 같지는 않았다.

해시(오후 10시)가 되었을 때 김산의 진막 안으로 사내 하나가 들어섰다. 수행위사 체르기가 안내해 온 것이다. 40대쯤의 사내는 사복을 입었는데 동작이 바람이 흘러가는 것처럼 가벼웠다. 무공의 고수다. 평시에는 노출시키지 않다가 윗사람 앞에서 긴장을 하게 되면 무공본색(武功本色)이 드러나는 것이다. 김산이 다가오는 사내를 주시했다. 발로 땅을 딛는 것 같았지만 떠 있다. 그래서 바닥에 깔린 곰 가죽이 눌리지도 않는다. 경공의 최고수다. 이윽고 사내가 10보 앞에서 무릎을 꿇고 엎드렸을 때 김산이 슬쩍 웃었다.

"과연 공동파의 초유장이 명불허전이다."

"삼가 총독 전하를 뵈옵니다."

사내가 억양 없는 목소리로 인사를 했다. 이마를 땅에 붙였다가 뗀 사내가 김산을 보았다. 초유장은 공동파의 24계를 통달한 뒤에 관직에 뛰어들었는데 그것은 남송의 관리에게 학살당한 부모의 원수를 갚으려는 것이었다. 공동파의 24계는 병법에서부터 암기에 이르기까지 무술 전반에 이른다. 초유장은 산동성 태자당의 태위, 태자당은 비밀 감찰, 정보수집기관이다.

"네가 산동성을 맡고 있다고 해서 불렀다. 너쯤 되면 내가 부른 이유를 짐작하고 있으렷다?"

김산이 묻자 흐리고 죽은 생선의 눈 같았던 초유장의 눈동자가 또렷해졌다.

"예, 총독 전하."

"말하라."

김산이 보료에 몸을 붙이면서 듣는다는 시늉을 했다. 두 손을 방바닥에 붙인 채 초유장이 입을 열었다.

"유구현에 3개 토호가 있는데 그중 태씨 문중이 가장 강합니다."

초유장의 억양 없는 목소리가 이어졌다.

"3개 토호가 모두 관과 결탁하여 뇌물을 주고받는데 이번에 태씨 족장 태홍의 셋째 아들 태구자가 귀향을 하면서 내일 성대한 잔치가 열릴 것입니다."

"……."

"잔치가 열리는 곳이 유구현의 보향각입니다."

머리를 든 초유장의 시선을 받자 김산이 빙그레 웃었다.

"알고 있느냐?"

"예, 총독 전하."

"언제부터?"

"소인이 산동성의 태자당 태위직에 부임한 1년 전부터였습니다."

"그런가?"

"감찰대 내부에서도 비밀로 하고 은밀히 대원을 보향각에 상주케 하여 마님을 보호하고 있었소이다."

"……."

"그래서 감찰대에서도 마님이 요주의 반역 세력 중의 하나로 알고 있소이다."

"잘했다."

마침내 김산이 머리를 끄덕이며 말했다.

"너에게 신세를 졌다."

"마님께서 공자님을 낳으셨는데도 전하께 연락을 하지 않으시는 것이 불안했었습니다."

초유장이 말을 이었다.

"그래서 이번에 집사 장준이 카라코룸으로 달려가는 것을 보고 크게 마음이 놓였습니다."

"고맙다."

김산이 긴 숨을 뱉었다.

"내 가족을 보호해준 것도 고맙지만 이제 태자당이 제 업무를 확실히 하는 것이 대견하다."

"과분한 칭찬이십니다."

"그럼 네가 먼저 유구현에 가 있도록 해라."

김산이 지시하자 원기가 왕성해진 초유장이 이마를 방바닥에 붙였다가 떼었다.

"지금 떠납지요."

뒤에 서 있던 체르기가 잠깐 김산의 표정을 본 사이에 초유장의 모습이 사라졌다. 수증기처럼 증발한 것 같다.

"2,100냥입니다."

유곽 집사가 돈 자루를 탁자 위에 내려놓고 웃었다. 주위에 둘러선 하인들도 웃음 띤 얼굴이다.

"한 푼도 틀리지 않습니다. 하인 셋이서 두 번이나 세었습니다. 마님."

아영이 탁자 위에 놓인 돈 자루를 보았다. 그러나 차분한 표정이다. 자시(밤 12시)가 되어가고 있다. 아영의 표정을 본 집사와 하인들의 분위기가 차츰 가라앉았다. 여관은 조용하다. 예전 같으면 유곽에서 기녀들의 웃음소리와 풍악 소리가 울렸겠지만 지금은 연회 준비로 손님을 받지 않기 때문이다. 이윽고 머리를 든 아영이 물었다.

"돈은 누가 가져왔느냐?"

"예, 문중의 집사가 하인들을 데리고 왔습니다."

"아무 말 않더냐?"

"예, 영수증만 받고 아무 소리 않고 떠났습니다."

"알았다."

머리를 끄덕인 아영이 부드러운 시선으로 집사를 보았다.

"내일 연회는 제시간에 열릴 테니 하인들에게 그렇게 일러라."

"예이, 마님."

허리를 굽혀 보인 집사가 웃음 띤 얼굴로 아영을 보았다. 싸움에 이겼다는 표정이다.

집사와 하인들이 물러갔을 때 아영이 옆에 선 시녀 진애에게 말했다.

"태홍이 가만있지 않을 것이다."

"예, 당연하지요."

진애가 탁자 위에 놓인 돈 자루를 보면서 말을 이었다.

"당장 내일 연회는 치러야 하기 때문에 수습을 했겠지요. 하지만 후환이 있을 것 같습니다."

진애는 아영과 함께 10년 가깝게 동고동락을 한 사이이다. 아영이 길게 숨을 뱉었다.

"내가 장준을 대감께 보낸 후여서 교만해졌나 보다. 다른 때 같았으면 이렇게 처신하지 않았을 텐데."

"잘하셨습니다."

진애가 아영의 옆으로 바짝 다가섰다. 둘은 지금 고려 말을 한다. 진애도 고려에서 포로로 끌려온 신분이었던 것이다.

"태홍이 이런 큰 잔치를 벌이기는 처음이라고 합니다. 마님이 그러시지 않았다면 대금을 받지 못했을지도 모릅니다."

쓴웃음을 지은 아영이 자리에서 일어섰다.

"대감은 오시겠지?"

외면한 채 묻자 진애가 서두르듯 대답한다.

"장준을 만나셨다면 오시지 않을 리가 있습니까? 마님, 염려 마시지요."

벌써 장준이 떠난 지 19일째가 되는 것이다. 김산이 북부 총독의 특명을 받고 북방으로 떠났을지도 모른다. 아영의 얼굴에 수심이 덮였다.

"엄마."

공자라고만 부르는 아이가 아영에게 엄마 소리는 확실하게 했다. 물론 고려말이다. 다가온 아이의 얼굴 모습이 김산을 빼다 박았다. 이제 만 세 살이 된 공자는 굵은 눈썹, 크고 맑은 눈, 두툼한 콧날에 꾹 다문 입술이 김산을 보는 것 같다. 아영이 다가온 아이의 머리를 손으로 쓸면서 물었다.

"네 아버지 이름은?"

"김산."

"아버지를 만났을 때 인사를 어떻게 하지?"

"아버님, 처음 뵙습니다."

아이가 가르쳐준 대로 두 손을 앞에 모으더니 머리를 꾸벅 숙이며 인사를 했다. 아영이 수십 번 가르친 것이다. 말을 배울 때부터 이렇게 가르쳤다. 머리를 돌린 아영이 외면한 채 눈물을 닦았다. 이제 곧 인사를 하게 될 것인가?

북부 총독

사시(오전 10시), 보향각은 형형색색의 조화와 깃발이 늘어서서 멀리서 보면 꽃산 같다. 거기에다 인파가 들끓었기 때문에 유구현이 생긴 이후에 이런 장관은 처음이라고 할 정도였다. 태씨 문중에서 보면 유구현이 본향이며 제 집안에서 치르는 잔치나 같은 터라 거칠 것이 없다. 태씨 문중 깃발이 뒤덮인 보향각은 태씨 별장 같았다. 초대 손님이 7백여 명이었지만 1천 명 가깝게 들어온 데다 구경꾼까지 밀려들어서 보향각 주변은 1만여 명의 인파가 모였다. 문중 하인들이 과자와 튀김을 나눠주었고 광대 여러 패가 굿을 하고 재주를 부리는 바람에 인파는 점점 더 모였다. 현령 오크리도 안쪽 자리에 앉아 있었는데 태홍과 태구자 부자가 주빈으로 가장 상석을 차지했다. 토호인 정씨, 소씨 문중의 원로들에다 이웃 현의 관리들까지 모여 있는 터라 붉은색 관복이 어지럽게 번쩍였다.

"장관이오."

현의 도사 양방이 주위를 둘러보며 태홍에게 말했다.

"내가 향관으로 수십 년을 지냈지만 이런 잔치를 본 적이 없소."

"태평성대올시다."

정씨 문중 원로가 맞장구를 치자 태홍이 거드름을 피우며 대답했다.

"그렇지요. 현령께 치하 드리오."

"원 별말씀을."

오크리가 쓴웃음을 지었다. 양방을 통해 구룡마을의 세금을 감해준 사례로 오크리는 어젯밤에 금 1백 냥을 받았던 것이다. 그때 보향각주 아영이 다가와 태홍에게 허리를 꺾어 절을 했다.

"문중의 경사를 축하드립니다."

"어, 잘 왔어."

태홍이 손을 들어 아영을 불렀다.

"이리와, 나하고 현령께 술을 따르게, 기다리고 있었어."

"곧 기녀들이 올 것입니다."

"아니, 보향각주의 술을 받아야겠다."

태홍의 얼굴에 웃음이 떠올라 있었지만 눈은 번들거리고 있다.

"어허, 뭘 하는가?"

옆쪽에서 도사 양방이 거들었다.

"보향각주가 먼저 술을 올려야지. 그렇지 않은가?"

"그러지요."

마침내 아영이 다가가 태홍의 앞에 앉아 술병을 들었다. 그때 아들 태구자가 입을 열었다.

"어허, 감히 앞에서 술을 따르느냐? 네가 손님이냐? 옆에서 따르라."

그 순간 주위가 조용해졌지만 아영이 머리를 끄덕이며 웃었다.

"그러지요."

몸을 일으킨 아영이 상을 돌아 태홍의 옆으로 다가갈 때다. 그때 말석에 앉은 도인 차림의 사내가 말했다.

"가관이다. 하북성의 5품 판관 정도가 저런 위세를 부리다니, 가소롭구나."

"무엇이?"

태구자가 버럭 소리쳤지만 좌중이 물벼락을 맞은 듯이 조용해졌다. 이곳은 주빈이 둘러앉은 2층 식당이었는데 손님은 1백여 명이다.

"네 이놈, 네가 누구냐? 얻다 대고 함부로 지껄이느냐!"

벌떡 자리에서 일어선 태구자가 소리쳤고 아영은 태홍 옆으로 가려다가 서서 사내를 보았다. 그때 사내가 천천히 자리에서 일어섰다. 무명 두건을 썼고 무명 겉옷을 걸쳤는데 40대쯤의 장년이다.

"나리, 고정하시고 앉으시지요."

아영이 말하자 사내가 머리를 저으며 웃었다.

"저 하루살이들이 가소로워서 그럽니다. 손톱의 때만도 못한 시골 토호와 그 일족의 위세가 차마 눈을 뜨고 볼 수가 없군요."

"네 이놈! 여봐라! 저놈을 잡아라!"

태구자가 발을 구르며 소리쳤을 때다. 사내가 품속에서 무언가를 꺼내 치켜들었다.

"태자당이다!"

벽력같은 목소리로 사내가 소리쳤을 때다.

"와앗!"

사방에서 함성이 울리더니 사내들이 뛰쳐나왔다. 수백 명이다. 모두 손에 검정색 몽둥이를 들었으니 이것이 태자당의 법봉이다.

"모두 엎드려라!"

사내들이 소리치면서 법봉으로 사정없이 후려갈겼으므로 사방에서 비명이 터졌다. 태구자도 법봉으로 이마를 얻어맞고 피투성이가 되었으며 현령 오크리도 등판을 얻어맞고 엎드렸다.

"나는 태자당 태위 초유장! 명을 받아 너희들을 체포한다!"

명패를 치켜든 사내가 소리쳤을 때다. 지진이 일어난 듯 술상이 흔들렸다. 곧 청 바닥이 흔들리더니 이어서 2층 건물 전체가 흔들렸다.

"움직이지 마라!"

초유장이 소리쳤고 이곳저곳에서 다시 외침이 일어났다.

"엎드려라! 엎드려서 머리를 땅에 박아라!"

그때 초유장이 시선을 돌려 아직도 서 있는 아영을 보았다.

"전하께서 오십니다."

지진이 아니다. 말굽 소리였던 것이다. 초유장의 시선을 받은 아영이 얼굴을 일그러뜨리며 웃었다.

"이제 오시는군요."

"공자님을 모셔 오시지오."

두 손을 모은 초유장이 허리를 굽히며 말했을 때 지진은 더 가까워졌다. 말 울음소리가 사방에서 울렸고 놀란 구경꾼들의 비명이 섞여 들렸다.

"북부 총독 전하 듭신다!"

앞장선 사령들이 입을 모아 소리쳤다. 사령 앞은 이미 수십 명의 위사가 길을 트며 나아갔는데 이미 인파는 좌우로 갈라져서 납작 엎드려 있다. 보향각 안, 이미 잔칫상의 대부분은 뒤집혀지고 엎어져서 그릇이 사방에 흩어졌고 상 주위에 둘러앉았던 손님들은 온몸에 국수 가닥에 국물을 뒤집어써서 시궁창에 빠진 쥐 꼴이 되었지만 옷차림을 수습할 경황이 아니다. 움직였다가는 목이 날아간다. 그것은 2층의 현령을 비롯한 현 관리, 토호 태홍과 아들 태구자는 말할 것도 없다. 오히려 공인(公人), 토호 신분이었기 때문에 더 그렇다. 북부 총독이 누구인가? 몽고명 쿠추, 고려명 김산으로 몽골제국의 5인자 중 하나, 왕족 서열과 같은 총독에 올라 부임한다고 제국의 방방곡곡에 봉화 신호가 전해진 터라 다 안다. 그런데 이 외진 벽지에 북부 총독이 웬일인가? 사령들의 뒤로 깃발을 든 위사대가 따르고 그 뒤를 친위위사 백여 명이 총독을 에워싸고 다가오고 있다. 말굽 소리는 그쳤고 대신 발자국 소리만 거칠게 울리고 있다.

"전하 납시오!"

다시 사령들이 소리치더니 2층 앞에서 갈라섰으므로 이제 2층 계단이 눈앞에 드러났다. 그때 2층 계단 위에 여자 하나와 아이가 나와 섰다.

김산이 계단 위에 선 아영과 시선이 마주쳤다. 거리는 20보 정도, 아영의 속눈썹에 눈물이 맺혀 있는 것도 보인다. 꾹 다문 입술 끝이 떨리고 있다. 순간 가슴이 미어지는 것 같았으므로 김산의 시선이 옆쪽으로 옮겨졌다. 황금색 바탕에 붉은 용이 수놓아진 옷을 걸친 아이가 서 있다. 머리를 뒤로 묶었기 때문에 얼굴이 다 드러났다. 김산은 어금니를 물었다. 어디서 본 얼굴 같다고 느꼈더니 바로 자신의 얼굴이었던 것이다. 내 자신의 어릴 적 얼굴이다. 내 분신이 저곳에 서 있다.

아영은 계단 아래에 선 김산의 얼굴이 일그러지는 것을 보았다. 눈빛이 강해지더니 번들거리고 있다. 사방은 숨소리도 들리지 않는다. 위사들이 석상처럼 도열해 서 있었고 그 분위기에 압도당한 1천 명 가까운 하객은 숨도 쉬지 못하고 있었기 때문이다. 아영은 북받쳐 오른 감동을 억누르고 김산을 보았다. 북부 총독 쿠추, 김산이 바로 저곳에 서 있다. 내 남편, 내 아이의 아버지가 지금 저곳에 서 있는 것이다. 보라, 둘러선 기라성 같은 장군들, 친위 위사들의 번쩍이는 갑옷이 햇살을 받아 빛나고 있다. 세워 든 창날의 위세가 하늘을 찌를 것 같다. 그때 아영이 생각난 듯 아이에게 말했다.

"공자, 아버님께 인사를."

고려말이다. 그때 공자가 기다리고 있었던 터라 또렷하게 말했다.

"아버님, 처음 뵙습니다."

낭랑한 고려말이 보향각을 울렸다.

계단을 올라온 김산이 먼저 아영의 손을 두 손으로 잡았다.

"그동안 고생했소."

김산의 목소리가 2층을 울렸다.

"그리고 이렇게 아이를 키워줘서 고맙소."

김산은 일부러 몽골어를 쓴다.

"아닙니다."

아영의 눈에서 눈물이 흘러내렸다.

"이렇게 뵙게 되어서 기쁩니다."

아영의 손을 굳게 잡았다가 놓은 김산이 이제는 허리를 굽혀 아이를 안아 들었다. 그때 뒤쪽에 서 있던 태자당 태위 초유장이 허리를 굽히며 말했다.

"전하, 이쪽으로 오시지오."

앞장선 초유장이 가장 상석인 태홍의 옆으로 다가가더니 엎드려 있는 태홍의 엉덩이를 찼다. 공력이 들어간 발길질이어서 태홍이 엎드린 채 세 걸음 거리나 날아가 상위에 떨어졌다. 요란한 소리가 났지만 아무도 숨소리도 내지 않는다. 김산과 아영은 상석에 나란히 앉았고 그때서야 위사들이 주위의 모든 사내들을 몰아가 계단 밑에 꿇어 앉혔다. 상이 엎어지고 넘어지면서 뒹구는 바람에 잠깐 소동이 일어났지만 곧 그쳤다. 그때 김산이 머리를 돌려 아영을 보았다.

"이젠 이곳을 정리하고 나하고 같이 북부로 가자."

고려말이다. 순간 아영의 얼굴이 붉게 상기되었다. 총독의 부인으로 데려가겠다는 말이다. 김산이 말을 이었다.

"그대가 내 부인임이 알려진 이상 앞으로는 여관 주인 행세를 못하게 될 것 아닌가?"

김산이 아이를 무릎 위에 앉히고는 머리를 쓸었다.

"이놈한테 세상을 가르쳐줄 필요가 있어. 떠날 준비를 해라."

"네, 전하."

아영의 볼에서 다시 눈물이 흘러내렸다. 10년 만이다. 열여섯에 만나 인연을 맺고 나서 10년 만에 합치게 된 것이다.

감찰과 처벌은 태자당의 몫이다. 김산과 아영이 내실로 돌아간 후부터 태자당 태위 초유장의 심문과 판결이 가차없이 떨어졌다. 이미 사전 조사를 다 해놓은 것이다. 현령 오크리와 도사 양방 등은 토호로부터 뇌물을 받고 세금을 감면해준 중죄를 범한 터라 거리 한복판에서 목이 잘렸다. 토호 태홍, 태구자 부자도 마찬가지다. 초유장은 시범을 보이도록 두 부자를 시내 중심에 목을 매달아 놓고 사흘간 전시하도록 했다. 태씨 문중은 절멸시켜 모든 토지와 재산을 제국재산으로 환속시켰으며, 토호 제거 불똥은 정씨, 소씨에게도 튀었다. 문중 사람들을 죽이지는 않았지만 재산은 모두 제국에서 회수했다. 그러니 살 방도가 없어진 토호 가솔들은 제각기 떠나야만 했다. 유구현이 쑥대밭이 된 것이다. 부패한 관리와 결탁했던 토호까지 함께 멸망한 사례가 되었다. 유구현에서 사흘째가 되는 날 밤, 그날도 일찍 잠자리에 든 김산이 아영의 어깨를 당겨 안으면서 말했다.

"내가 가정을 갖고 정착하게 되리라고는 생각지 못했는데 아이가 생겼다는 말을 듣고 변했어."

"어쩔 수가 없었습니다."

김산의 가슴에 얼굴을 묻으면서 아영이 몸을 붙였다. 사흘째가 되는 밤이어서 아영의 태도도 자연스럽다. 김산이 아영의 옷을 벗기면서 웃었다.

"이제는 그대의 몸이 제대로 보이는구나, 그동안 변하지 않은 것 같다."

"불을 꺼주세요."

몸을 웅크리는 시늉을 했지만 아영은 선선히 몸을 맡긴다. 이윽고 아영은 알몸이 되었다. 흰 피부, 알맞게 살이 오른 몸이 더욱 육감적이다. 김산이 옷을 벗어 던지면서 웃었다.

"그동안 너는 요부가 다 된 것 같다. 잠자리 기교가 늘어난 것 같기도 하고."

"나리는 제 첫 남자이고 마지막 남자이기도 합니다."

다리를 벌려 김산의 몸을 받아들일 준비를 하면서 아영이 눈을 흘겼다.

"기교가 늘어난 것이 아니라 몸이 익숙해졌기 때문입니다."

"그런가?"

"나리, 그냥 넣어주세요."

김산의 어깨를 움켜쥔 아영이 허리를 꿈틀거리면서 말했다. 그 순간 김산의 몸이 들어왔고 아영은 입을 딱 벌리면서 신음했다. 다시 뜨거운 밤이 시작되고 있다.

"들으셨소?"

아람달이 불쑥 묻자 구타이가 머리를 들었다. 이곳은 서부지역의 북방으로 우렌 산맥의 중심 부근이다. 날씨가 항상 혹한이라 초원의 풀이 두어 달밖에 자라지 않아서 유목인도 오지 않는 한지다. 이곳에 근거지를 만든 지 어언 5년, 구타이는 이제 사방에 정보원을 심고 15만의 정병을 길러낸 소영주(小領主)가 되어 있다.

"무엇을 말인가?"

화롯불에 손을 쪼이며 구타이가 물었으므로 아람달이 빙그레 웃었다.

"쿠추가 제 자식을 데리고 부임한다는 겁니다."

"자식이라니?"

구타이의 눈이 가늘어졌다. 술시(오후 8시) 무렵, 거친 바람이 겔의 천막을 흔들고 있다.

"쿠추, 그놈이 혼인을 했단 말인가? 자식이 있다는 소리도 금시초문이야."

"고려녀를 만나 아이를 갖게 했다는 것이오. 산동성 유구현까지 찾아가 그곳에 있던 처자를 데려오면서 현령과 토호를 절멸시켰다고 합니다."

아람달은 40대 후반으로 건장한 체격이다. 몸에 양털 외투를 입고 안에 갑옷을 갖춘 차림새가 당당하다. 이제 60대 중반인 구타이와 마주보고 앉아 있는 데도 전혀 위축되지 않았다. 아람달이 똑바로 구타이를 보았다.

"쿠추 그놈은 제국뿐만 아니라 남송과 서역의 물정까지 통달한 놈이오. 그놈이 가장 위험인물이오."

"그놈이 나하고는 사적(私敵) 원한으로도 얽혀 있는 사이지."

쓴웃음을 지은 구타이가 쇠젓가락으로 화로를 쑤셔 불덩이를 끄집어내었다.

"내가 그놈 부모 형제를 베어 죽인 장본인이야. 그놈 앞에서 동생을 두 토막으로 잘라 죽이기도 했지."

"고려에서 말씀이오?"

흥미가 일어난 듯 아람달의 얼굴에 웃음이 떠올랐다.

"재미있습니다. 그런 사연으로 얽혀 있다니 말씀이오."

"그놈이 북부 총독이 된 이유 중의 하나가 나를 잡는 것이겠지. 몽케 칸이 그렇게 지시했을 거야."

"아직 우리하고의 관계는 모릅니다."

"알 리가 있나?"

구타이가 지그시 아람달을 보았다.

"내일 돌아가시면 북방은 염려하시지 말라고 전하게, 그리고 내가 충성을 다할 것이라는 말씀도 꼭 전하고."

"알겠습니다."

아람달의 얼굴에 웃음이 떠올랐다. 아람달은 몽케의 막냇동생 아리카부케의 참모인 것이다. 칭기즈 칸의 막내아들 톨루이의 막내아들인 셈이다. 몽골족은 대대로 막내아들에게 가문을 상속시켰는데 칭기즈 칸은 셋째 아들 오고데이에게 대권을 물려주었다가 오고데이의 아들 구유크까지 이어갔다. 구유크가 죽은 후로 톨루이의 큰아들 몽케가 황제가 된 것은 바투의 덕분이다. 칭기즈 칸의 장자 주치의 아들인 바투는 일찍이 서역으로 진출하여 킵차크 칸국을 건설하여 막강한 영향력을 행사했기 때문이다. 이제 톨루이의 시대가 되었으니 몽케의 다음 순서는 막내아들의 막내아들인 아리카부케가 되어야 한다. 그것이 아리카부케의 야심인 것이다. 그러기 위해서는 지지세력을 확보해야 한다. 아리카부케의 참모 아람달은 3년 전부터 북방의 동토에 은신한 구타이에게 끊임없이 무기와 식량을 공급했다. 구타이가 이제 이만큼 무력을 갖춘 것도 아리카부케 덕분인 것이다.

북방의 수도는 타이렌이다. 초원 중심부에 위치한 타이렌에는 주민 30여만 명과 기마군 10여만이 상주하고 있었는데 도시는 몽골식으로 겔만 설치했고 성벽도 세우지 않았다. 북방 총독으로 부임한 지 한 달이 되는 날 오전, 오늘도 김산은 말안장 앞에 아들 원(元)을 태우고 초원의 부대를 시찰했다. 뒤에는 친위대 1백 기 정도가 따를 뿐이어서 단출한 행차다. 끝없이 펼쳐진 초원을 달리면서 김산이 앞에 안고 있는 원에게 물었다.

"원아, 이곳이 어딘지 아느냐?"

"타이렌입니다."

네 살짜리 원이 고려어로 힘차게 대답했다. 말타기를 좋아하는 원은 저도 두 손으로 고삐를 쥐고 있다.

"네 고향은 어디냐?"

"고려입니다."

"고려는 어느 쪽에 있느냐?"

"저쪽."

원이 동쪽 초원을 가리켰다.

"해가 뜨는 쪽입니다."

"네 아비 이름은?"

"김산."

둘은 지금 고려말로 주고받는다.

"아비는 누구냐?"

"예, 몽골 북부 총독입니다."

"어머니는?"

"전아영."

"오냐, 잘했다."

여러 번 반복한 터라 원도 술술 대답을 한다. 그때 뒤를 따르던 위사장 체르기가 말을 달려 옆에 붙었다.

"전하, 서북방으로 나갔던 정찰대가 돌아왔습니다."

머리를 끄덕인 김산이 말의 속도를 줄였고 체르기가 말을 이었다.

"정찰대장이 진막에서 대기하고 있습니다. 기다리라고 할까요?"

"지금 만나겠다."

말머리를 돌린 김산이 본진을 향해 박차를 가했고 친위대가 뒤를 따른다. 초원 위를 달리는 말굽 소리가 부드럽게 울렸다.

정찰대장은 1백인장으로 거란족이다. 거란족은 기마술에 뛰어났고 옛 고구려의 혈통이 섞여서 활을 잘 쏜다. 정찰대장 이름은 부틴, 턱수염이 짙은 장대한 체격이다. 부틴은 정찰대 30기를 끌고 북방으로 나갔다가 20일 만에 돌아왔는데 정찰 중에 부하 넷을 잃었다고 했다. 강을 건너다 둘이 빠져 죽고 벼랑길을 걷다가 하나가 실족사, 하나는 곰과 싸우다 죽었다는 것이다. 총독이 직접 불러들인 터라 부틴은 긴장으로 굳어 있었다.

"얼마나 올라갔느냐?"

김산이 묻자 부틴이 바로 대답했다.

"예, 1천5백 리쯤 되었습니다."

그렇다면 눈에 덮인 무인지대까지 간 셈이다. 김산이 다시 물었다.

"북방의 우렌 산맥은 훑었느냐?"

"예, 전하."

"말하라."

"흩어져 살던 부족들이 뭉치고 있었습니다. 초원으로 많이 내려와 있는 것을 보았습니다. 모두 2십여만 가깝게 되었습니다."

"아직도 적대적이냐?"

"예, 마을 안으로 들어갈 수는 없었습니다. 하지만."

"하지만 무엇이냐?"

"3년 전만 해도 수십 개의 부족으로 나뉘어서 수렵을 생업으로 하던 자들이 얼어붙은 초원으로 내려왔습니다. 초원은 두 달 정도만 풀이 자라는 터라 말과 양을 키우기는 어렵습니다."

"양과 말이 많더냐?"

"많았습니다."

"풀을 먹이려면 남쪽으로 이동해야겠구나."

머리를 끄덕인 김산이 말을 이었다.

"수고했다. 지도를 그려 놓아라."

부틴을 보내고 나서 진막 안에는 김산과 북부군 군단장 중 하나인 대장군 예케, 북부 재상인 쿠쿠추스, 그리고 1만인장 삼관필과 비호수, 홍복까지 여섯이 둘러앉았다. 그동안 삼관필과 비호수는 남부군에 소속되어 있다가 불려 왔으며 홍복은 서부군 소속이 되어 있었던 것이다. 이제 셋은 장군이 되어 행동에도 위엄이 돋아났다. 김산이 그들을 둘러보며 말했다.

"구타이가 북방에 있는 것은 확실하지만 지역이 너무 넓어서 찾기가 어렵다. 흩어져 있던 수십 개 부족들이 모이고 있다는 것도 미심쩍다."

그때 재상인 쿠쿠추스가 입을 열었다.

"전하, 동부 총독 아리카부케 님이 자주 서역으로 대상을 보냅니다. 동부 재정을 늘리려고 하신다지만 우리 북부 지역을 거쳐 우렌 산맥을 통과하시는 것이 위험한데도 북부군의 경호를 받지 않습니다."

김산의 시선을 받은 쿠쿠추스가 쓴웃음을 지었다.

"아리카부케 님께서 경호는 필요 없다고 지시하셨다는 것입니다. 감히 아리카부케 님의 대상을 건드릴 도둑 떼는 없다고 하셨다는군요."

쿠쿠추스는 칭기즈 칸의 활을 만들어준 가문이니 상류 가문에 속한다. 거기에다 쿠쿠추스의 할아버지는 칭기즈 칸을 따라 서역 원정에 나갔다가 전사한 후에 '가문의 특전'을 받았다. 대를 이어서 대장군 하나씩 임명해준다는 특전이다. 그래서 3대인 쿠쿠추스가 12명의 사촌들을 제치고 대장군에 임명되어 북부의 재상으로 온 것이다. 그런데 3대 쿠쿠추스는 김산의 우려와는 달리 영민했고 공평했으며 재정에 밝았다. 북부에 필요한 인사였다. 그리고 가장 김산에게 도움이 된 것은 황제 가문의 사정에 밝다는 것이었다. 쿠쿠추스 가문이 칭기즈 칸 가문과 밀접 되어 있었기 때문일 것이다. 쿠쿠추스는 30대 중반으로 김산보다 대여섯 살 연상이었지만 겸손했다. 김산의 명성을 오래전부터 들어온 것이 그 이유 중의 하나가 될 것이다. 쿠쿠추스가 작은 눈을 더 가늘게 뜨고 말을 이었다.

"아리카부케 님은 동부 총독이 되신 후에 군비를 확장하고 재정상태를 강화시키고 계십니다. 하지만 동부 주민들은 세금이 가혹해서 야반도주를 하는 상황이지요. 북부에도 동부에서 이주해 온 주민이 10만 가깝게 됩니다."

"전쟁 준비를 하는 모양이군."

입이 빠른 예케가 혼잣소리처럼 말했을 때 홍복이 헛기침을 했다. 홍복은 친위군 사령관을 맡고 있다.

"제가 서부군에 있을 적에도 동부군과 협조가 되지 않았습니다. 훌라구 전하께서 우렌 산맥 동쪽 끝에 구타이군 잔당이 있다는 정보를 받으시고 아리카부케 님께 협동 작전을 제의하셨지만 군사를 늦게 보낸 데다 1만여 명뿐이어서 작전이 실패한 적도 있습니다."

그때 김산이 머리를 들고 삼관필과 비호수를 보았다.

“둘 중 누가 나하고 같이 가겠느냐?”

삼관필과 비호수가 숨을 죽이더니 삼관필이 먼저 나섰다.

“비호수 장군이 요즘 기마군 조련으로 바쁩니다. 제가 다행히 일이 비었으니 모시겠습니다.”

비호수가 입을 열었지만 말이 나오기 전에 김산이 막았다.

“좋다. 내가 삼관필하고 북방에 다녀오겠다. 그동안 북부를 그대들에게 맡긴다.”

“전하.”

당황한 쿠쿠추스가 불렀다가 김산의 표정을 보더니 곧 머리를 끄덕였다.

“알겠습니다. 전하께선 이곳에 계시는 것으로 위장하고 있겠습니다.”

“북방을 정탐하러 가는 것이니 일행도 적을수록 좋다.”

김산의 말에 삼관필이 머리를 숙였다.

아영은 이제 총독 부인이니 왕비 대접을 받는다. 비록 겔로 이루어진 내궁이었지만 수십 명의 시녀가 시중을 들고 손끝 하나 까닥하지 않고 지낼 수 있는 신분이 되었다. 그러나 아영은 다르다. 아침에 일어나면 침구 정돈을 하고 아들 원의 옷을 입히는 것도 아영이다. 깊은 밤, 김산의 가슴에 얼굴을 붙이고 누운 아영이 낮게 물었다.

“나리, 며칠이나 걸릴까요?”

“왜?”

김산이 아영의 알몸 허리를 당겨 안으면서 웃었다. 방금 정사를 나눈 후여서 아영의 몸은 끈끈했다. 땀이 식지도 않은 것이다.

"독수공방할 것이 두려운가?"

아영이 잠자코 눈을 흘겼으므로 김산이 엉덩이를 움켜쥐었다. 이제는 아영도 대담해져서 김산의 양물을 감싸 쥔다.

초원에 선 김산이 머리를 돌려 삼관필을 보았다. 오시 무렵, 타이렌을 떠난 지 사흘째가 되는 날 오전이다. 사흘 동안 7백여 리를 북상했는데 이제 이곳은 동토가 시작되는 지역이다.

"이만하면 되었다."

김산이 주위를 둘러보며 말했다.

"자, 가자."

김산이 말머리를 돌린 곳은 동쪽이다. 앞장서 걷는 김산의 뒤를 잠자코 삼관필이 따른다. 단둘의 정찰이다. 총독과 1만인장의 정찰 여행인 것이다. 예비 마로 14필의 말을 끌고 달릴 수가 있다. 오직 삼관필에게만 알려주었기 때문에 동부행은 아무도 모른다. 김산은 우렌 산맥에 은신한 구타이를 수색하기 전에 동부를 정찰하려는 것이다. 엄밀히 말하면 동부 총독 아리카부케의 조사였다. 지금까지 김산은 칭기즈 칸의 막내아들 톨루이 가문의 왕자들과 밀접한 관계를 유지해왔다. 톨루이의 장남인 몽케 황제로부터 쿠빌라이, 훌라구까지 김산을 동생처럼 대해준 것이다. 그러나 막냇동생 아리카부케와는 거의 교류가 없었다. 아리카부케는 막내아들이었으므로 몽골 관습에 따라 부친의 유업을 물려받기 위해 노력하고 있다는 것만 알고 있었을 뿐이다.

"각하, 동부의 연경까지는 3천 리 길입니다. 닷새면 도착합니다."

삼관필이 말하자 김산이 잠자코 말에 박차를 가했다. 몽케 칸의 후계자는 쿠빌라이다. 훌라구도 야망을 가진 칸이었지만 쿠빌라이가 뒤를 잇는 데는 이의가 없다. 그래서 서역 정벌을 서두르고 있는 것이다. 바투의 킵차크 칸국이 더 영역을 확장하기 전에 서역 땅에서 기반을 굳히려는 의도다. 그런데 아리카부케의 속셈은 알 수가 없다. 형제들과의 교류도 적은 터라 동부지역의 내막을 파악하는 것이 구타이와 잔당을 추적하는 것보다 중요하다고 생각한 것이다.

연경은 대도시다. 서북쪽에 위치한 몽골제국의 수도 카라코룸보다 더 크고 인구도 몇 배가 많은 데다 첫째 성곽과 궁성까지 갖춰졌다. 급조된 카라코룸과 달리 수천 년 역사를 지닌 도시인 것이다. 연경의 왕성 안, 밀실에서 아리카부케와 참모 아람달이 마주앉아 있다. 아람달은 서역 길에서 돌아온 지 이틀째가 되었다.

"전하, 구타이가 말과 무기를 더 원하고 있습니다."

아람달이 말하자 아리카부케의 얼굴에 쓴웃음이 떠올랐다. 아리카부케는 36세, 조부 칭기즈 칸을 빼다 박았다고 원로들이 말할 만큼 둥근 얼굴, 가는 눈, 장대한 체격에 성격까지 닮았다. 어렸을 때부터 그런 말을 들은 터라 아리카부케의 꿈은 점점 현실로 접근하고 있다.

"얼마를 원하느냐?"

"말 20만 필과 군사 7만 명분의 무기입니다. 그럼 구타이는 정규군 20만을 보유하게 됩니다."

"쥐새끼 같은 놈."

이 사이로 말했던 아리카부케가 천천히 머리를 끄덕였다.

"준비를 해라."

"예, 전하."

"하지만 줄 때는 견제장치가 있어야 할 것이다. 알겠느냐?"

"물론입니다. 전하."

그때 아리카부케가 눈을 좁혀 뜨고 물었다

"고려아 놈의 동향은?"

"우렌 산맥으로 정탐대를 파견하고 있지만 아직 구타이의 실체는 파악하지 못한 것 같습니다."

"그놈만 없애면 북방이 평온해질 것이다."

"기회가 되면 가차 없이 제거해야지요."

아람달의 목소리가 낮아졌다.

"그러나 지금은 시기가 아닙니다, 전하. 그렇게 되면 황제 폐하의 주목을 받게 될 것입니다."

"알고 있어."

아리카부케의 얼굴에 희미한 웃음이 떠올랐다.

"쿠빌라이는 남쪽, 훌라구는 서쪽, 몽케는 중앙을 맡고 있지만 내가 중앙에서 가장 가깝다. 그리고……."

말을 멈춘 아리카부케가 심호흡을 했다. 아람달은 숨을 죽이고 있다. 말을 잇지 않아도 아는 것이다. 훌라구는 서역 원정을 떠나고 막 남한지의 명을 받은 쿠빌라이가 남방 정벌을 떠나면 제국 중심에는 아리카부케가 남는 것이다. 몽케 황제의 유고 시에는 아리카부케만 제국 중심에 남게 된다.

연경의 문화는 임안과 다르다. 북방이어서 규모가 컸고 저택이나 도로가 두 배쯤 넓기도 했다. 이곳에도 무역상이 많았는데 주로 여진, 거란, 말갈족이다. 닷새 만에 연경에 도착한 김산과 삼관필은 거란 무역상 행세를 했다. 연경에서 남쪽으로부터 가져온 비단과 노리개를 사러 온 수입상이 된 것이다. 연경 중심부의 용진각에 여장을 푼 그날 밤부터 둘은 먼저 민심부터 정탐했다.

"이건 남송 전선 근처에 세워진 도시 같구나."

시장통 다실에 앉은 김산이 찻잔을 들면서 말했다. 물론 독음이다. 술시(오후 8시)경, 다실 안은 혼잡했는데 시장 상인과 외부 손님들이 뒤섞였다. 외부 손님 대부분은 거란, 여진 무역상이다.

"그렇습니다. 열 명 중에 두 명이 세작이군요. 이상합니다."

삼관필의 머리가 기울어졌다. 이곳이야말로 안전한 도시인 것이다. 몽골제국의 중심이며 카라코룸이 서북방에 위치했고 여진과 거란은 평정된 지 오래다. 그런데 이곳 분위기가 남송 전선에서 몽골군과 남송군이 대치한 국경도시 같다. 이윽고 김산의 얼굴에 쓴웃음이 번졌다.

"아리카부케의 내심을 알 것 같다."

"반역입니까?"

"증거를 잡아야겠지."

한 모금 차를 삼킨 김산이 말을 이었다.

"임안보다 무림 인물들이 더 들끓고 있는 것 같군."

"소문이 안 난 것도 이상합니다."

"소문이 날 이유가 없지. 황제의 막냇동생이 흑심을 품고 있다고 누가 생각하겠느냐? 그리고 그것을 누구한테 상소하겠느냐?"

"과연 그렇습니다."

그 순간 삼관필은 입을 다물었다. 김산이 압력을 넣었기 때문이다. 숨이 막히는 느낌이 든 삼관필이 눈을 크게 떴다가 곧 이유를 알았다. 다실 안으로 두 남녀가 들어섰기 때문이다. 그런데 여자가 눈이 부실 것 같은 미모다. 다실 안의 모든 시선이 모였고 여자는 그것이 당연한 일이라는 듯 턱을 쳐든 자세로 들어와 기둥 옆 자리에 앉는다. 동행한 사내도 준수한 용모였지만 여자 옆에 있으니 꽃에 붙은 벌레 같다. 머리를 든 삼관필이 숨을 들이켰다. 앞에 앉은 김산의 얼굴이 변해 있는 것이다. 30대의 호걸풍 수입상 모습이 되어 있다. 그때 김산이 독음으로 말했다.

"숙소에서 기다려라."

삼관필은 잠자코 자리에서 일어나 다실을 나갔는데 여자한테는 시선도 주지 않았다.

지금까지 수백 명의 무림 고수를 만났지만 이 여자처럼 신비한 존재는 처음 보았다. 우선 온몸이 하늘거리는 안개처럼 느껴졌다. 일부러 바닥을 밟는 신발에 무게를 주었지만 연체동물 같다. 여자가 이쪽을 자연스럽게 보았지만 그 짧은 순간에 모든 것을 간파당한 것 같기도 하다. 여자의 무공은 인간이 닿을 수 있는 최고치에 오른 것 같다. 김산은 앞쪽 삼관필의 빈자리를 응시하면서 슬쩍 웃었다. 다만 딱 한 가지, 여자의 스쳐 간 그 섬광 같은 시선에서 느낀 점이 있다. 여자의 오만이다. 그 누구도 내 눈 밑에 있다는 오만이 섬광 속에서 발견된 것이다. 여자의 근본은 중원 무림이다. 그동안 최근의 보경으로부터 서청, 태영, 채화진까지 미모의 여고수들을 겪었지만 이만큼 신비스럽고 요사하며 측량하기 어렵고 오만한 여자는 처음 보았다. 또한 미모는 선녀가 화를 낸 것 같은 데다 숨기지를 않는다. 이런 미인이 한 번 스치고 지나면 수많은 소문이 일어날 것인데 왜 듣지 못했던가? 오늘이 처음 등장한 날인가? 그때 김산의 귀에 여자의 목소리가 울렸다.

"이 다실 안에 무공의 절정고수가 있어. 그자가 이미 내 공력을 알아챈 것 같다."

웃음 띤 목소리다. 김산은 호흡을 조절했다. 여자는 비스듬한 우측 자리에 앉아 있었으므로 머리를 돌려야 보인다. 여자는 눈만 조금 돌려도 이쪽이 보이는 위치였다. 그때 다실 안의 소란스러운 이야기 소리를 뚫고 여자의 목소리가 화살처럼 날아와 귀에 박혔다.

"거란 상인 행색을 하고 있군. 장신에 30대 호남인데 내 독음을 듣고 있어."

"그렇습니까?"

사내가 웃음 띤 목소리로 받는다.

"누구입니까?"

"저기, 오른쪽에 혼자 앉아 있는 놈. 회색 겉옷에 여우털 모자를 썼구나."

바로 김산이다. 김산이 못 들은 척 앞쪽만 보았더니 여자의 말이 이어졌다.

"조금 전에 독음으로 제 일행을 내보냈어. 숙소에서 기다리라고 하더군."

"그런데 독음을 듣지 못하고 있는 것 같은데요?"

"아니, 못 들은 척 하는 거야."

김산은 여자가 도발하고 있었지만 움직이지 않았다. 경망하다는 생각도 들지 않았다. 저 정도 공력이면 말 한마디에도 서너 단계 위를 내다보고 있을 것이었다. 그때 여자의 목소리가 이어졌다.

"궁금하군, 저 정도 공력을 갖추고 지금까지 이름이 알려지지 않았다니?"

"어느 파 같습니까?"

"어느 파에도 속하지 않았어."

"고려아 김산이 독보적인 존재지요. 혹시 그자 아닐까요?"

"북부 총독이 거란 장사꾼 행색으로 여기 앉아 있을 이유가 있을까?"

"혹시 모릅니다."

"김산은 저만큼 출중하지 않아."

"그럼 장주님이 한번 시험해 보시지요."

"그럴까?"

장주(莊主)라면 무림의 한 파일 수도 있고 귀족 마나님을 부르는 이름일 수도 있다. 그 순간 김산은 옆으로 다가오는 더운 기운을 느꼈다. 여자가 대기 속에 화기(火氣)를 띄워 보낸 것이다. 그런데 그 화기는 보이지도 않고 소리도 없다. 오직 뜨거운 기운이 주먹만 한 크기로 뻗어 온 것이다. 이것이 도대체 무슨 기법인가? 보이지도 않는 불기둥을 이렇게 천천히 보내다니? 사술 같지만 엄청난 공력이다. 그 순간 화기가 김산의 허리에 닿았다. 옷이 금방 주먹만 한 크기로 시커멓게 타더니 김산의 피부가 이글거리며 구워지기 시작했다. 그런데 연기가 나지 않는다. 오직 고기 굽는 냄새가 다실 안에 진동하기 시작했다. 그때 김산이 허리를 손바닥으로 감싸더니 의자에서 쓰러졌다.

"궁주님, 저자 몸이 탑니다."

"그렇군."

둘의 목소리가 들리더니 곧 화기가 그쳤다. 김산이 쓰러지자 주위 손님들이 수런거리며 다가왔다. 그러나 손바닥으로 허리를 감싸고 있어서 상처는 보이지 않는다.

"내가 잘못 본 모양이야."

곧 혀를 차는 소리가 들리더니 여자가 짧게 웃었다.

"괜히 엄한 놈 구워 먹을 뻔 했군."

"전혀 무공이 없는 놈 같습니다."

"무공이 전혀 없는 놈이 완벽하게 위장한 고수로 보이는 적도 있어."

궁주의 목소리가 멀어지고 있다. 다실을 나가는 것 같다.

"이보시오. 어디 아프시오?"

쓰러진 김산의 어깨를 흔들면서 사내 하나가 소리쳤다.

"그런데 어디서 고기 굽는 냄새가 이리 심하게 나는가?"

다른 사내가 투덜거렸다. 그때 김산이 허리를 덮은 손을 떼었다. 그러자 말짱한 옷이 드러났다. 진기(眞氣)를 태운 터라 옷과 피부가 정상으로 돌아왔다. 겉만 그렇게 보여서 실제로 타지도 않았다.

선화장(仙花莊)이다. 연경 동북방 대흥사 옆의 거대한 저택 대문에 붙여진 이름이 그렇다. 대문 기둥은 두 사람이 손을 뻗어야 겨우 닿을 만큼 굵었고 마차 세 대가 동시에 들락거릴 수 있을 만큼 넓다. 미녀는 선화장주 강채기, 지난달에 사천성에서 온 후로 총독 아리카부케의 별장으로 사용되던 제3궁을 넘겨받고 선화장주가 되었다. 선화장이란 이름도 아리카부케가 지어 주었으니 강채기의 위신이 어느 정도인가는 더 묻지 않아도 될 것이다. 선화장은 본래 별궁이었기 때문에 하인, 시녀가 2백여 명이나 있었는데 아리카부케는 그들은 물론 집기, 창고에 쌓인 재물까지 다 넘겨준 것이다. 실로 부인(夫人)에 대한 예우나 같았는데 강채기가 장주가 된 후로 아리카부케가 자고 간 날은 없었다. 그래서 시녀와 종들 사이에는 강채기가 아리카부케의 딸이라는 소문이 돌았다가 사라졌다. 강채기의 나이가 아무래도 20대 중반이니 아리카부케가 10살 때쯤 아이를 낳은 경우가 될 것이기 때문이다. 유시(오후 6시) 무렵, 선화장이 떠들썩해졌다. 외출했던 장주 강채기가 돌아온 지 얼마 되지 않아서 총독 아리카부케가 온다는 기별이 왔기 때문이다. 강채기도 단장을 하고 발까지 씻은 다음 청에 앉아서 아리카부케를 기다린다.

"전하께서 대문을 통과하셨소!"

전령이 소리쳤을 때 이어서 또 한 명의 전령이 달려왔다.

"전하께서 중문을 통과하셨소!"

강채기가 자리에서 일어나 청 입구로 나간다. 뒤를 시녀 세 쌍이 따르는데 마치 왕비가 왕을 맞는 것 같다. 그때 말굽 소리가 들리더니 마당에 일대의 기마대가 들어섰다. 동부 총독 아리카부케 전하, 대황제 칭기즈 칸의 막내아들의 막내아들, 따라서 칭기즈 칸의 정통 상속자, 몽골 초원의 계승자, 칭기즈 칸 외에는 어느 누구도 죄를 물을 수 없는 신성한 존재가 말에서 내리더니 거침없이 다가온다.

"전하."

강채기가 다가온 아리카부케를 향해 허리를 굽히고 절을 했다. 얼굴에 웃음이 흘렀고 눈에 교태가 담겨 있다. 머리를 끄덕인 아리카부케의 눈도 번들거린다.

"술상을 준비했습니다. 전하."

"그래, 오늘도 시정을 돌아보았느냐?"

아리카부케가 묻자 강채기가 바짝 붙어 걷는다.

"네, 평온했습니다."

"오늘은 누구 죽이지 않았어?"

내실로 들어서며 아리카부케가 웃음 띤 얼굴로 물었다.

"아닙니다."

따라 웃은 강채기가 아리카부케에게 자리를 권하고는 옆에 앉는다. 이미 내실에는 산해진미가 쌓인 주연상이 놓였고 악공과 무희들도 대기하고 있는 상태다.

"수상한 놈은 보이지 않았습니다. 전하."

며칠 전 강채기는 연경에 온 무림인 셋을 몰래 죽여 강에 버렸다. 소림파와 화산파 출신의 셋은 태자당 용인(傭人)으로 각지의 민정을 살피는 중이었는데 연경 북방에 주둔한 동부군을 염탐하다가 죽은 것이다. 셋은 용인(傭人)이어서 관인이 아니었기 때문에 태자당에서는 관심도 갖지 않을 것이었다. 술잔을 든 아리카부케가 말했다.

"장주, 네 역할은 내 등을 긁는 굽은 막대나 같다. 명심해라."

"예, 전하."

강채기가 보조개를 만들면서 웃었다.

"굽은 막대로 앞을 치면 안 된다는 것을 압니다. 저는 오직 손이 안 닿는 등만 긁어 드리겠습니다."

한 모금에 술을 삼킨 아리카부케가 웃음 띤 얼굴로 강채기를 보았다.

"네 모습을 보고 놀라지 않는 놈이 있더냐?"

"오늘 한 명 보았지만 둔한 놈이었습니다. 그래서 애꿎은 허릿살만 태웠지요."

강채기가 웃으며 대답했다. 시장통 다실에서 만난 거란 상인이다. 강채기가 맨 얼굴을 드러내고 다니는 이유가 있다. 빼어난 미모를 본 대부분의 범인(凡人)은 숨을 삼키면서 기가 치솟는데 무공을 갖춘 자는 무의식중에 기가 조절되는 것이다. 그 순간을 간파하면 바로 구분이 되는 것이다. 오늘도 다실에서 만난 거란 상인 둘이 기가 가라앉아 있었길래 화기를 쏘았더니 그냥 구워져 버렸다. 두 놈이 독음을 하는 것도 그냥 들은 것을 오해한 것 같다. 한 모금 술을 삼킨 아리카부케가 지그시 강채기를 보았다.

"장주, 네가 연경의 비밀 태자당 역할이다. 네 임무가 막중하다."

지붕 위에 대기가 된 상태에서 김산이 아리카부케의 말을 듣는다. 이제 강채기의 본색을 알았다. 사천성 용문 출신으로 당문의 절대지존 강득귀의 무남독녀, 아비 강득귀가 모든 비전을 전수해주었지만 마지막으로 당문의 당주(堂主)에게만 구두로 전수해주는 화기술(火氣術)을 미루자 당문을 뛰쳐나왔다고만 전해지는 신비의 여인이다. 나이를 추정하면 25, 6세로 당문에서 당해낼 상대가 없었다고 했는데 아비 강득귀는 무남독녀 강채기에게 당주를 넘겨주지 않고 황호성을 제17대 당주로 삼았다. 그러고 나서 강득귀는 한 달도 안 되었을 때 화기로 몸 전체가 익어 죽었다는데 그것이 강채기의 짓이라는 소문이 났지만 확인은 안 되었다. 당문에서부터 쉬쉬했기 때문이다. 그 강채기가 강호를 떠나 5년여 만에 이곳 연경에 와 있는 것이다. 김산이 어두워져 가는 하늘을 응시한 채 지붕 위에 대기 상태로 떠 있다.

그래서 몸이 흩어져 아무것도 보이지 않는다. 당문은 사천성에서 발원한 세력으로 무림 전통가문들과는 적대적이며 암기와 용독술에 타의 추종을 불허한다. 특히 원한이 있으면 대를 이어서라도 꼭 갚으며 사지가 잘리는 것도 두려워하지 않도록 훈련된 지독한 무리다. 당문은 또한 데릴사위제로 여자의 능력을 최대치로 발휘하며 남자는 생식용으로만 들이는 전통이 있다. 그때 다시 아리카부케의 목소리가 들렸다.

"장주, 네가 당주는 안 되었으나 이곳 장주가 당문의 당주보다 몇 배나 더 위력이 있을 것이다. 명심해라."

"압니다. 전하."

강채기의 목소리에 웃음기가 띠어졌다.

"전하께서 황제 폐하가 될 때까지 목숨을 바쳐 충성하겠사옵니다."

용진각은 연경에서 가장 고급 여관이다. 방이 3백여 개에 연회장과 유곽이 따로 세워졌으며 마구간에는 말이 5백여 필이나 매여 있고 마차도 30여 대나 있다. 면적도 커서 왕궁만 했는데 여관주는 아리카부케의 처남 세게투다. 세게투는 연경에 주둔한 기마군단의 보급 사령관이어서 군수품 조달 책임자이기도 하다. 해시(오후 10시)가 되었을 때 세게투가 여관 3층의 방에서 집사장으로부터 그날의 결산 보고를 받는다.

"3층 특실에 거란의 화곡에서 온 고 대인이 집사와 함께 묵고 있습니다. 하루 금화 15냥으로 계약을 했습니다."

"흠."

세게투의 얼굴에 호기심이 일어났다. 3층 특실은 용진각에서 가장 좋은 방이다. 침실이 6개나 있는 데다 거실이 두 개, 연회장과 회의실, 방마다 욕실이 딸렸으며 전속 하인이 12명이다. 하루 금화 15냥이면 다른 방의 15배인 것이다.

"고 대인이라니? 무엇 하는 놈이냐?"

"예, 고 대인의 조부가 칭기즈 칸 대황제께서 타타르를 피하실 때 길 안내를 해준 공으로 '너는 두 번 죽을 것을 살 것이다.'라는 지시를 받은 가문이라고 합니다."

"어허."

긴장한 세게투가 자세까지 바르게 앉았다. 얼굴도 굳어 있다.

"그러냐? 그런데 여긴 왜 왔지?"

"고 대인이 이번에 비단과 노리개를 사러 왔다고 합니다."

"재물이 많더냐?"

"금화 1만 냥 전표를 환전상에 맡겼다고 들었습니다."

"허어, 대상(大商)이다."

세게투의 입이 떡 벌어졌다.

"그래, 고 대인이 유곽에서는 금화를 쓰지 않더냐?"

"어제 도착해서 아직 놀지 않았습니다."

"놀게 해야지."

재물 욕심이 많은 세게투가 눈을 가늘게 뜨고 집사장을 보았다. 보급 사령관을 맡고 나서 말먹이 사료부터 기마군 말안장, 매끼 먹는 빵과 말젖 비용까지 횡령하고 있는 세게투다. 1만 냥 전표를 들고 있는 거란상을 그냥 보낼 수가 없는 것이다.

"각하, 배대귀는 숨겨둔 여자가 있습니다. 성 밖의 2칸짜리 집에서 살림을 차려 주었더군요."

삼관필이 말하자 김산의 얼굴에 쓴웃음이 떠올랐다.

"아람달이 앞은 잘 보지만 뒤는 어둡구나. 그놈의 약점을 잡았다."

배대귀는 한족으로 아람달의 심복인 것이다. 방 안에는 술과 음식이 놓였는데 따로 금 5냥을 받았다. 하루에 방값까지 금 20냥이 드는 셈이다. 술잔을 든 김산이 말을 이었다.

"아마 끝 쪽 방의 세게투도 내일쯤 나한테 연락을 해올 것이다. 연회를 하겠다면서 술값을 뜯어내려고 하겠지."

김산이 세게투와 집사장의 말을 들은 것이다.

"세게투 저놈도 공금을 횡령하고 이권에 손을 대 수만금을 벌었다고 들었다. 곧 저놈 금고를 털어야겠다."

"저 혼자서도 됩니다."

삼관필이 말했을 때 김산이 눈을 가늘게 떴다.

"아람달, 세게투, 강채기를 아리카부케의 독(毒)으로 만들어야 돼."

삼관필이 입 안에 고인 침을 삼켰다. 이것은 위험한 작전이다. 아직 결정적인 증거가 없는 터에 황제의 친동생이며 동부 총독인 아리카부케를 건드릴 수가 없는 것이다.

다음날 오후, 순시에서 돌아온 강채기가 선화장에서 옷을 갈아입고 나왔을 때 밖에서 수선거리는 소리가 들리더니 그림자처럼 붙어다니는 팔관자 서준이 방으로 서둘러 들어섰다.

"장주, 이상합니다."

"뭐가 말이냐?"

경망스러운 행동을 경멸하는 강채기가 이맛살을 찌푸렸다. 서준이 준수한 얼굴을 찌푸리며 말했다.

"장주께서 들르신 홍유장과 정수장, 서곡장에서 손님들이 급사를 했습니다."

"……."

"이상하게 장주께서 앉으셨던 자리 옆쪽 손님들이 피를 토하거나 몸에 불구멍이 생겼고 목이 꺾여 죽었는데 모두 여덟입니다. 모두 우리가 떠난 후에 일어난 일입니다."

"……."

"여관 집사들이 태자당과 포청 판관에게 제각기 고발을 했는데 포청에서는 장주님의 초상을 그리고 있다는 것입니다."

"누가 그래?"

"포청의 도사가 초상을 보고 놀라서 소인한테 달려왔습니다."

"……."

"이것이 무슨 변고일까요?"

"어떤 놈이 내 존재를 아는 거야."

강채기의 요염한 얼굴에 푸른 기운이 덮였다.

"아람달 님께 전령을 보내."

"예, 즉시 중지하도록 전령을 보내지요."

서준이 몸을 돌렸을 때 강채기가 눈을 치켜뜨고 웃었다.

"옳지, 이놈, 어떤 놈인지 내가 찾아낼 테다."

그 시간에 용진각의 특실에서 김산과 세게투의 상면이 이루어지고 있다. 세게투는 30대 후반으로 비대한 체격이다. 몽골족 중에서도 가장 명문인 칭기즈 칸 가문의 부족이었으니 이미 태어날 때부터 장래가 보장된 신분이다. 세게투의 조부가 칭기즈 칸의 가죽신을 만들었기 때문이다. 지금도 몽골의 세게투 본가에는 칭기즈 칸이 신다 버린 가죽신이 사당에 모셔져 있다. 세게투가 배를 내민 자세로 김산을 향해 웃었다.

"대인, 오늘 밤 연회에 초대하고 싶소이다."

그러나 연회비는 초대받은 자가 내야 인사다. 세게투가 몽골 고관이기 때문이다.

"포청에서 네 흔적은 지웠지만 당분간 너는 본색은 가리고 다녀야겠다."

아리카부케가 말하자 강채기의 눈썹이 치켜 올라갔다가 곧 내려졌다.

"알겠습니다. 전하."

"네가 꼬리를 잡힌 것 같다."

유시(오후 6시) 무렵, 강채기는 아리카부케 앞에 서 있었는데 몸에서 푸른 기운이 솟아나는 것 같다. 갑자기 아리카부케가 예고도 없이 찾아와 피살 사건에 대한 대책을 말해주고 있는 것이다.

"제가 꼭 범인을 잡겠습니다."

강채기가 말했을 때 아리카부케는 손을 들어 말을 막았다.

"너, 누구한테 원한을 산 일이 있느냐?"

"그것은……."

말을 그친 강채기의 입가에 쓴웃음이 번졌다.

"당문에 제 적은 없습니다. 전하, 적은 다 죽었습니다."

"그럼 이것은 무엇이냐?"

아리카부케가 소매에서 접힌 종이를 꺼내더니 탁자 위로 던졌다.

"서곡장의 벽에 박혀 있던 종이를 포청에서 발견하고 보고한 것이다."

강채기가 종이를 집어 펴보았다. 그 순간 강채기가 숨을 들이켰다.

"당문, 강채기의 살인을 고발한다."

이렇게 씌어 있는 것이다. 머리를 든 강채기가 아리카부케를 보았다. 두 눈이 번들거리고 있는 것이 푸른 불이 튀어나올 것 같다.

"모함입니다. 어느 놈이 저를……."

"잠깐."

다시 말을 막은 아리카부케가 소매에서 다른 종이를 꺼내 던졌다. 어금니를 문 강채기가 종이를 집어 펴고는 읽었다.

"강채기가 동부 총독의 사형 집행인이다. 동부 총독 아리카부케는 몽골제국 황제가 되려고 강채기를 고용했다."

숨을 삼킨 강채기가 머리를 들었을 때 아리카부케가 얼굴을 일그러뜨리며 웃었다.

"그래, 모함이다."

아리카부케의 목소리가 낮아졌다.

"그러나 이런 소문이 돌면 나도 온전하지 못하게 된다. 설령 모함이라고 해도 나는 조사를 받게 된다."

"……."

"죄가 없더라도 감시를 받게 되는 것이다. 무슨 말인지 알겠느냐?"

"알겠습니다."

"근신해라."

자리에서 일어선 아리카부케가 이 사이로 말했다.

"이걸 읽고서 나도 등에서 식은땀이 났다. 이런 짓을 한 놈은 보통 놈이 아니다. 나, 아리카부케를 감히……."

"전하."

강채기가 불렀지만 아리카부케가 발을 떼면서 말했다.

"본색을 숨기고 근신해라."

"이거 받게."

다가온 집사에게 김산이 전표 한 장을 내밀었다. 용진각의 유곽 3층에는 김산과 세게투가 상석에 나란히 앉았는데 이제 가무 준비가 다 끝났다. 앞에는 산해진미가 쌓였고 악공과 무희가 옆쪽 무대에서 대기 중이다. 김산은 지금 유곽 집사에게 미리 화대를 내준 것이다. 오늘 잔치는 얼마짜리로 하라는 것이나 같다.

"아앗."

놀란 집사의 입에서 저도 모르게 낮은 외침이 터졌다. 궁금해진 세게투가 상반신을 세웠지만 차마 묻지는 못했는데 집사가 눈을 둥그렇게 뜨고 김산에게 확인하듯 물었다.

"나, 나리, 황금 2백 냥짜리 연회입니까?"

"그렇다."

머리를 끄덕인 김산이 보료에 등을 붙이며 웃었다.

"세게투 님을 모시는데 그것도 약소하다. 잘 모셔야 된다."

"으음."

세게투의 입에서 억눌린 신음이 터졌다. 지금까지 수백 번 연회를 했지만 금화 50냥짜리가 가장 컸던 것이다. 그 네 배다.

"대인, 과연 거상이시오."

감동한 표정을 짓고 세게투가 치하했다.

"연경에 머무시면서 어려운 일이 있으시면 언제든지 말씀해주시지요."

"그러지요."

김산이 웃음 띤 얼굴로 화답했다.

"그때는 소인이 충분히 사례를 해드려야지요."

삼관필에게는 집안으로 숨어드는 것이 제 주머니에 손을 넣는 것보다 쉽다. 변신과 경공의 달인인 데다 김산에게 진기를 받았기 때문에 잠깐 동안은 벽이 될 수도 있기 때문이다. 지금 삼관필은 광 안에 들어가 있었는데 이곳은 세게투의 본가 깊숙한 곳이다. 대문을 네 개나 지난 후에 다시 안채 경비를 통과해야 돌로 만든 창고가 나오는데 이곳이 바로 세게투의 '양곡창'이다. 하인에게 그렇게 부르라고 시켰기 때문이지만 어두운 광 안을 둘러본 삼관필의 얼굴에 웃음이 떠올랐다. 금화는 곡식처럼 대나무 바구니에 담겨 있었는데 계산이 잘 되었다. 바구니 하나에 금화 5천 개가 들었고 바구니 숫자는 3백 개쯤 되었다. 150만 냥이다.

"당문에서 온 놈들은 아냐."

강채기가 웃음 띤 얼굴로 말을 이었다.

"고수야, 내가 처음 겪는 고수, 그놈이 어떤 놈일까?"

"그놈 아닐까요? 장주께서 시장통 다실에서 만난 사내 말씀입니다."

"아냐."

강채기가 머리를 저었다.

"내 화기를 그대로 맞고 쓰러졌어. 지금쯤 묻혀서 썩고 있을 것이다."

그 순간 머리를 든 강채기가 서준을 보았다.

"그 다실에서 시체를 치웠다면 포청에 보고가 되었을 것 아닌가?"

"그렇겠지요."

"가 보아라."

"예."

서준이 몸을 돌리더니 급했는지 바람처럼 창문으로 빠져나갔다.

술시(오후 8시)가 되어가고 있다. 다시 탁자에 턱을 고이고 앉은 강채기가 이맛살을 모으고 생각에 잠긴다. 수심에 잠긴 듯한 모습을 보면 가슴이 저린다고 6년 전 어느 도인이 말했었다. 70이 넘은 도인이었는데 갓 스무 살이 된 강채기의 색향에 빠진 것이다. 남자는 발정이 난 수캐나 같다. 그날 이후로 강채기는 남자를 그렇게 정의했다. 선화장 안은 조용하다. 수백 명의 하인도 외부 출입을 금지시킨 터라 긴장하고 있을 것이었다.

"도대체 어떤 놈일까?"

다시 강채기가 지난 일을 하나씩 살펴보기 시작했다. 서준을 시장 다실로 보냈지만 그놈은 아니다. 화기가 적중하는 것을 똑똑히 보았고 고기 타는 냄새까지 맡지 않았던가? 세상에 어떤 놈이 제 살을 태우면서 위장을 하겠는가? 강채기는 서준을 다실로 보낸 것을 후회했다. 신경이 예민해진 바람에 쓸데없는 일을 시켰다. 그렇다고 당문은 아니다. 당문에서 왜 나를 쫓겠는가? 아버지를 살해했다는 소문은 점창파에서 나왔을 것이었다. 같은 사천성에서 발원했지만 무림정파랍시고 점창산의 산적 놈들은 당문을 버러지 취급했던 것이다. 그래서 강채기는 점창파의 장문인 아들이며 후계자인 요국지를 죽였다. 그것도 처참하게 죽인 것이다. 점창파 장문인 요성과 당문의 당주 강득귀 입회하에 벌어진 비공식 대결이었지만 종파의 명예를 내놓고 겨룬 시합이다. 그러나 요국지가 눈앞에서 죽는 것을 본 요성이 웃으며 돌아섰지만 복수를 시작했다. 아버지 강득귀를 기습하여 죽이고 당문을 몰살시킬 계획을 꾸민 것이다. 그때 강채기가 요성과 합의를 했다. 당문에서 물러나고 무림에서도 사라진다는 약속이다. 강채기는 길게 숨을 뱉었다. 점창파가 뒤늦게 복수를 시작했단 말인가? 믿기지 않는다. 재작년에 점창파 장문인 요성이 죽고 기석이 새 장문인이 되었으니 요국지의 원한 따위는 생각지도 않을 것이다. 그때 밖에서 은은한 종소리가 울렸다. 근처의 대흥사에서 해시(오후 10시)에 치는 종소리다.

김산 옆으로 다가온 삼관필이 말했다.

"광에 황금만 150만 냥이 넘습니다."

풍악이 요란했고 10여 명의 무희가 춤을 추었는데 세게투는 기녀 세 명에 둘러싸여 있다. 이미 술에 취해서 눈이 풀렸고 혀가 고부라졌다. 김산의 얼굴도 붉어져 있지만 꾸민 것이다. 김산이 웃음 띤 얼굴로 머리만 끄덕였고 삼관필이 말을 이었다.

"비단과 호피, 고려인삼에 다른 재물 값어치도 1백만 냥 이상이 되었습니다."

"네가 아람달의 심복 배대귀를 매수하도록 해라."

김산이 독음으로 말하고는 동시에 옆쪽 기녀에게는 소리로 말했다.

"네가 춤을 추어 보거라."

"예, 대인."

고분고분 대답한 기녀가 앞으로 나갔을 때 김산이 말을 이었다.

"저놈의 재물은 더 쌓아놓도록 하자. 먼저 폐하께 보고를 해야겠다."

"예, 그럼 저는 지금 배대귀한테 가겠습니다. 저놈 광에서 금화를 한 자루 가져왔거든요."

"강채기는 당분간 선화장에 매여 있겠지. 내일 아침에 떠나도록 하자."

김산의 얼굴에 희미하게 웃음기가 번졌다. 홍유장 등에서 살인을 하고 누명을 씌운 것이 이쪽이다. 물론 쪽지도 김산이 남긴 것이다.

그로부터 닷새 후인 사시(오전 10시) 무렵에 김산이 카라코룸의 궁 안에서 황제 몽케와 독대하고 있다. 황제의 밀실 안에는 몽케와 김산, 그리고 황군 사령관 겸 위사대장 바시크까지 셋뿐이다. 위사들도 방 밖으로 내보냈고 병부대신 발라가 청에 와 있었지만 부르지 않았다. 김산이 황실의 기밀이 있다고 했기 때문이다. 눈치를 챈 몽케가 어렸을 때부터 위사대장으로 자신을 보호해 온 바시크만 참석시킨 것이다. 긴장한 몽케가 입을 열었다.

"내 가족 이야기냐?"

"예, 폐하."

김산이 두 걸음 앞에 앉은 몽케를 보았다. 두 걸음 간격을 둔 것은 황제의 형제 대우를 한 것이다. 이런 특전은 쿠빌라이, 훌라구, 아리카부케에게만 주어졌는데 오늘, 김산에게도 몽케가 허용했다. 바시크는 세 걸음 간격이다. 몽케의 표정이 더 굳어졌다. 몽케는 이제 47세, 황제가 된 지 3년이지만 아직 천하는 평정되지 않았다. 남송도 명맥을 유지했고 서역에는 바투의 킵차크 칸국이 세력을 굳히고 있을 뿐이다. 그래서 지금 쿠빌라이는 남쪽으로, 훌라구는 서역으로 출정 중이다. 몽케의 시선을 받은 김산이 입을 열었다.

"폐하, 아리카부케 님이 반역 모의를 하고 있습니다."

방안에 잠깐 정적이 덮였다. 몽케는 시선만 주었고 바시크도 입을 꾹 다문 채 석상처럼 숨소리도 내지 않는다. 어깨를 편 김산이 말을 이었다.

"소신이 연경에 간 것은 아리카부케 님의 측근 아람달의 행적이 수상했기 때문이었습니다."

그리고 김산이 연경에서 보고 들은 것을 이야기하는 동안 몽케는 한마디도 끼어들지 않고 들었다. 몽케는 싸움에는 강한 성품이다. 싸움이란 전쟁을 말한다. 끈기가 있고 참을성이 강하다. 위기에 흔들리지 않고 기회 포착이 강한 것이다. 김산은 몽케의 몸 안에서 치열한 갈등이 일어나는 것을 알 수 있었다. 기운으로 느낀 것이다. 그러나 몽케의 표정은 눈썹 하나 흔들리지 않는다. 김산의 가슴속 깊은 곳에서 존경심이 우러나왔다. 과연 황제다. 이윽고 김산이 말을 마쳤을 때 한동안 시선만 주고 있던 몽케가 입을 열었다.

"수고했다."

"황공합니다. 폐하."

"아리카부케는 그럴 만한 놈이다."

몽케가 외면하더니 말을 이었다.

"내가 죽으면 전쟁이 일어나겠구나."

이번에는 김산이 머리를 숙였을 때 몽케의 목소리가 울렸다.

"대책을 세워야 한다. 쿠추."

쿠추는 김산의 몽골 이름이다. 김산이 머리를 들었을 때 몽케의 강한 시선과 부딪쳤다.

"북부 총독, 네가 아리카부케를 맡아라."

한(恨)을 태우다

카라코룸 외곽의 석상사는 지은 지 20년도 되지 않는다. 오고데이 황제 시대에 불교도를 위해 지은 절로 요사채에 중은 10여 명뿐이다. 그러나 대웅전과 문간의 사천왕까지 있을 건 다 있다. 몽골제국은 종교에 너그러워서 오히려 몽골인이 불교나 도교, 서역의 이슬람에 귀의하는 경우가 많다. 그것이 제국 확장에 큰 도움이 되기도 한 것이다. 해시(오후 10시) 무렵, 어두운 대웅전 안에서 둘이 마주보고 앉아 있다. 김산과 채화진이다. 시선을 든 김산이 오랜 인연이 얽힌 아름다운 얼굴을 보았다. 채화진은 관복을 입었는데 허리에는 금띠를 찼다. 이곳은 몽골제국의 수도 카라코룸, 지금까지는 미복을 입고 타국을 암행했지만 지난달부터 태자당 태위로 복귀하여 카라코룸에 머물고 있다.

"태위, 내가 그대를 황제 폐하께 추천했다."

김산의 목소리가 대웅전을 울렸다.

"그대가 연경에 가야겠어."

이제는 시선만 보내는 채화진에게 김산이 연경의 상황을 설명했다. 강채기와 아람달, 배대귀와 세게투에 얽힌 사연까지 자세히 말해준 김산이 길게 숨을 뱉었다.

"폐하께서 연경은 너에게 맡기고 나는 북쪽의 후환을 없애라고 하셨다."

"후환이라면……."

채화진의 두 눈이 어둠 속에서 반짝였다.

"구타이 말씀입니까?"

"그렇다."

"제가 돕고 싶습니다. 연경은 급하지 않습니다."

"아니."

머리를 저은 김산이 정색했다.

"두 곳 다 똑같이 급하다. 연경의 아리카부케는 이제 반역의 결심을 굳혔다. 제국 동부와 구타이의 혼성군을 합하면 강력한 세력이 된다. 쿠빌라이 님과 훌라구 님이 각각 막남한지와 서역 원정을 나가신 지금 아리카부케가 일어나면 대륙이 무너지게 될지도 모른다."

"설마……."

"네가 가 보아라."

그동안 김산과 함께 남송 전선에도 투입되었던 채화진이다. 소리죽여 숨을 뱉은 채화진이 이윽고 머리를 끄덕였다.

"가지요, 대감."

"이건 황제께서 내리신 검이다."

김산이 채화진에게 단검을 내밀었다. 손잡이가 황금으로 된 황제의 검이다. 어둠 속에서도 반짝이는 단검을 두 손으로 받아 쥔 채화진이 김산을 보았다. 어느덧 가라앉은 표정이다.

"대감과는 만나면 헤어지는 인사를 나누게 되는군요."

"그렇구나."

쓴웃음을 지은 김산이 천천히 머리를 끄덕였다. 채화진의 심중을 읽은 것이다.

뻐꾸기가 울었다. 깊은 밤, 주위는 적막에 덮여 있는 터라 멀리 떨어진 뻐꾸기 소리도 선명하게 들렸다. 축시(오전 2시)가 되어가고 있다. 김산이 채화진의 어깨를 당겨 안았다. 알몸의 어깨가 땀이 배어 끈끈했지만 부드럽고 따뜻하다.

"화진"

김산이 손을 뻗어 채화진의 젖가슴을 손안에 움켜쥐었다.

"내가 타이렌에서 처자하고 살면서 가장 먼저 떠오른 것이 너였다."

채화진은 김산의 가슴에 얼굴을 붙인 채 대답하지 않았다. 석상사의 요사채 방 안이다. 군불을 땐 방바닥은 따뜻했다. 이곳은 방 밑에 돌을 깔고 아궁이에 불을 때어 난방을 한다.

"제국이 안정되면 내가 너를 부를 것이니 기다려 주겠느냐?"

김산이 조심스럽게 묻자 채화진이 몸을 붙였다. 그러고는 단단해진 양물을 쥐었다.

"이렇게 같이 일하는 것만으로도 행복합니다. 대감."

"너하고는 육정이 더 들었다."

"저도 이제 아이를 낳겠습니다."

머리를 든 채화진이 김산을 보았다. 눈을 치켜떴지만 입술은 웃는다.

"그럼 제가 제2부인 대접은 받겠지요."

채화진이 몸을 일으켜 김산의 위로 올라갔다. 그러고는 양물을 두 손으로 쥐더니 거침없이 제 몸 안으로 넣는다. 그때 다시 뻐꾸기가 울었지만 이미 열기에 덮인 방 안의 소음에 묻혔다.

구타이는 백전노장이다. 40년이 넘는 세월을 전장에서, 권력 쟁탈전으로 보낸 터라 달인(達人)이나 같다. 칭기즈 칸 시절부터 3대 구유크 황제까지 승승장구해온 구타이다. 이제 몽케 황제의 시대가 되면서 오고데이 황제의 가문이 몰락했지만 구타이는 아니다. 오히려 오고데이, 차가타이 가문의 영지를 넘나들며 제 세력을 키우고 있다. 그러고는 톨루이 가문의 차기 황제를 겨냥하고 또 승부수를 띄우고 있다. 적의 적은 친구가 되는 것이 고대(古代)부터의 진리다. 아리카부케의 야망을 간파한 구타이가 먼저 접근을 했던 것이다. 구타이에게는 톨루이가(家)의 네 형제가 네 마리의 곰이다. 그중에서 아리카부케는 목줄을 매 놓은 곰이 되었다.

"대감, 이곳에서 다시 만나다니요."

웃음 띤 얼굴로 산인(山人) 방태산이 구타이를 보았다. 우렌산 서북쪽의 태날 고원에 위치한 구타이의 제2진지 안이다. 1백 명을 수용할 수 있는 넓은 겔 안에는 10여 명의 장군급 장수들과 방태산과 함께 온 10여 명의 무림 고수들이 둘러앉아 있다. 방태산이 지그시 구타이를 보았다.

"벌써 3년이 지났습니다. 대감."

"그렇군."

쓴웃음을 지은 구타이의 시선이 방태산과 옆에 둘러앉은 무림인들을 차례로 훑고 지나갔다. 모두 구타이, 오고데이 가문과 인연을 맺고 20년 가깝게 천하를 횡행하던 무리들이다. 그중 방태산이 수뇌 역할로 무리를 모아 이곳까지 온 것이다. 구타이의 요청이 있었지만 숨어 살던 그들로서는 반가운 제의였다.

"이곳에서 여러분들이 할 일이 많소."

구타이가 정색하고 말을 이었다.

"여러분들은 이제 마음껏 활동하실 수 있소. 자금은 얼마든지 있으니 지난날의 영화를 되찾게 해 드리리다."

"말씀을 들으니 기운이 납니다."

방태산이 웃음 띤 얼굴로 구타이를 보았다. 붉은 얼굴, 머리칼과 수염이 눈처럼 희어서 설산인(雪山人)이라고도 부른다. 방태산은 오고데이 황제 시절부터 제국에 반대하는 한족 무림인과 유명인사를 암살하는 암살단을 지휘해 왔다. 당년 65세였으나 지금도 매일 여자를 끼고 자야 열기가 가라앉는다는 색마, 본인은 황교의 부교주였다고 하나 믿는 사람은 없다. 그러나 방태산의 무공은 '천하무쌍'이라고 불릴 만했다. 소림, 화산, 무당, 점창 등의 내로라하는 고수들도 방태산의 손에 죽임을 당했기 때문이다. 그래서 별명이 색산인(色山人), 혈산인(血山人)이었다. 방태산이 어느덧 정색한 얼굴로 구타이를 보았다.

"대감, 부르시길래 대충 상황 정리를 했소이다. 그리고 이곳까지 오는 동안 주변 상황을 살펴보았지요."

구타이의 시선을 받은 방태산이 붉은 얼굴을 펴고 웃었다.

"나와 동행한 고수들은 모두 대감께서 안면이 있으시니 더 이상

군말을 하지 않겠소이다. 일당백의 고수, 기인들이니 대감께서 적절한 대우를 해주셨으면 고맙겠소이다."

"당연한 일이오."

구타이가 머리를 끄덕였다.

"면면을 보니 옛 생각이 나는구려. 모두 태사, 태위, 태감으로 내밀한 업무를 수행하던 충신들 아니었소?"

"같은 몽골제국으로 칭기즈 칸 대황제가 건국하신 제국인데 우리가 역신 취급을 받다니요."

방태산이 대신 맞장구를 쳐주었을 때 몸이 절구통처럼 둥근 50대의 사내가 굵은 목청으로 말했다. 야견(野犬) 주토다. 밤에만 미친개처럼 살인을 한다고 해서 야견, 광견으로 불렸는데 형단의 태감을 지냈다.

"대감, 3년 동안 식솔도 뿔뿔이 흩어졌고 문전걸식을 하면서 지냈소이다. 이제 이 동토까지 부르셨으니 처분을 바랍니다."

"먼저 고수들께 금화 1천 냥씩을 드리지."

구타이가 말하자 모두 조용해졌다. 이제는 눈을 치켜뜬 구타이가 말을 잇는다.

"당장 벼슬을 드릴 수는 없으니 보수로 셈해 드리는 것이오. 그리고 매달 금화 1백 냥을 드리면 나를 위해서 목숨을 바쳐주시겠소?"

"그러지요."

당장 방태산이 말했고 대부분의 무인들이 만족한 듯 머리를 끄덕였다. 후한 대가다. 구타이는 10인장에게 매달 금화 2냥, 1백인장은 10냥씩을 주어온 것이다. 월 1백 냥이면 1천인장 대우를 해주는 것이다.

무인들을 모두 숙소로 돌려보낸 후에 구타이가 참모장 코르치에게 말했다.

"저놈들이 소문을 내면 떠돌아다니던 놈들이 모일 것이다. 두 놈쯤을 남쪽으로 내려보내 고수들을 모으도록 해라."

"알겠습니다."

코르치의 얼굴에도 웃음이 떠올랐다. 방태산을 시작으로 무림 집단도 비공식으로 운용하려는 것이다. 그때 구타이가 머리를 기울이며 코르치를 보았다.

"요즘 쿠추가 조용하다. 타이렌에만 박혀 있는 거냐?"

"예, 첩자를 다섯이나 보냈는데 궁성 안에 있다는 보고만 받았습니다."

"그놈이 턱밑에 난 혹이다."

쓴웃음을 지은 구타이가 눈을 가늘게 떴다.

"쿠추가 산동성에서 데려온 제 처자식에 빠져 있다는 소문은 믿을 수 없다. 그놈은 그럴 놈이 아냐."

"대감, 아리카부케 님께 사신을 다시 한 번 보내시지요."

"그렇지, 내일 다시 보내야겠다."

머리를 끄덕인 구타이가 코르치를 보았다.

"겐달을 준비시켜라."

무기와 군자금이다. 아람달이 돌아가 보고를 했을 테니 준비를 하고 있을 터였다.

타이렌 궁성으로 돌아온 김산을 가장 반긴 것이 아들 원(元)이다. 김산은 달려온 원을 안았지만 당황한 기색이 역력했다. 그것을 본 아영이 웃음을 참느라고 손바닥으로 입을 가렸다. 김산에게 이런 장면은 예상하지 못했던 것이다. 20여 년 전에 자신이 원의 나이였을 때를 생각해보았지만 기억나지 않았다. 어쨌든 자식이 아비에게 달려들어 안기는 장면은 처음 당하는 일이었다. 원이 달려오는 것을 본 순간 가슴이 철렁 내려앉는 느낌이 들면서 맹수를 피하듯이 뛰어오르고 싶었지만 참았다. 원의 얼굴에 떠오른 반가운 기색 때문이다. 원을 안아 든 김산의 표정은 그래서 볼 만했던 것이다. 원을 한 팔에 안고 내실로 들어서면서 김산이 말했다.

"올해부터 원이 공부를 시키겠어."

아영이 머리를 끄덕였다.

"알겠습니다. 좀 이른 것 같지만 그렇게 하지요."

"내가 사부를 모셔 올 테니까."

원을 내려놓은 김산이 자리에 앉으면서 말을 이었다.

"고려 말은 잊지 말도록 해야 돼. 원이는 고려에서 살도록 할 테니까."

아영이 김산을 보았지만 대답하지는 않았다. 놀란 것 같다. 그러나 따르겠다는 표정이다.

"나는 가지 못하더라도 원은 고려로 돌아가야 돼."

김산이 다시 혼잣소리처럼 말하자 아영이 들어온 시녀에게 원을 안겨 보내고 나서 물었다.

"낭군, 무슨 일이 있으세요?"

"내가 대륙에서 할 일이 많아."

아영의 손을 잡아 옆으로 끌어들인 김산이 웃었다.

"몽골 황제의 형제간에 다시 전란이 일어날 것 같아."

숨을 들이켠 아영을 향해 김산이 말을 이었다.

"그것을 내가 해결해야겠네. 내 원한도 아직 풀지 않았고."

천하의 김산도 내심을 말해줄 상대가 필요한 것이다. 그것이 바로 부인 아영이다.

눈을 뜬 김산이 천장을 보았다. 깊은 밤, 축시(오전 2시)쯤 된 것 같다. 내궁의 침실 안이다. 궁 안은 조용했고 옆에 누운 아영의 고른 숨소리만 들린다. 그러나 김산의 청각은 인간의 경지를 넘어서 있다. 짐승보다도 몇 십 배 더 예민한 감각에 포착된 이 숨소리, 이 움직임, 그리고 냄새는 침입자의 것이었다. 궁 안에는 위사장 체르기가 지휘하는 1천 명 가까운 근위위사가 경호를 했고 수도 타이렌에는 친위군 사령관 홍복이 거느린 친위군 3만이 포진하고 있다. 북부의 병력은 18만, 대장군 예케를 포함한 4명의 대장군과 15명의 장군, 9개의 도시에는 3백만 가까운 주민이 거주하고 있는 것이다. 그 중심에 북부의 수도 타이렌이 위치하고 있다. 서역 교역로의 요지여서 타이렌에는 동쪽의 여진, 말갈, 동북쪽의 순록인까지 출입하고 있다. 그때 다시 소리가 들렸다. 거친 숨소리, 둘이다. 가까워지면서 냄새도 강해졌다. 김산은 침상에서 일어나 소리 없이 옷을 입는다. 몸의 진기를 끌어들인 터라 옷이 들렸지만 흐트러졌다가 다시 모여 몸 위에 걸쳐졌다. 그러나 대기가 뭉치고 갈라지는 것이어서 소리가 날 리가 없다. 이윽고 신발까지 신은 김산이 잠깐 아영의 얼굴을 보고 나서 몸을 솟구쳤다. 그 순간 김산의 몸이 기둥 서까래와 흙, 기왓장을 뚫고 지붕 위로 나왔다. 밖은 추위가 덮이고 있다. 북방의 밤은 춥다. 입김이 얼어붙어 얼음 가루가 되어 떨어지고 소변은 얼음 기둥으로 변한다. 그때 김산은 바로 다섯 걸음 앞쪽에 서 있는 두 물체를 보았다. 사람이다. 둘 다 검은 모피로 몸을 감았는데 눈만 내놓았다. 추위에 견디기 좋은 차림이다. 그러나 입을 가린 헝겊이 흰 얼음으로 덮였다. 입김이 언 것이다. 둘의 검은 눈동자가 이쪽을 향해 있지만 초점이 멀다. 김산을 지나 먼 곳을 보는 것이다. 곧 김산을 보지 못한 것이다. 그것은 김산의 몸이 대기로 변해 흩어져 있기 때문이다. 진기(眞氣)다. 그때 둘 중 하나가 독음으로 말했다.

"이곳이 쿠추의 침실이야."

"그렇군."

다른 하나가 대답했다.

"여기까지 왔으니 아예 쿠추를 없애버리고 가는 것이 어때?"

"목소리를 낮춰, 판비."

주의를 준 사내 하나가 목소리를 더 낮췄다.

"쿠추의 자식이 있는 것은 맞군, 복도 끝 방에 있다. 아이의 숨소리가 난다. 옆에서 시녀가 자고 있는 모양이군."

"옳지."

쿠추를 없애자는 사내가 말했다.

"그렇다면 자식 놈을 없애든가 데려가는 것이 어때?"

김산은 더 이상 기다리지 않았다. 둘 앞으로 다가간 김산이 손을 뻗었지만 아무도 보지 않고 듣지 못했다. 김산의 손바닥이 두 사내의 뒷머리를 가볍게 치자 동시에 짧은 외침을 뱉은 두 사내가 지붕에서 떨어졌다. 그러나 김산이 둘의 허리를 잡고 땅바닥에 가볍게 뛰어내리더니 옆쪽 창고로 달려갔다. 둘은 정신은 또렷했지만 몸이 말을 듣지 않는 터라 눈동자만 굴리고 있다. 입에 감은 헝겊이 떼어져서 거친 숨소리가 밸어졌다.

"저 도인은 누구요?"

구타이가 묻자 방태산이 입술 끝만 비틀고 웃었다. 눈은 치켜뜬 것이 야릇한 표정이 되었다.

"내가 신세를 진 적이 있는 하북성의 토호 오 태사가 추천해준 노초성이란 도인인데 나도 잘 모릅니다."

"잘 모르다니?"

"무공의 깊이 말씀이오."

구타이의 시선이 끝 쪽 자리에 앉은 40대쯤의 도인에게로 다시 옮겨졌다. 검은 얼굴, 이마에 주름살이 깊었지만 건장한 체격이다. 그런데 술상을 앞에 놓고 두 눈을 감은 채 움직이지 않는 것이다. 주연을 시작한 지 한 시진 반(3시간)이 지났지만 눈도 뜨지 않고 움직이지도 않는다. 앞쪽 구타이의 휘하 장수 두어 명이 말을 걸었지만 들은 척도 안 했고 옆쪽에 앉은 동료 무림인들은 그런 행태에 익숙했기 때문인지 모르는 척 했다.

"기인이군."

구타이도 쓴웃음을 짓고 말했다.

"수당 값을 했으면 좋겠군."

"하북성 오 태사가 좀처럼 누구 추천을 하지 않는 위인인데 저자를 보냈습니다. 오 태사 얼굴을 봐서 이곳까지 데려온 것이오."

"오 태사 명성은 내가 들었지. 지금도 대상단을 서역으로 보내는 것 같더군."

오시(낮 12시)에 시작한 주연은 신시(오후 4시)가 되어 가는데도 끝날 기미가 없다. 그때 노초성이 자리에서 일어나더니 구타이에게 다가와 섰다. 세 걸음쯤 간격을 두고 있었는데 구타이는 물론 방태산의 시선도 노초성에게 옮겨졌다.

"허, 도인, 나에게 할 말이 있으신가?"

구타이가 웃음 띤 얼굴로 묻자 노초성이 표정 없는 얼굴로 대답했다.

"내가 눈을 감고 있는 것은 상대방의 심중이 읽히기 때문이오."

"어허, 그러신가?"

구타이의 얼굴에 다시 웃음이 번졌다.

"이제 눈을 떴으니 내 심중을 말해주게, 어떤가?"

"이 근처에 대감의 어린 자식이 있군요. 아니, 자식이 셋이나 되는군요."

그 순간 구타이가 입을 다물었고 방태산이 주위를 두리번거렸다. 주연장은 시끄럽다. 장군들이 술에 취해서 도인들과 떠들썩하게 웃고 지껄이기 때문이다. 서너 명이 이쪽을 힐끗거렸지만 분위기가 옮겨가지는 않았다. 그때 구타이가 자리에서 일어나면서 말했다.

"도인, 조용한 곳에서 이야기를 하시지, 산인께서도 같이 가십시다."

방태산에게 같이 나가자는 것이다.

옆쪽의 겔로 옮겨간 구타이의 표정은 굳어 있다. 위사 둘만 뒤에 세워두고 방태산과 노초성에게 자리를 권한 구타이가 쓴웃음을 지었다.

"어린 자식 셋이 있다는 말은 위사들한테 들었을 수도 있지. 자,

날 보고 계시니 내 속마음을 더 듣고 싶소."

"자식이 일곱 살, 다섯 살, 세 살 아닙니까?"

노초성이 흐린 눈동자로 구타이를 보았다.

"큰 자제분이 남아이고 둘째가 여아, 막내가 남아이시군요."

"그것까지도 들을 수 있지."

"쿠추의 어린 시절과 자꾸 비교를 하시는군요. 이것은 들을 수가 없는 것이겠지요."

구타이가 숨을 죽였고 방태산은 둘을 번갈아 보았다. 그때 노초성이 말을 이었다.

"쿠추가 같은 나이에 대륙으로 끌려왔다는 생각, 그리고 같은 시기에 쿠추의 두 동생이 죽었다는 생각, 그런데 그 둘을 대감께서 죽이셨군요."

"아니, 내가 둘 다 죽이지는 않았어."

"둘째는 칼로 두 동강을 내셨지요?

"둘째인지 셋째인지 모른다."

"어쨌든 대감이 쿠추 가족을 학살한 원흉이십니다. 그렇지 않습니까?"

"으음, 말을 삼가라."

"쿠추의 어머니도 대감이 죽이셨군요? 소고기 육포를 훔쳤다고 말씀이오."

"그만."

손을 들어 노초성의 말을 막은 구타이가 번들거리는 눈으로 시선을 주었다.

"심중을 그쯤 안다면 앞으로 어떻게 해야 될 것인가도 내놓을 수가 있을 것이다. 포상을 할 테니 말해보라."

"쿠추는 절세무공의 소유자올시다. 지금까지 한 번도 패한 적이 없지요."

"여평조와 요문기에게 당한 적이 있어."

"둘 다 쿠추에게 다시 당했지요."

노초성의 흐린 눈동자가 번들거리고 있다.

"쿠추가 대감의 어린 자제분들의 존재를 알게 되면 어떻게 할 것 같습니까? 어린 시절을 떠올리고 똑같이 보복을 하려고 하지 않겠습니까?"

"으으음."

저절로 구타이의 입에서 신음이 터졌다. 60대 후반이 되어가는 구타이에게 네 번째 부인 유렌에게서 낳은 어린 자식들은 삶의 원동력이었다. 세 부인한테서 얻은 4남 7녀는 모두 장성해서 손주까지 얻었지만 어린 셋은 지금도 측근에 두고 아침저녁으로 재롱을 보는 것이 낙이다. 구타이가 눈을 치켜뜨고 노초성을 보았다.

"도인, 방법이 없겠는가?"

"무슨 방법 말씀이시오?"

그렇게 물었던 노초성이 검은 얼굴을 펴고 쓴웃음을 지었다.

"대감께 생각이 떠오르신 것 같군요."

두 사내는 판비와 곡지라는 이름의 한인으로 각각 변신술과 경공의 고수급 수준이었지만 김산에게는 역불급(力不及)이었다. 내궁의 광에 가둬놓은 두 세작을 김산이 직접 취조한다.

"나는 쿠추의 동정을 살피라는 명을 받았소. 여기 온 지는 두 달

되었소."

판비라는 사내가 초점이 먼 눈동자로 김산을 보면서 웃는다. 미친 것 같기도 하다.

"구타이의 참모장 코르치가 보냈소. 나와 곡지는 나흘에 한 번꼴로 전령 편에 동향을 적은 보고를 해왔지요."

"이곳에 세작이 몇 놈이나 있느냐?"

앞에 앉은 김산이 묻자 옆에 앉은 곡지가 대답했다.

"내가 알기로는 다섯 조(組)올시다. 우리처럼 둘씩 짝을 지었고 전령은 나흘에 한 번씩 다녀가는데 매번 만나는 장소가 다르지요. 전령도 다른 놈이 온단 말입니다."

"다른 조와 연락이 닿는가?"

"우리는 모릅니다. 전령은 알 것이오."

뇌의 지각혈(知覺血)이 막히고 소통혈이 뚫린 까닭에 둘의 입은 거침없이 열린다. 김산이 묻는 말에는 경쟁하듯이 번갈아서 말해주는 것이다. 둘은 김산이 뒷머리에 침 두 개씩을 꽂아 놓은 것을 모르고 있다.

"구타이의 전력(戰力)을 말해보라."

김산이 말하자 판비가 먼저 말했다.

"현재 기마군 5만 정도는 예비 마까지 갖춰진 상비전력이 되었소. 북부 유목민 부족 10여 개를 남하시켜 25만 기마군을 편성하고 있는데 아직 장비가 부족합니다."

곡지가 말을 받았는데 그도 웃는 얼굴이다.

"현재 상태로는 유목민 전력까지 15만은 충분하지요. 당장에라도 기동할 수 있습니다."

“아리카부케 님이 무기와 식량, 군자금 공급만 빨리 해준다면 1월까지 20만 기마군을 너끈히 편성할 수 있다고 합니다.”

1월까지라면 지금이 10월이니 석 달 남았다. 머리를 끄덕인 김산이 둘을 번갈아 보았다.

“서로 급소를 쳐서 죽여라.”

김산의 시선을 받은 판비와 곡지가 동시에 손을 들더니 상대방을 쳤다. 판비는 무지막지하게 주먹으로 곡지의 머리통을 부쉈고 동시에 곡지의 손이 판비의 가슴을 뚫고 심장을 움켜쥐더니 꺼내었다. 김산은 서로 엉킨 두 시체를 굽어보고 나서 몸을 돌렸다.

“네가 타이렌으로 가는 것이 낫겠다.”

아리카부케가 말하자 강채기는 머리를 들었다. 눈빛이 강해지는 바람에 아리카부케는 홀린 듯이 시선을 떼지 못했다.

“북부로 말씀입니까?”

강채기가 물었을 때 정신을 차린 듯 아리카부케는 어깨를 늘어뜨렸다.

“그렇다. 내일 수송대가 떠나는데 네가 지휘관 보좌역으로 따라가도록 해라. 네가 꼭 필요한 역할이다.”

“무엇을 수송합니까?”

“무기와 금화다.”

아리카부케의 목소리가 낮아졌다.

“마차 25대에 무기가 실렸고 3대에 금화 150만 냥이 실렸다.

놀란 강채기의 눈빛이 흐려졌다. 그것을 본 아리카부케의 얼굴에 쓴웃음이 떠올랐다.

"호위는 장군 후시반이 정예군 1천을 끌고 가지만 너 같은 고수의 보호를 받아야 된다."

"그러지요."

마침내 강채기가 머리를 끄덕였다.

"쿠추가 어떤 인물인지 궁금했습니다. 소문만 무성한 인간은 허명일 가능성이 많거든요."

말에 탄 강채기의 모습은 대상단을 따르는 행수 일원으로 보였다. 긴 장삼에 머리에는 바람과 모래를 막는 두건을 썼기 때문에 눈만 내놓았다. 키가 훌쩍 커서 날씬한 몸매의 사내였다. 기마군 1천 기가 호위하는 대상단이지만 이상하지는 않다. 호레즘 왕국 변경에는 강도단이 들끓어서 용병대를 고용한 대상단이 많아지고 있는 것이다.

"앞으로 열흘이오."

호송대의 책임자인 후시반이 강채기에게 말했다. 후시반도 대상 차림이었는데 겉옷인 도포 안에 갑옷을 입었다.

"북쪽으로 올라왔지만 북부군 순찰대를 만날지 모르오."

"우리야 동부 총독의 대상 허가증을 갖고 있는데 무슨 걱정이오?"

강채기가 묻자 후시반이 쓴웃음을 지었다.

"지난번 무기를 수송할 때 그놈들이 사흘 밤낮을 따라왔소. 짐을 뒤지지는 않았지만 꺼림칙했소."

후시반은 3천인장으로 40대 후반이다. 톨루이로부터 아리카부케 대(代)에 이르기까지 충성을 바친 가문이어서 이 일을 맡은 것이다. 연경을 떠난 지 15일, 대상 대역(代役)은 이제 동부를 떠나 북부 영지로 접어들었다.

"장주, 저기를 보시오."

잠자코 말을 몰던 후시반이 손으로 옆쪽을 가리켰다. 순록 떼가 지나고 있다. 거리는 4리(1.6km) 정도, 미시(오후 2시)경이어서 햇살을 받은 메마른 초원 위를 순록 떼가 누런 벌레처럼 꿈틀거리며 이동하고 있다.

"저놈들은 풀을 찾아 남하하고 있소. 북방의 겨울이 다가오고 있는 거요."

"사람 냄새가 나는군요."

강채기가 순록 떼를 바라보면서 웃었다.

"교묘하군요. 순록 떼에 섞여 있어도 순록이 흩어지지 않습니다."

"북부군 정찰대요."

따라 웃은 후시반이 말을 이었다.

"짐승 떼에 숨어 정찰하는 것은 우리 몽골군의 전통이지, 양 떼 무리에 숨는 것이 가장 어렵고 말 떼가 가장 쉽소."

"저놈들을 놔둡니까?"

"따라오다가 갈 거요, 서쪽 도남강을 넘어오지는 않소."

후시반의 넓은 얼굴을 바라보던 강채기가 머리를 끄덕였다. 후시반이 말해주지 않았다면 가서 죽이려고 했던 것이다.

"저놈들이 마차에 실린 것이 무엇인가를 알까요?"

그대로 말을 몰아가면서 강채기가 묻자 후시반이 쓴웃음을 지었다.

"글쎄, 비단이나 자기, 인삼이 아닌 줄은 알겠지요. 마차 바퀴가 땅에 깊게 박히고 있으니까."

"그럼 무언지 알 것 아닙니까?"

"이젠 알아도 어쩔 수 없지요."

후시반이 웃음 띤 얼굴로 강채기를 보았다.

"아리카부케 님은 톨루이 가문의 막내 왕자십니다. 지금 몽케 황제보다도 더 정통성이 있는 분이지요."

"……"

"몽케 황제에게 반역하려는 의도가 아닙니다. 아리카부케 님은 몽케 황제님의 다음 순서에 대비하는 것이지요."

"……"

"그것을 몽케 황제께서도 아실 테니까요."

"하지만."

강채기의 시선이 똑바로 후시반에게로 향했다.

"북부 총독은 그것을 이해하고 있을까요?"

"모릅니다."

머리를 저은 후시반이 말에 박차를 가하면서 말했다.

"북부 총독 쿠추가 감히 동부 총독의 직영 대상단을 검문, 검색하지는 못한다는 것은 압니다."

"지금쯤 우렌 산맥까지 8일 거리로 다가갔을 것입니다."

삼관필이 보고하고 있다. 이곳은 북부의 수도 타이렌의 내성 안이다. 방안에는 김산과 삼관필, 예케와 체르기 등 10여 명의 심복이 둘러앉아 있었는데 술시(오후 8시)쯤 되었다. 기둥에 붙여진 촛불이 방을 비췄고 모두의 앞에는 술과 안주가 놓여졌다. 삼관필이 말을 잇는다.

"마차 25대에 장비를 실었습니다. 말 6필이 끄는 마차인데 무거워서 바퀴가 두 치나 깊게 들어갑니다."

"무기를 실었군."

대장군 예케가 아는 체를 했다.

"식량을 실었을 리는 없고 금덩이를 신지도 않았을 테니까 말입니다."

"금도 있을 것이다."

김산이 말을 받자 모두의 시선이 모여졌다. 예케가 벌어진 입을 다무는 것도 잊었다. 방안이 조용해졌고 김산의 시선을 받은 삼관필이 머리를 끄덕였다.

"예, 마차 3대는 더 무거워 보였습니다. 3일 동안 순록 떼에 숨어 대상단을 관찰했는데 그 3대의 마차를 가장 중심에 두고 경비했습니다. 안에 금화를 실은 것이 분명했습니다."

"구타이가 고용할 용병들의 군자금이지."

"그런데 호송대에 괴인이 하나 따르고 있었습니다."

삼관필이 말하자 김산의 얼굴에 웃음이 떠올랐다.

"대국(大國)이 걸린 물자 수송인데 당연한 일이다. 자, 먼저 술부터 들라."

김산의 의도를 알아챈 삼관필이 술잔을 들었고 방 안의 분위기가 밝아졌다.

구타이가 말에 오르는 야견 주토에게 말했다.

"전령이 갔으니 후시반이 이쪽에서 가는 것을 알고 있을 것이오."

"알겠습니다. 다녀오지요."

거드름을 피우면서 주토가 뒤에 선 일행 사마진과 유광을 보았다. 둘은 각각 마교와 녹림패 출신으로 무공의 출처는 뒤죽박죽이지만 치열한 무림전에서 살아남은 전사(戰士)다. 소림이나 화산, 무당 등 9

대 문파를 오히려 비웃는 투사들인 것이다.

"두 형님만 믿소."

"별말씀을, 주 형님이 이끄시니 영광이올시다."

사마진이 예의 바르게 인사를 했지만 유광은 딴전을 보았다. 셋은 주토의 인솔하에 후시반의 수송대를 마중 나가는 것이다. 구타이는 기마군을 딸려 보낸다고 했지만 셋은 삼구(三口)동성으로 거절했다. 거추장스럽다는 것이다. 무림용병군의 수뇌 격인 방태산도 셋만 보내는 것이 더 낫다는 의견이었으므로 예비 마만 15필을 딸려 보낸다.

"자, 가겠소."

주토가 소리치더니 말머리를 돌렸고 곧 세 무림인과 20필 가까운 말이 어둠 속으로 사라졌다.

"자, 그럼."

구타이가 머리를 돌려 뒤쪽 어둠 속에 대고 말했다.

"준비를 하시오."

그때 어둠 속에서 설산인 방태산의 흰 수염부터 드러났다. 뒤를 따르는 사내는 노초성이다.

"주토가 미끼 노릇은 착실하게 할 것이오."

다가선 방태산이 어둠 속에서 이를 드러내며 웃었다.

"한식경쯤 후에 떠나겠소."

머리를 끄덕인 구타이가 노초성을 보았다.

"도인, 어떻게 될 것 같은가?"

"믿지 않으시는군요."

대뜸 노초성이 말하자 구타이가 얼굴을 일그러뜨리며 웃었다.

"도인, 그것이 내가 지금 이 나이가 되도록 살고 있다는 증거라는 것을 모르시나?"

"맞습니다."

의외로 노초성이 정색하고 말했다.

"대감께선 앞날의 예측이 소인보다 뛰어나시오."

"난 술수로 앞날을 예측하지 않네, 경험이지."

"자, 말다툼은 그만하시고."

방태산이 둘의 말을 자르더니 구타이에게 말했다.

"쿠추가 아무리 신출귀몰 한다는 놈이라 해도 이번에 나온다면 잡을 수가 있을 것이오."

방태산의 얼굴에 웃음이 떠올랐다.

"이곳은 도읍과 달라 사방이 황무지요 동토이니 숨을 곳도 없고 달린다고 해도 닿을 곳이 없소."

구타이가 머리를 끄덕였으나 건성이다. 그때 방태산이 몸을 돌리더니 말을 맺는다.

"대감은 약속이나 지키시오."

구타이는 당연한 일은 대답할 필요가 없다는 듯이 방태산의 뒷모습을 보았다. 방태산은 이제 남은 무림인 용병을 거느리고 주토의 뒤를 쫓는 것이다. 주토가 숨어서 호송대를 덮칠지 모르는 쿠추를 노린다면 방태산이 지휘하는 나머지 무림 고수 8명은 주토와 섞인 쿠추까지 다 잡는 것이다. 그래서 주토가 미끼 역할이다. 방태산이 어둠 속으로 사라지자 구타이가 옆에 선 노초성을 보았다. 노초성은 구타이의 청으로 진에 남은 것이다.

"도인, 어떤가? 이번 계획이 성공할 수 있겠는가?"

"나리 천기(天氣)를 보지는 못합니다. 다만 이번 거사에서 서너 명이 죽습니다. 그것까지만 말씀드리지요."

"누군가?"

"방금 떠나간 12명 중 넷입니다. 이름은 밝히지 못하겠소."

"나는 괜찮은가?"

"대감은 괜찮으시오."

"다행이군."

쓴웃음을 지은 구타이가 어둠 속을 노려보았다.

"그럼 무기와 군자금은?"

"그건 모릅니다."

노초성도 어둠을 응시하며 말을 이었다.

"나는 얼굴을 보아야 운명을 읽습니다."

강채기의 경공술은 하룻밤에 3백 리를 달릴 만큼은 되었다. 그러나 옛적 경공의 대가(大家) 운광은 하룻밤에 1천 리를 달렸다니 과장이 심한 중원 무림사(史)에서 내놓을 만한 실력은 아니다. 지금 강채기는 황야의 복판에 서 있었는데 수송대와는 서쪽으로 2백여 리 떨어진 곳이다. 북부의 도시 중 하나인 마쿤성이 30여 리 앞쪽에 위치하고 있는 것이다. 마쿤성은 타이렌 서북방으로 5백여 리 떨어진 교통 요지로 서쪽으로 가려면 이곳을 통과해야만 한다. 주민은 5만여 명, 북부군 대장군 벨구데이가 지휘하는 기마군단 2만여 기가 주둔하고 있다. 바로 이곳을 사흘 후에 수송대가 지나갈 것이었다. 이곳만 지나면 짐승들도 떠난 동토가 펼쳐진다. 그 동토를 5백여 리만 더 북상하면 구타이와 약속한 장소에 닿는 것이다. 그때 바람을 타고 말소리가 들렸다.

"그래, 여기가 좋겠다."

사내의 목소리가 이어졌다.

"이곳에서 양쪽을 볼 수가 있어."

"양쪽이라니?"

다른 목소리가 묻자 곧 웃음소리가 들렸다.

"수송대와 설산인 말이다."

"설산인이라니? 방태산 말인가?"

"그래."

"아니, 그자가 왜? 그자가 이곳에 온단 말이야?"

이제 강채기는 숨을 죽이고 그쪽으로 다가갔다. 바람 방향이 그쪽에서 불었기 때문에 목소리가 더 선명해졌다.

"그래, 방태산이 우리를 미끼로 내놓고 수송단과 우리, 그리고 쿠추 놈까지 한눈에 본다는 작전이야."

사내의 말에 웃음기가 띠어졌다.

"나, 야견 주토가 강호 30년을 겪으면서 터득한 진리가 있다. 항상 적의 마음으로 생각해야 살아남는다는 것이지."

"아니, 그렇다면 우리까지 치겠다는 작전이란 말인가?"

사내 하나가 소리치듯 물었을 때 또 다른 목소리가 받았다. 사내는 셋이다.

"야견 형 말이 맞아. 우리는 미끼야."

"그, 그렇다면……."

"우리가 역할을 조금 바꾸는 것이지."

야견이라는 사내의 말이다.

"방태산이 좋은 일만 시킬 수는 없으니까 말이야."

"그럼 어떻게 해야 나은가?"

"글쎄, 내가 시키는 대로만 해."

쓴웃음을 지은 강채기가 몸을 돌리더니 바람을 비스듬히 받고 뛰어올랐다. 그 순간 옷자락이 돛이라도 된 것처럼 부풀어 오르면서 바람을 탄 강채기의 몸이 어둠 속으로 떠올랐다. 놀라운 경공이다. 이윽고 강채기의 몸은 동쪽으로 사라졌다.

김산의 몸은 바람과 함께 흘러가고 있다. 남서풍이다. 온몸에 진기가 차오르면 육신이 대기에 융화되어 바람을 타고 날아간다. 폭풍을 몰고 오는 강풍이어서 몸은 화살처럼 황야를 훑고 지나갔다. 같이 출발한 삼관필이 전력을 다해 경공을 펼쳤지만 까마득히 멀어졌다. 삼관필은 대기로 변한 김산의 몸이 어디에 떠 있는지도 모른다. 그래서 목적지를 향해 기를 쓰고 달릴 뿐이다. 축시(오전 2시)가 넘은 깊은 밤이다. 타이렌의 내성을 떠난 것은 어젯밤 해시(오후 10시) 무렵, 측근 몇 명한테만 알려주고 삼관필과 둘이 수송대를 향해 출발한 것이다. 김산의 목표도 마쿤성, 아리카부케의 수송대가 거쳐 갈 지역이다. 겨울 폭풍이 불기 시작했으므로 날씨는 험악했다. 아직 눈발이 뿌리지는 않았지만 바람결에 습기가 배어 있다. 눈이 내리면 추적자에게는 이롭고 도망자는 꼬리가 붙여진 꼴이 된다. 아무리 경공이 뛰어나다고 해도 발로 땅을 찍지 않을 수가 없기 때문이다.

강채기가 마쿤성의 내성 지붕 위에 앉아 있다. 바람에 옷자락이 날렸지만 개의치 않는다. 인시(새벽 4시) 무렵이 되어가고 있다. 주위는 짙은 어둠에 덮였고 인기척도 없다. 주토 일행과 30리쯤 떨어진 위치였지만 이곳이 중심이라는 것을 아는 것이다. 강채기가 깊게 숨을 마시고는 몸 안에서 운공을 했다. 그 순간 화기(火氣)가 일어나더니 온몸에 열기가 번졌다. 추위는 순식간에 사라지고 온몸이 아늑해졌다. 쿠추가 수송단이 오는 것을 보고받았다면 본부로 삼을 곳은 이곳이다. 구타이가 이곳에서 30리 떨어진 대상조에 미끼 무림인을 보낸 것도 이곳이 요지이기 때문이다. 이곳에서 잡지 못한다면 북방의 험로에서는 몇 배의 힘이 들 테니까.

"네가 어떤 놈인지 볼 거야."

강채기가 엷은 입술을 달싹이며 말했다.

"네 허명은 이 바람처럼 자꾸 불어난다. 나뭇가지를 흔들던 작은 바람이 들판을 거치면서 힘을 얻어 나중에는 집을 무너뜨리는 것처럼."

강채기의 두 눈에 열기가 띠어졌다. 흰자위가 붉게 물들면서 어둠 속에서 불길이 일어났다. 그 순간 강채기가 눈을 감았다가 떴고 화기는 사라졌다. 강채기는 화기술을 습득한 것이다. 부친 강득귀가 전해주지 않았다는 것은 일부러 퍼뜨린 소문이다. 천부적으로 운공과 감각이 뛰어났던 강채기는 강득귀로부터 화기술을 비밀리에 전수받았던 것이다. 강채기의 혼잣말이 이어졌다.

"난 장주 따위를 바라고 속세에 나온 것이 아니다. 그렇다고 재물을 모을 생각도 없어. 그저 사람 구경을 하러 나왔을 뿐이야."

찬바람이 더 세어졌지만 강채기의 몸은 내성의 지붕에 붙여진 장식물처럼 움직이지 않았다. 옷자락만 펄럭이고 있을 뿐이다.

묘시(오전 6시), 동녘 하늘이 껍질을 벗은 것처럼 회색빛이 되어 있었지만 세상은 아직 어둡다. 북방의 아침은 진시(오전 8시)가 되어야 해가 솟는다. 황무지의 바위 옆에 앉아 있던 김산이 북서쪽에서 날아오는 희끗한 그림자를 보았다. 삼관필이다. 김산이 몸을 세웠더니 깜짝 놀란 삼관필이 허공에서 휘청대다가 옆으로 떨어졌다. 경공의 운행이 어긋났기 때문이다.

"대감."

허리를 편 삼관필이 호흡을 고르면서 김산을 보았다.

"제가 부족해서 이제야 닿았습니다."

"너만큼 빠른 경공도 드물다."

다가선 김산이 말을 이었다.

"위쪽에 구타이와 아리카부케의 용인들이 모여들고 있다."

놀란 삼관필이 숨을 죽였고 김산의 말이 이어졌다.

"그리고 위쪽 바위 두 개가 세워진 길가에 고수 셋이 숨어 있는 것을 보았다. 구타이가 보낸 무림인들이야."

"그럼 그자들이 수송대를 기다리고 있는 것입니까?"

"아니, 나를 기다리는 것 같다."

김산이 어둠 속에서 쓴웃음을 지었다.

"놈들이 드러내놓고 앞뒤를 살피고 있어. 수송대를 기다리려면 동남쪽을 향하고 있어야 할 놈들이 말이다."

"미끼 노릇을 하는군요."

"그런데 그놈들은 미끼 노릇을 하지 않으려는 것 같다."

"그렇다면……."

"그 주위의 다른 놈들에게 당하지 않겠다는 의도다. 교활한 놈들이지."

정색한 김산이 삼관필을 보았다.

"우리 목적은 수송대의 짐이야. 짐만 빼앗으면 된다."

"내가 쿠추 이야기를 들었어."

방태산이 벽에 등을 붙이고 말했다.

"그놈은 독에 면역이 된 놈이야. 그놈한테 독(毒)을 쓰면 오히려 독성(毒性)이 강해질 뿐이야."

"그럼 무엇이 약점이오?"

사내 하나가 묻자 방태산이 대답했다.

"내가 모시고 온 대가(大家)가 있지, 바로 이 아우야."

방태산이 눈으로 벽에 기대앉은 사내를 가리켰다. 방안의 시선이 사내에게로 모였다. 효장이라고만 소개를 한 사내다. 40대 중반쯤 되었을까? 옆쪽 벽에 세워놓은 장검이 뱀 가죽 칼집에 손잡이에는 붉은 실을 달아서 독특했다. 방안에 둘러앉은 사내는 모두 여섯, 둘은 폐가 밖 경비를 서는 중이다. 그때 녹림 출신 기홍성이 다시 물었다.

"효장 님은 모산파 법사라고 하셨지 않소? 그런데 무슨 신기(神技)를 지니고 계신 거요?"

"법술(法術)이지, 효장 아우님의 법술에 갇히면 쿠추는 닭장 안에 갇힌 닭 신세가 될 것이네."

"그랬으면 오죽 좋소?"

기홍성이 손바닥으로 무릎을 쳤다. 웃는 얼굴이었으나 금방 웃음기가 가셔진 걸 보면 비웃는 것 같다.

"그 닭을 잡는 것은 나한테 맡기시오."

그때였다. 기홍성이 긴 얼굴을 들더니 목까지 빼고 소리쳤다.

"꼬꼬댁, 꼭꼭."

모두 놀라 몸을 세웠지만 이제 기홍성은 두 팔을 들더니 날개를 퍼덕이는 시늉을 하면서 다시 울었다.

"꼭꼭꼭꼭, 꼬꼬댁 꼭꼭!"

그때 방태산이 헛기침을 하고 효장을 보았다.

"효장 아우님, 그만하시게."

그러자 효장이 치켜떴던 눈을 감았고 기홍성이 어깨를 늘어뜨리면서 벽에 등을 붙였다. 그러고는 하품을 턱이 떨어져 나갈 것처럼 크게 하더니 주위의 사내들을 둘러보았다.

"왜 그러오? 내 얼굴에 뭐가 묻었소?"

모두 시선을 돌리자 방태산이 마무리를 했다.

"아닐세, 아우님이 하품을 너무 맛있게 해서."

강채기는 몸을 날려 폐가 지붕 위에서 옆쪽 황무지로 뛰었다. 바람이 점점 세어졌으므로 바람을 탄 몸이 날아서 20보나 떨어진 바위 뒤로 떨어졌다. 무림인 둘이 바깥 경비를 서고 있었지만 강풍을 피하느라고 바위틈에 숨어서 잠이 들었다. 다시 도약한 강채기가 이제는 낮은 구릉 너머로 몸을 숨겼다. 구타이가 고용한 무림인들은 쿠추를 제거하는 것이 목적인 것 같다. 시간이 지날수록 쿠추에 대한 압박감이 느껴졌으므로 강채기는 쓴웃음을 지었다. 쿠추에게 대항하기 위해서 모산파의 주술 법사까지 데려오다니, 갑자기 지붕 아래 방안에서 닭울음 소리가 나는 걸 보면 방에 닭을 잡아놓은 것 같다. 그러나 시간이 지날수록 압박감과 함께 전의(戰意)가 강해지고 있다. 아니, 살의(殺意)다. 그러고 보면 아리카부케가 나를 고용한 것도 쿠추에게 대항하려는 것이 아닌가? 다시 경공을 펼쳐 강풍 속의 황야를 날면서 강채기가 머릿속에 지도를 그렸다. 이제 포위진 윤곽이 드러났다. 마쿤성 동남방 30리 지점의 황무지에서 구타이의 용인 셋이 수송대를 기다리고 있다. 수송대가 오는 길목이니 이틀 후에는 만나게 될 것이다. 그리고 그 셋의 위쪽에 무림인 8명이 도착했다. 듣자하니 셋을 미끼로 함정을 파놓은 작전인데 그들의 목표는 수송대를 습격할 쿠추를 제거하려는 것이다. 그렇다면 쿠추는 나타날 것인가? 강채기가 허공으로 떠오르면서 얼굴을 펴고 웃었다. 마침 동녘 하늘이 밝아지는 중이어서 강채기의 얼굴에 붉은 햇살이 닿았다. 눈부신 미모다.

"저 근처에서 나를 잡겠다는 것이야."

김산이 옆에 선 삼관필에게 말했다. 진시(오전 8시) 무렵, 둘은 황무지 한복판의 덤불 밑에 서 있었는데 시야가 막혀서 10보 앞도 보이지 않았다. 가지만 무성한 덤불은 이미 말랐고 바람은 그쳤지만 흰 눈이 드문드문 떨어지고 있다.

"이곳이 저놈들을 감시하기 가장 적당한 장소다."

김산이 말하더니 숨을 크게 들이켰다.

"저놈들이 아침을 해 먹는구나. 말린 육포를 끓는 물에 불려 먹고 있다."

"대감."

삼관필이 주저하며 말했다.

"제가 대감 식사 준비를 못 했습니다."

"난 열흘을 먹지 않아도 되지만 네가 걱정이구나."

쓴웃음을 지은 김산이 하늘을 올려다보았다.

"곧 눈이 내릴 것이다. 그러니 대비를 해야겠다."

주위를 둘러본 김산이 말을 이었다.

"앞쪽에 11명의 무림인이 흩어져 있지만 우리가 먼저 알아차렸으니 기선은 쥐게 되었다. 하지만 놈들의 무공 깊이를 알 수 없으니 조심해야 된다."

"예, 그리고 수송대에도 괴인이 하나 있었습니다. 그놈까지 합세하게 될 것입니다. 대감."

"수송대는 내일 낮에 저곳을 지나가게 된다."

앞쪽 덤불을 응시하며 김산이 말했다.

"오늘 중으로 가로막는 놈들을 제거해야만 한다."

그때 눈덩이가 커졌으므로 김산이 삼관필에게 말했다.

"내가 준비를 해 올 테니 넌 이곳에서 기다려라."

다음 순간 김산이 몸을 솟구쳤는데 머리를 든 삼관필은 숨을 들이켰다. 김산이 보이지 않았기 때문이다.

덤불 사이를 빠져나온 강채기가 앞쪽을 응시했다. 우연이다. 그러나 미끼와 함정, 그리고 그 함정을 공격할 장소를 찾다 보니 이곳을 눈여겨보았고 그러다가 인기척을 들은 것이다. 잔가지 덤불이 무성해서 강채기는 한 걸음을 뗄 적에도 조심해야만 되었다. 이쪽은 깃털처럼 몸을 가볍게 한다고 해도 상대방도 범상한 위인이 아닐 것이었다. 바늘 떨어지는 소리도 듣는다고 봐야 된다. 강채기는 몸을 유연하게 만든 다음 나뭇가지 사이를 빠져나갔다. 이제 인기척과의 거리는 30여 보로 가까워졌다. 바람을 정면으로 받고 다가가는 터라 사내의 냄새가 말아졌다. 차고 있는 칼의 쇠 냄새, 독분 냄새도 났다. 땀 냄새와 칼에 배인 피 냄새도 말아졌다. 고수다. 숨소리가 가라앉았고 내공에 무게가 있다. 거리가 20보로 가까워졌을 때 강채기는 몸에 열기를 운행시켰다. 화기술(火氣術)은 지금까지 거의 사용하지 않았다. 지난번에 연경에서 사용한 것은 그저 열기를 뿜었을 뿐이다. 다시 다섯 걸음을 더 다가갔을 때 잔가지 사이로 앞쪽이 보였다. 사내 하나가 땅바닥에 앉아 있었는데 비스듬한 옆모습을 보이고 있다. 건장한 체격, 두건을 쓴 옆모습이 준수하다. 30대쯤 되었을까? 숨을 죽인 강채기의 두 눈에 열기가 더 강해졌다. 쿠추일까? 수송대가 떠났다는 것을 쿠추가 모를 리가 없다. 그렇다면 쿠추가 직접 온 것일까? 그런데 혼자인가? 그때 사내가 머리를 돌려 이쪽을 보았다. 그러나 강채기를 본 것 같지는 않다. 강채기는 어금니를 물었다. 없애자.

열풍(熱風)이 덮쳐왔을 때 삼관필은 무의식중에 펄쩍 뛰어올랐지만 가슴이 내려앉았다. 늦었다는 느낌, 그리고 이렇게 되도록 눈치채지 못했다는 절망감이 동시에 밀려왔기 때문이다. 그러나 몸은 덤불 위로 솟아올랐다. 전력을 다했기 때문에 15자(4.5m)나 솟아오르면서 상대를 보았지만 다음 순간 온몸이 뜨거워지면서 의식이 흐려졌다. 열풍이 쏟아진 방향에서 아무것도 발견하지 못했다.

"이런."

어금니를 문 삼관필이 떨어져 내리면서 온몸의 진기를 맹렬하게 운행시켰다. 예전의 삼관필 같으면 이미 떠오르는 도중에 무너져 내렸을 것이다. 그러나 지금은 다르다. 김산이 주입시켜준 진기 덕분에 열기(熱氣)를 절반 이상이나 막을 수가 있었다. 삼관필의 발이 다시 땅에 닿은 순간이다.

"얏!"

짧은 외침이 일어나면서 다시 열풍이 쏟아졌다.

"아앗!"

반격할 겨를도 없다. 외침이 여자의 목소리라는 것에 놀랄 정신도 없다. 삼관필의 입에서 신음이 터졌다. 이번에는 화기(火氣)였기 때문이다. 불덩이가 덮였다.

"으아앗!"

뜨거움에 온몸이 녹는 느낌이 들었지만 삼관필이 진기를 모아 화기가 쏟아지는 쪽으로 뿜었다. 그 순간 몸을 감싼 불기둥의 기세가 와락 커지더니 겨우 물러가면서 앞쪽 덤불을 태웠다.

"으으으."

삼관필이 두 손을 뻗은 채 눈을 부릅떴다. 몸에 붙은 불기운이 남아 아직도 옷과 살을 태우고 있다. 삼관필의 몸은 연기와 아직 꺼지지 않은 불로 덮여 있는 것이다. 끔찍한 모습이다.

"이년!"

삼관필이 두 손을 뻗은 채 악을 썼다.

"모습을 드러내라!"

목소리가 여자였기 때문에 이년이라고 부른 것이지 아직 상대는 보이지 않는다. 삼관필이 다시 진기를 모아 몸을 흔든 순간 불은 꺼졌지만 온몸은 불에 구운 고기가 되었다. 단 한 차례의 화기가 그것도 눈 깜박하는 순간에만 덮였을 뿐인데도 이렇다. 보통의 불이 아니다. 더 뜨겁고, 더 강하며, 더 끈적여서 떼어지지 않았다.

"이년!"

다시 악을 쓴 삼관필이 몸에 쌓인 진기를 다시 한 번 회전시키면서 밖으로 분출했다. 그 순간 몸을 덮은 연기가 가시더니 지글거리며 타던 피부가 굳어졌다. 그러나 참을 수 없는 고통이 몰려 왔으므로 삼관필이 허공에 대고 소리쳤다.

"아아아!"

삼관필의 50여 년의 인생, 46세에 남송 황제 직속의 수호단(守護團) 신분으로 김산을 만났다가 심복이 된 지 어언 7년여, 그동안 김산과 함께 지낸 수많은 장면이 순식간에 눈앞을 스치고 지나갔다. 삼관필은 이제 자신의 운명을 알 수 있었다. 이 화기(火氣)는 견뎌내지 못한다. 이 화기술을 쓴 여자는 절정의 고수다. 삼관필은 이 세상에 마지막으로 한마디만 더 뱉고 싶었다.

"으아아아아!"

황야의 덤불숲에서 울려 나온 외침이 동토의 산천을 울렸다. 그 순간 불덩이가 쏟아져 삼관필의 몸을 덮었다.

"이게 무슨 소리야?"

녹림패 출신 기홍성은 귀가 밝았다. 소싯적에 도둑이었던 때문이기도 했지만 청각과 후각이 유난히 발달되었다. 머리를 든 기홍성의 시선이 옆쪽의 방태산에게로 옮겨졌다.

"대형(大兄), 들으셨소?"

"들었네."

입맛을 다신 방태산의 얼굴이 긴장으로 굳어 있다.

"뒤쪽에서 누가 당한 것 같네."

"뒤쪽에 형제는 없지 않습니까?"

"그러니까 더 궁금하구먼."

이곳은 도로에서 3백 보쯤 떨어진 낮은 구릉의 중턱이다. 구릉이 온통 암반으로 되어 있어서 법사 효장까지 셋은 암반 옆에 자리를 잡고 기다리던 참이다. 그때 효장이 하늘을 올려다보더니 말했다.

"한(恨)을 태우는군요."

"무엇이?"

방태산이 이맛살을 찌푸리고 효장을 보았다. 사시(오전 10시) 무렵이었어도 하늘이 잔뜩 흐려 있어서 저녁 무렵 같다. 흩날리던 눈발이 그쳤지만 이미 주위는 한 뼘쯤 눈이 쌓였다. 다시 눈이 쏟아질 것 같다. 방태산이 물었다.

"한(恨)을 태우다니? 무슨 말인가?"

"소제의 눈앞에 불덩이가 보입니다. 한이 타면서 두 배, 세 배로 커지는군요."

"무슨 한(恨)?"

방태산이 어깨를 부풀렸다.

"귀신 씨나락 까먹는 소릴랑 말고 알아듣기 쉽게 말하게."

"사내 하나가 죽어갑니다."

"그래서?"

"그 사내의 한까지 더 쌓입니다."

"누가 말인가?"

그러자 효장이 머리를 들고 어두워진 하늘을 보았다.

"구타이 님, 아리카부케 님이 그 원인이 되시겠지요."

진기(眞氣)가 소멸되어 간다. 삼관필은 한 덩어리의 검은 숯 뭉치가 되었지만 의식은 남아 있다. 이것도 진기 때문이다. 진기가 없었다면 두 번째 불덩이를 맞고 진즉 죽었다. 삼관필의 오감(五感)은 이미 다 끊겼다. 시각, 청각, 후각, 미각, 촉각, 다 사라졌다. 다만 마지막으로 꺼져가는 촛불 불꽃처럼 의식 한 올이 남았다.

"대감이시어."

삼관필의 의식 속에 김산의 모습이 떠올랐다. 신(神)처럼 믿고 의지했던 유일한 인간, 죽으라고 지시하면 당장에라도 용암 속으로 뛰어들 수 있었던 단 하나의 존재였다.

"돕지 못해서 죄송합니다."

삼관필의 없어진 눈에서 눈물이 흘러내렸다. 이것은 삼관필의 의식 속에서 일어나는 일이지 현실이 아니다.

"대감, 이 여자의 화공은 무섭습니다."

다시 삼관필이 마지막으로 조언했다.

"진기를 뿜었더니 그것까지 불쏘시개로 만들었습니다. 조심하십시오."

삼관필은 이제 죽을 때가 되었다고 생각했다. 소임을 다 마치지 못하고 김산에게 짐만 되고 죽는다는 가책이 일어났으므로 삼관필은 없어진 이를 악물었다.

"대감, 한(恨)을 남기고 가오."

눈이 다시 쏟아지기 시작했다. 이번 눈은 컸고 빈틈이 보이지 않을 정도로 하늘을 메우며 떨어진다. 대지가 순식간에 만물이 둥글게 눈으로 뒤덮였다. 한식경 동안 쌓인 눈이 다시 한 뼘 깊이가 되었다. 이제 황야의 눈은 두 뼘이나 쌓였다. 날것도, 네다리를 가진 짐승도 제 우리에 박혀 나오지 못한다. 김산이 눈발 사이를 날아 덤불숲으로 돌아오고 있다. 손에는 하루 반나절 동안 먹고 마실 음식이 들려 있다. 김산의 경공은 엄밀히 말하면 경공이 아니다. 대기가 되어서 나는 것이다. 몸이 진기 뭉치로 변신이 된 후부터 달라졌다. 입고 있는 옷, 들린 음식 보따리도 대기 상태가 되어 흩어져서 보이지 않는다. 대기의 이동이어서 인간의 눈에 띌 리가 없는 것이다. 덤불로 덮인 황무지로 진입한 순간 김산이 눈을 치켜떴다. 대기 속에 분산되어 있던 눈의 입자들이 모여지면서 아래쪽이 드러났다. 불기둥이 지나간 흔적이 눈에 덮여 있었지만 선명했다. 그리고 그 끝 쪽에 둥근 눈 뭉치, 그곳에서 인체의 탄 냄새가 난다. 김산이 형체가 되어 숲으로 떨어졌다. 그러고는 눈 뭉치를 두 손으로 헤쳤다. 이미 두 눈은 부릅떠졌고 이는 악물고 있다. 이윽고 김산은 시커멓게 탄 한 덩어리의 인체를 보았다. 삼관필이다.

"이년."

김산이 숯 덩어리를 향해 이 사이로 말했다. 목소리는 낮았고 억양이 없다. 얼굴 표정도 담담했고 눈빛도 가라앉았다. 다시 김산이 혼잣소리처럼 말했다.

"이년, 원한도 없는 사람을 이렇게 죽이는구나."

김산이 입술 끝을 올리며 웃었다.

"삼관필, 네 혼은 아직 떠 있느냐?"

눈길을 달려온 곤륜파 도사 차영성의 얼굴은 붉게 상기되어 있다.

"내일 사시(오전 10시) 경에 갈림길에 닿을 것이오."

방태산이 잠자코 머리를 끄덕였지만 개운한 표정이 아니다. 주토의 3인방은 아래쪽 분지와 서역으로 향하는 대상조로 갈라지는 갈림길 앞에 매복하고 있는 것이다. 차영성은 수송단의 도착을 알아보고 온 것인데 이제 1백여 리 거리로 다가왔다. 차영성이 주토까지 살펴보고 온 터라 말을 이었다.

"주 형은 갈림길 앞쪽 작은 능선 위에서 기다리고 있는데 위장을 하고 있지도 않습니다."

"어쨌든 미끼 역할은 되는 거야."

쓴웃음을 지은 방태산이 머리를 끄덕였다.

"오전의 그 비명이 무언가 불안하군."

녹림패 기홍성이 말했을 때 효장이 대답했다.

"이미 일은 벌어졌소, 그 불기둥이 시작이오."

모두의 시선이 모여졌다. 지금은 신시(오후 4시)가 되어가고 있다. 효장이 말을 이었다.

"곧 풍운이 닥칠 테니 대비를 하시오."

방태산이 숨을 뱉고 나서 차영성을 보았다.

"아우님은 다른 조에게도 이 사실을 알리게, 내가 신호를 할 때까지 기다리라고 하고."

차영성이 잠자코 몸을 돌렸다. 방태산의 본대도 3개 조로 나뉘어 있는 것이다. 각각 3명씩 2개 조에 두 명은 연락을 맡는다. 차영성이 바위를 돌아 사라졌을 때 방태산이 머리를 들고 하늘을 보았다. 셋은 바위틈에 앉아 있고, 안쪽까지 눈이 떨어지지는 않는다.

"이렇게 눈이 오면 수송대가 전진하는 데 애를 먹겠다."

방태산이 혼잣소리처럼 말했을 때다.

"설산인, 난 동부 총독이 보낸 사람이오."

귓속에 여자 목소리가 파고들었으므로 방태산이 질색을 했다. 머리를 돌려 사방을 둘러보았지만 흰 눈에 덮인 능선만 보일 뿐이다. 바위도 모두 눈에 덮였고 아직도 눈이 쏟아지는 중이다.

"누구야?"

방태산이 묻자 효장과 기홍성이 머리를 들고 그를 보았다. 그때 여자의 목소리가 이어졌다.

"아리카부케 전하께서 보낸 수송단의 자문역이요."

"그러면 수송단을 하루 거리로 두고 먼저 정찰을 나온 것인가?"

둘에게 들으라고 방태산이 소리 내어 물었더니 여자가 낮게 웃었다. 여자 목소리는 방태산에게만 들린다.

"내 임무는 정찰 따위가 아니오. 장애물을 치우는 것, 설산인께서 이곳까지 나와 계신 것하고 같소."

"그대는 누구신가?"

"난 무림에서 이름을 알리지 않았소. 그러니 말씀 드리지 않겠소."

"내공이 심오한 고수 아니신가? 하지만 도우려면 함께 궁리를 하는 것이 낫지 않겠는가?"

"내가 오전에 쿠추의 심복 하나를 태워 죽였지요. 설산인께서도 고기 굽는 냄새를 맡으셨으리라."

놀란 방태산이 숨을 들이켰을 때 여자의 목소리가 이어졌다.

"설산인께서 미끼 셋을 내세우고 쿠추를 잡는 낚시질을 하고 계신다는 것도 압니다."

"이것 봐, 낭자."

놀랍고 화도 난 방태산의 목소리가 높아졌다.

"그럼 쿠추가 이곳에 와 있단 말인가? 어쩌려고 그렇게 한 거야?"

그때 방태산은 바위 위쪽에서 불덩이가 떨어지는 것을 보고 대경실색을 했다.

두 번의 지옥

"어이쿠!"

놀란 외침은 기홍성이 뱉었다. 효장도 놀란 듯 얼굴이 하얗게 굳었다. 불덩이는 둥글었고 한 아름이 되었다. 그런데 중심에 푸른 기운이 있는 데다 땅바닥 위로 한 치쯤 떠 있는 것이다. 둥근 불덩이는 마치 살아있는 생명체처럼 빙글빙글 돌았는데 불길이 세서 주변의 눈이 금방 녹았다. 다섯 걸음쯤 떨어진 방태산의 얼굴도 화끈거릴 정도였다.

"무슨 짓이냐!"

와락 화가 치민 방태산이 두 손을 뻗어 불덩이를 향해 벽력장을 내쏘았다. 벽력장은 장풍이다. 팔을 내저으면서 대기를 움직여 바람을 쏘아내는 것으로 그 빠르기와 힘으로 장풍이 일어난다.

"펑!"

방태산의 손바람이 불덩이와 부딪쳤을 때 그런 소리가 났다. 그 순간이다. 불덩이가 와락 커지면서 부서졌다.

"와앗!"

기홍성이 비명을 질렀는데 불덩이 조각이 수십 개나 날아와 옷과 머리칼에 달라붙었기 때문이다. 효장은 바위 뒤로 몸을 숙였기 때문에 소매에 불덩이 하나가 튀었다.

"으윽!"

방태산도 불덩이 수십 개가 튀었으므로 몸을 날려 앞쪽 눈밭에서 뒹굴었다. 체면 차릴 상황이 아닌 것이다.

"불이야!"

온몸이 불쏘시개가 된 기홍성이 이어서 눈밭으로 뛰어들었다.

"으음."

눈 속에 몸을 파묻은 방태산의 입에서 수치심을 견디지 못한 신음이 터졌다.

"이런 개 같은 년, 네가 감히……."

그때 여자의 목소리가 다시 울렸다.

"방태산, 분명히 해둘 것이 있다. 난 허명을 날리는 것들한테는 무자비하다. 그러니 이번 작전은 내 지시를 받도록 하라. 알았느냐?"

"이, 이런……."

분했지만 방태산은 괴녀(怪女)의 무공이 자신보다 몇 수 위라는 것을 자인할 수밖에 없었다. 이 불덩이는 방태산의 60여 년 평생에 보도 듣도 못한 무공이었기 때문이다. 그때 괴녀가 말했다.

"네가 살아 나가 네 허명을 높일 기회인 것이다. 그쯤 수모는 참아야 될 것 아니냐?"

괴녀의 목소리에 웃음기가 띠어 있다.

"이 독음은 너한테만 들린다. 방태산. 네 옆의 도인 한 놈이 제법 무공 깊이가 있지만 내 말은 새가 지저귀는 소리로 들릴 것이다."

머리를 든 방태산이 바위틈에서 머리만 내놓은 효장을 보았다. 그 잘난 척을 하던 효장도 이쪽을 물끄러미 바라보고만 있다. 새소리를 듣는 것 같다.

밤, 해시(오후 10시)쯤 되었다. 이곳은 마쿤성 북방의 카리온산, 바위투성이의 암산이나 경사가 심하지는 않다. 그 바위산 중턱에 한 사내가 서 있었는데 바로 김산이다. 김산 앞에는 검은 숯덩이가 된 삼관필의 시체가 놓여 있다. 이곳은 눈이 드문드문 내려서 바위 모서리가 드러났고 그늘에는 맨땅이 많다. 삼관필의 시체는 맨땅에 놓였지만 불에 녹아서 어디가 몸이고 어디가 머리인지 알 수가 없다. 김산이 의관을 바로 갖추고 삼관필의 시체 앞에 앉았다. 그리고 두 손을 삼관필의 시체 위에 얹었다. 그 순간 진기가 옮겨지면서 삼관필의 어릴 적 모습이 눈앞에 펼쳐졌다.

"네 어릴 적 모습이구나."

"예, 대감, 옛일이 그립습니다."

"다 그렇겠지."

김산의 얼굴에 희미하게 웃음이 떠올랐다.

"하지만 회상하기 괴로운 사람들도 있는 법이다."

"예, 이별이 괴롭지요."

그 순간 삼관필이 젊은 여자와 마주보고 서 있다. 여자의 품에는 두 살쯤 되어 보이는 아이가 안겨 있었는데 두 눈이 맑다.

"떠나겠어. 용무를 부탁하오."

"우리 걱정은 하지 마세요."

부인의 눈에 눈물이 고였다.
“어떻게든 살 테니까요.”
“당신 고생만 시켜서 미안하오.”
“아닙니다. 3년 동안이지만 행복했습니다. 나리, 부디 몸을…….”
말문이 막힌 부인의 눈에서 눈물이 흘러내렸다. 그때 김산이 긴 숨을 뱉었다. 이제 모자의 모습은 사라졌다.
“지금 두 모자는 어디에 있느냐?”
“하북성 길음현입니다. 대감.”
“왜 찾지 않았느냐?”
“풍운의 세상, 대감이 자리를 잡으시면 부르려고 했지요.”
“어떻게 사느냐?”
“제가 1년에 한 번씩 금화 10냥씩을 보냈습니다.”
김산이 다시 길게 숨을 뱉었을 때 삼관필이 말했다.
“대감, 떠나겠습니다.”
“오냐, 내가 네 처자를 부르겠다.”
“제 아들 용무가 열다섯입니다. 대감.”
“오냐, 무슨 말인지 알겠다. 내가 부르마.”
“이젠 안심이 됩니다. 대감.”
삼관필의 얼굴에 환한 웃음이 떠올랐다.
“대감, 불덩이가 진기를 마십니다.”
“오냐, 알았다.”
“대감께서 부르시면 언제든지 오지요.”
웃음 띤 삼관필의 얼굴이 숯덩이 위에 떠 있다가 사라졌다.

마차 바퀴가 진창에 빠지는 바람에 수송대의 전진 속도는 늦어졌다. 한 시진(2시간)에 30리(12km)를 가던 수송대가 절반밖에 나아가지 못한 것이다. 눈이 녹아서 길이 진창으로 변했기 때문이다.

"오늘은 이곳에서 쉰다."

아직 신시(오후 4시)가 조금 지났을 뿐이지만 말들이 지쳤기 때문에 후시반이 명령했다. 마침 수송대는 산기슭에 닿은 참이었다. 마른 나무만 솟아 있는 바위산이지만 개울도 흐르고 있어서 숙영지로는 적당했다.

"장군, 자문역이 아직 돌아오지 않았는데 찾을 필요 없습니까?"

부장 오막이 물었으므로 후시반이 쓴웃음을 지었다.

"그 여자 걱정할 것 없다. 우리 앞쪽에서 길을 살피고 있을 테니까."

"마쿤성만 지나면 닷새 길이오."

오막이 주위를 둘러보며 말을 이었다.

"이번 수송대만 보내면 당분간은 없을 테니 다행이오. 지금까지 나는 세 번을 다녀왔습니다."

50대 중반의 오막은 구타이한테 세 번 물자를 날라주고 온 것이다. 오막이 자리를 떠났을 때 1백인장 하나가 다가와 묻는다.

"장군, 금 마차는 어디에 둘까요?"

금 마차란 금화를 실은 마차를 말한다. 머리를 든 후시반이 금 마차 3대를 보았다. 항상 진의 중심 부분에 놓았던 금 마차다. 오늘은 산기슭 밑 개울가에 숙영지가 만들어졌으므로 후시반은 가장 안쪽에 보관하기로 마음먹었다.

"저기 산기슭 밑에 두고 감시를 철저히 하도록."

가장 깊숙한 위치다.

덤불숲 위로 지나던 강채기는 삼관필의 시체가 증발된 것을 보았다. 술시(오후 8시) 무렵, 시체가 놓였던 바닥은 깨끗했고 발자국도 보이지 않았다. 주변은 열기에 녹아 맨땅이 다 드러났다고 해도 바위틈까지 다가간 발자국은 있어야 정상인 것이다. 경공으로 스치고 지나면서 강채기의 날카로운 시선은 창공의 매처럼 빈틈없이 주변을 훑었다. 그리고 쏜살같이 달려가면서 머릿속에 박아놓은 장면을 다시 보았다. 시체를 가져간 놈은 쿠추가 분명했다. 쿠추밖에 없는 것이다. 그런데 어떻게 가져갔단 말인가? 그 주변 1백 보 반경에서 발자국은 자신이 진입했던 한쪽뿐이었던 것이다. 발자국이 겹쳤는가도 유심히 보았지만 아니다. 그럼 쿠추는 날개가 달렸단 말인가? 1백 보 거리를 뛰어 건너와 시체를 갖고 다시 뛰어 넘을 수는 없는 것이다. 강채기는 몸을 돌렸다. 그러고는 다시 삼관필의 시체가 누워 있던 주변을 세 번이나 돌았다. 없다. 2백 보 반경을 돌았지만 마찬가지다. 자신이 다가갔던 발자국뿐이다. 검은 덩어리로 오그라든 삼관필이 살아서 날개를 달고 날아갔단 말인가?

"누구냐?"

1백인장 곽성이 소리쳐 물었다가 다가선 후시반을 보고 긴장했다. 해시(오후 10시)가 되어가고 있다. 후시반은 부장 오막과 동행이었는데 곽성 앞으로 다가오더니 서둘러 말했다.

"마차에 말을 매어라."

"예."

대답부터 하고 난 곽성이 주춤거렸다가 물었다.

"어느 마차 말씀입니까?"

"이놈아, 금 마차지 무슨 마차겠느냐?"

입맛을 다신 후시반이 말을 이었다.

"마차 세 대 모두 지금 출발시킨다. 예비 마를 30필 끌고 가도록."

"예, 장군."

"경호는 여기 있는 부장이 맡는다. 서둘러라."

"예, 장군."

곽성이 서둘러 몸을 돌렸다. 금 마차만 빼내 먼저 출발시키는 이유가 있을 것이다.

부장 오막이 금 마차 3대를 끌고 출발했을 때 후시반이 둘러선 휘하 장수들을 보았다. 갑자기 후시반의 호출로 모인 장수들의 표정은 긴장으로 굳어져 있다. 후시반이 이 사이로 말했다.

"북부군 기동대가 두 시진(4시간) 거리까지 접근해서 금 마차는 먼저 보냈다. 자문관이 알려준 것이다."

10여 명의 장수들은 숨을 죽였다. 북부군이 오다니, 후시반이 말을 이었다.

"조금 전에 떠난 금 마차는 자문관이 맡아서 북부군 포위를 돌파하겠지만 나머지는 힘들 것 같다. 그래서 총독 전하의 명에 따르는 수밖에 없다."

심호흡을 한 후시반이 번들거리는 눈으로 장수들을 보았다.

"아래쪽의 우리가 우회해서 통과한 바탄강에다 무기를 처넣고 귀환한다. 서둘러라."

후시반의 표정은 비장했다. 조금 전에 후시반은 정찰에서 돌아온 자문관의 보고를 받은 것이다. 북부 기마군 1만 5천이 달려오고 있다는 보고였다. 북부 총독 쿠추가 수송단의 정체를 알았다고 했다.

"자, 돌아간다!"

버럭 소리친 후시반이 분한지 발로 땅을 굴렀다. 얼굴이 잔뜩 일그러져 있다.

금 마차를 호위한 오막의 기마군 1백 기는 세 시진(6시간)을 쉬지 않고 달렸다. 그래서 인시(오전 4시)가 되었을 때는 진창길이었지만 80여 리(32km)를 주파하여 안둔산 밑쪽의 역참 근처에 닿았다. 금 마차가 역참에 들어갈 수는 없었기 때문에 이곳 산기슭에서 자문관을 만나기로 한 것이다.

"여기다."

커다란 돌탑이 세워진 옆에서 말을 세운 오막이 주위를 둘러보았다. 깊은 밤, 주위에는 불빛 한 점 보이지 않는다. 산모퉁이를 돌면 역참이 나올 것이었다.

"저기 옵니다."

그때 부하 하나가 앞쪽을 가리키며 말했으므로 오막이 말에 탄 채 목을 뽑았다. 인기척이 난다. 말굽 소리가 울리고 있다. 그런데 1, 20기가 아니다. 수백 기다. 이윽고 땅이 울리더니 순식간에 주위가 기마군의 발굽 소리로 묻혔다. 오막은 처음에는 자문관이 구타이의 기마군을 데려온 줄로 알았다. 그러다가 다음 순간 이곳은 북부군 영역이며 마쿤성이 1백 리 거리라는 것을 깨달았다. 그래서 북부군 장수의 모습이 보였을 때 이를 악물었을 뿐 어깨가 늘어지지는 않았다.

"그대는 누군가?"

북부군 장수는 3천인장이다. 그리고 휘하 기마군은 1천여 기, 오막이 어물거리자 북부군 장수가 소리쳤다.

"마차는 압류한다. 저항하면 다 죽이겠다. 마차를 놓고 네 집으로 돌아가라."

북부군 장수는 몽골족 같다.

바위틈에 기대앉아 깜박 잠이 들었던 강채기가 눈을 떴다. 동녘 산줄기 위가 환해졌다. 곧 해가 떠오를 것 같다. 묘시(오전 6시)가 조금 못된 시간이다. 아래쪽으로 시선을 내린 강채기의 이맛살이 찌푸려졌다. 이곳은 지대가 높아서 동쪽과 남쪽 평원의 50여 리까지 시야에 들어온다. 강채기의 시력은 밝은 날에는 30리(12km) 앞까지 내다볼 수가 있는 것이다. 그러나 호송대는 어느 곳에도 보이지 않았다. 아직 시계 안으로 들어오지 않은 것이다. 예정보다 늦다. 지금쯤이면 20리쯤 거리의 지점에서 야영하고 있어야 한다. 이윽고 몸을 일으킨 강채기가 흐르는 바람처럼 산을 내려가기 시작했다. 호송대를 찾으려는 것이다. 온 길을 돌아가면 맥이 풀리는 법이다. 더욱이 게으른 동행자 때문에 헛일을 하게 되면 짜증이 배가된다. 그래서 강채기의 경공이 거칠어졌고 지나는 길에 쌓인 눈이 패였다.

향냄새를 맡은 주토가 잠에서 깨어났다. 여인의 색향 같다. 달콤하고 아늑하다. 다시 한 번 깊게 숨을 들이켰던 주토는 눈을 떴다. 그러나 다음 순간 주토의 눈이 부릅떠졌다. 이곳은 갈림길 바로 위쪽의 바위 밑이다.

"아니, 넌."

주토가 벌떡 일어섰지만 곧 다리가 풀려 앞으로 넘어지면서 바위에 어깨를 찍혔다. 하마터면 머리를 부딪칠 뻔 했으므로 온몸에서 식은땀이 배어 나왔다.

"누, 누구냐?"

바로 앞에 사내 하나가 앉아 있었기 때문이다. 장신, 육중한 체격 그리고 준수한 용모, 털조끼에 가죽신을 신었고 허리에는 장검을 찼다. 30대쯤 되었을까? 털두건 밑의 두 눈이 깊은 물속처럼 느껴졌다. 그때 사내가 말했다.

"넌 살려주겠다."

"누, 누구냐?"

주토는 제 목소리에 두려움이 섞여 있는 것을 듣고는 어금니를 물었다. 온몸의 기력이 빠져나갔을 뿐만 아니라 무공도 연기처럼 사라졌다. 무공(武功)이란 몸을 조절하는 기능이다. 조금 전 일어섰다가 넘어질 때 어깨를 비틀려고 해보았지만 몸뚱이가 나무토막처럼 되어서 제멋대로 흔들렸다. 사내가 공력을 무산시킨 것이다. '유광과 사마진은 어떻게 되었단 말인가? 둘은 이 근처에 있었을 텐데, 넌 살려주겠다니? 그럼 둘은 이미 죽었단 말인가?' 주토의 의문을 읽은 듯이 사내가 말했다.

"둘은 죽었다."

사내와의 거리는 세 걸음쯤 되었는데 비스듬히 쓰러진 주토는 시선만 줄 뿐이다. 속수무책인 상황이어서 이제는 입이 열리지도 않는다. 어느덧 얼굴은 진땀이 배어 나와 땀범벅이 되어 있다. 주토의 50평생에 이런 공포감은 처음이다. 그때 사내가 몸을 일으켰다.

"두 시진쯤 지나면 몸이 풀릴 테니 일행을 만나서 구타이한테 돌아가도록 해라."

사내의 눈빛이 강해졌다.

"후시반의 수송대를 기다릴 필요는 없다. 금 마차는 이미 마쿤성의 북부군에게 탈취되었고 무기는 바탄강에 버려졌으니까, 그리고 수송대는 지금 귀환 중이다."

"너, 너는 누구냐?"

다시 주토가 물었을 때 몸을 돌린 사내가 뱉듯이 말했다.

"구타이가 기다리는 사람이다."

암산을 뛰어내린 김산이 바람을 정면에서 맞으며 달리고 있다. 주토를 살려 보낸 것은 구타이에게 대비를 시키려는 의도였다. 구타이는 기습으로 암살하지 않는다. 언제부터인지는 모르지만 구타이는 죄인을 벌하는 것처럼 당당하게 죽이겠다는 결심이 굳어져 있었다. 더구나 구타이는 천하의 공적(公敵)인 것이다. 만인주시리에 천벌을 내리리라. 맞바람을 받았지만 진기를 품은 김산의 몸이 점점 흐려지더니 바람을 뚫고 들어가 전진하기 시작했다. 이것은 경공이 아니다. 바람 속으로 화살처럼 나아가는 김산의 몸은 대기의 영향을 받지 않는다. 지금 당장은 삼관필의 한을 풀어야 한다. 지금 삼관필의 혼이 저 위에서 내려다보고 있는 것이다.

"장군은 어디에 계시냐?"

강채기가 소리쳐 묻자 부장 하나가 다가왔다. 평원에 정지한 수송대는 이제 기마군뿐이어서 전혀 다른 부대 같다.

"먼저 총독께 가신다면서 떠나셨소."

부장이 말하더니 강채기의 뒤쪽을 보는 시늉을 했다.

"자문관께서 금 마차를 맡으셨지 않습니까? 왜 돌아오셨습니까?"

"금 마차를 맡다니?"

되물었던 강채기가 어금니를 물었다. 가슴에 짚이는 느낌이 온 것이다.

"누가 그러더냐?"

"장군께서 그러셨소."

"내가 금 마차를 맡는다고?"

"예, 그래서 부장 오막이 금 마차를 호위하고 자문관께 갔지 않습니까?"

"……."

"그리고 무기는 북부군 포위를 돌파하기 힘들겠다면서 바탄강에 쏟아붓고 서둘러 귀환하는 길입니다."

"……."

"오막은 어디 있습니까? 북부군 포위에 걸린 것 아닙니까?"

강채기는 어깨를 늘어뜨렸다. 쿠추다. 쿠추가 후시반 역할을 했다. 그래서 금 마차와 무기를 분리했고 따로 처리했다. 신출귀몰한 놈이다. 몸에 찬 기운이 덮이는 느낌이 들었으므로 마상에서 강채기가 주위를 둘러보았다. 주위를 둘러싼 기마군도 의아하기는 마찬가지인 것 같다. 강채기한테서 시선을 떼지 않고 있다. 사시(오전 10시) 무렵이다. 1천 기 가까운 기마군이 초원 복판에서 정지한 채 한동안 움직이지 않는다.

광대한 대륙이다. 북부의 동토는 수천 리가 무인지대다. 서역으로 통하는 길이라지만 수백 리를 걸어도 사람 하나 만나지 못할 때가 많다. 김산이 바람을 안고 나가면서 온갖 냄새를 맡는다. 그러나 김산의 능력에도 한계가 있다. 가끔 순록의 냄새, 늑대의 냄새가 맡아졌지만 말 떼의 냄새는 맡아지지 않는다. 오시(낮 12시)가 되었을 때 마침내 김산은 진기를 흩트리면서 몸의 형체를 갖췄다. 그러고는 대기 속에서 지상으로 떨어졌다. 이곳은 동쪽으로 150리나 달려온 고원지대다. 아리카부케의 동부 국경을 향해 지름길로 달려왔지만 후시반의 잔병들은 다른 길로 나아가는 것 같다. 이제 몸의 형체를 찾은 김산이 황량한 고원 위에 서 있다. 강한 북서풍이 휘몰아치면서 옷자락을 펄럭이게 만들었다.

"삼관필, 보고 있느냐?"

김산이 바람 속에서 소리치자 목소리가 울렸다.

"대감, 무리하지 마십시오."

"아니다. 그년을 서둘러 찾아야겠다."

"대감, 날씨가 춥습니다."

그러자 김산이 얼굴을 일그러뜨리며 웃었다.

"삼관필, 넌 내가 더위는 물론 추위도 타지 않는 몸이 되어 있다는 것을 모르느냐?"

"모릅니다. 대감."

"그렇구나."

김산이 한낮이지만 어두운 하늘을 올려다보았다. 눈발이 흩날려 피부를 때렸지만 김산에게 감촉이 느껴지지 않는다.

"너에게 진기를 나눠줬어야 했다. 내 잘못이다."

"대감, 운명입니다."

"미안하다."

김산의 얼굴이 다시 일그러졌다.

"너는 내가 맺은 소중한 인연 중의 하나다. 널 이런 황량한 동토까지 데려와 그렇게 무참하게 죽이다니."

"대감, 쉬시지요."

허공을 올려다보는 김산의 눈동자에는 초점이 없다. 김산은 지금 뇌 속의 삼관필 영상과 대화하는 것이다. 허공에 삼관필의 혼이 떠 있는 것이 아니다. 김산이 만들어낸 삼관필의 허상인 것이다. 이 허상이 진기를 통하면서 실체가 되어 나타난다. 김산은 시선을 내리고는 머리를 끄덕였다.

"고맙다. 삼관필."

주토는 몸에 기력이 돌아왔을 때 먼저 유광과 사마진을 찾았다. 둘의 시체는 근처에 눕혀져 있었는데 외상이 전혀 보이지 않아서 마치 자는 것 같았다. 주토의 일생에서 이런 시체는 처음 보았다. 그저 갑자기 숨이 멈춘 것 같은 형상이었다. 그냥 놔둘 수도 없었으므로 돌을 덮어 무덤을 만들고 있는데 방태산이 보낸 사내가 찾아왔다.

"무슨 일이야?"

물은 사내는 차경, 무당파에서 축출된 도사로 검을 세 개나 차고 다니는 별종이다. 차경이 놀란 얼굴로 돌무더기를 보았다.

"죽었어?"

"그래."

"누가 죽인 거야?"

"누군 누구야? 그놈이지."

"그놈이라니? 쿠추?"

몸을 세운 차경이 주위를 둘러보다가 시선이 주토에게 머물렀다.

"그럼 당신은? 그놈을 쫓아냈나?"

"그런 셈이지."

"그런 셈이라니?"

바짝 다가선 차경이 묻자 주토가 버럭 소리쳤다.

"이봐, 돌 좀 쌓고 이야기하자고!"

그때 하늘에서 눈이 떨어지기 시작했다. 어느새 바람이 그쳐 있었다.

눈은 마치 하늘이 허물어진 것처럼 떨어졌다. 바람이 뚝 그치면서 아이 주먹만 한 눈이 수직으로 떨어지는 것이다. 대지는 순식간에 눈으로 덮였고 강채기가 앉아 있는 능선도 굴곡이 없어진 대평원이 되었다. 하늘은 흐리다. 눈이 쏟아지듯 내리는 바람에 아예 위쪽은 보이지도 않는다. 회색빛 세상, 흰 눈, 눈이 내리면서 소리가 뚝 끊겼다. 눈이 소리를 삼키는 것 같다. 짐승의 발자국 소리, 바람 소리, 아무것도 들리지 않는다. 강채기는 바위틈에 붙은 등을 조금 펴고 앞위를 둘러보았다. 등은 바위에 막혔으니 3면이 내려다보인다. 바위가 처마 역할을 해서 강채기가 앉은 한 평 정도의 공간은 눈이 쌓이지 않았다. 곧 쿠추가 나타날 것이다. 강채기가 3면을 둘러보며 생각했다. 이곳은 동부로 가는 통로다. 쿠추는 참혹하게 죽은 제 수하의 복수를 하려고 되돌아온다. 강채기는 숨을 고르면서 웃었다. 흰 얼굴에 웃음이 떠오르자 요염한 모습이 되었다. 강호니 중원이니 고수

(高手)니 하면서 세상을 떠들썩하게 만들던 위인들을 보면 하나같이 허명을 뒤집어쓴 위선자들이었다. 바로 어제 만났던 방태산이 그렇고 태워 죽인 쿠추의 부하도 그렇다. 가소롭다. 쿠추의 진면목을 지금까지 본 적이 없지만 마찬가지일 것이다. 불탄 시체를 어떻게 가져갔는지가 조금 걸리지만 더 이상 궁리하지 않기로 했다. 눈발이 더 굵어지더니 능선은 이제 둥근 언덕으로 변했다. 부드럽고 완만한 곡선을 그리는 능선이다. 그러나 한 자쯤 밑은 날카로운 바위투성이의 바위 능선이다.

눈발을 헤치며 날기를 두 시진(4시간), 김산이 진기를 모으면서 눈밭 위에 몸을 떨어뜨렸다. 곧 아무것도 보이지 않던 눈밭 위에 사람의 형체가 드러났다. 발자국도 없이 하늘에서 눈과 함께 떨어진 것 같다. 이곳은 동부지역으로 가는 길목, 앞쪽의 낮은 능선을 돌아가는 길도 눈에 묻혀 있다. 거리는 2리(0.8km) 정도, 김산은 능선 위에서 흘러나오는 냄새를 맡는다. 여자의 냄새다. 여자한테서는 독특한 냄새가 맡아진다. 짐승이 내는 발정기의 암내와 비슷할 것이다. 인간의 암내는 짐승과 달라 계속해서 풍겨 나온다. 김산은 한동안 앞쪽을 응시한 채 움직이지 않았다. 그렇게 한참 동안을 있다 보니까 몸에 눈이 쌓이더니 곧 나무둥치처럼 보였다. 그때 김산의 귀에 여자의 웃음소리가 들렸다. 맑은 웃음소리가 눈발 사이를 헤치고 이쪽으로 발사되는 것 같다. 알고 있느냐?

웃음을 그친 강채기가 앞쪽을 보았다. 눈발 사이로 아무것도 보이지 않는다. 눈은 그치지 않아서 앞쪽에 땅이 솟아오른 것처럼 느껴졌다. 두 자는 쌓인 것 같다. 이런 환경에서는 눈에 익숙한 짐승도 걷지 못한다. 굴에 박혀 있을 뿐이다.

"하하하하하."

다시 하늘에 대고 강채기가 웃음을 터뜨렸다. 당문은 지금까지 세상에 이름을 떨친 적이 드물다. 대부분 음지에서만 활동했기 때문이다. 그래서 당문 내부의 사정도 거의 알려지지 않았고 무림 정, 사파와의 교류도 없다 보니 무공의 경지도 깊은 물속처럼 세인의 세상에서 떨어져 있었던 것이다. 그때 강채기가 세상에 출연했다. 강채기는 자신이 누군가를 밝히지 않아서 세상 사람들은 알 길이 없다. 그러나 강채기 본인은 모든 것이 새롭고 가소로운 것이다. 무림인이란 족속들이 얼마나 허명에 싸여 있는지를 시간이 지날수록 더 실감하고 있다. 온몸을 굳힌 강채기가 앞쪽을 주시했다. 웃은 것은 어서 오라는 도전의 표시다. 2리(800m)쯤 앞쪽 벌판 위에 무엇인가 생명체가 있다. 갑자기 나타난 생명체, 삼관필의 시신이 증발된 이유를 알 것 같다. 저곳에 분명히 쿠추가 있다. 아직 실물을 보지 못한 쿠추, 고려아 김산, 저자에게 원한은 없다. 그러나 원한이 없다고 없애지 못하는가? 삼관필도 마찬가지다. 이것은 '일'이다. 그리고 내 '존재가치'를 증명하는 작업이기도 한 것이다. 강채기는 숨을 죽였다. 이제 앞쪽을 응시하는 눈동자에 초점이 잡혀졌다. 그런데 기척이 점점 희미해지고 있다. 생명의 기척이 흐려지고 있는 것이다. 눈을 치켜뜬 강채기가 오감을 집중시켰다. 죽어가고 있단 말인가? 숨을 참으면 내부의 기력이 더 박동을 한다. 일반 사람에게 숨소리는 들리지 않겠지만 고수(高手)에게는 심장 박동 소리가 더 크게 울리는 것이다. 혈류의 운행도 개울물 흐르는 소리처럼 커진다. 그런데 모든 소리가 끊기고 있다. 마침내 강채기가 벌떡 일어섰다. 다시 천지가 정적에 싸였기 때문이다. 죽었느냐?

다시 진기를 끌어 모은 김산이 허공에 떠서 강채기를 향해 다가간다. 이제 김산의 몸은 대기가 되었다. 넓게 흩어진 진기는 무색무취, 무형의 대기로 변질되어 중력의 영향도 받지 않고 나아가는 중이다. 눈에 덮인 산야를 내려다보면서 김산의 진기가 서서히 능선으로 다가가고 있다. 이번에는 느리다. 허공에 떠서 바위틈에 선 저 요물을 오래 음미하며 죽이리라. 이윽고 김산의 진기는 강채기의 머리 위에 닿았다. 진기(眞氣), 수천만 년 동안 쌓여 있던 진기를 두 번이나 흡인한 끝에 김산은 무공(武功)의 경지를 떠나 인체의 원인까지 되돌아갔다. 대기가 된 것이다. 모든 생명의 시발인 원소가 된 것이다. 동굴에서 수억 년 동안 움직이지 않았던 진기를 마신 유일한 생명체인 것이다. 김산이 강채기를 내려다보았다. 연경의 시장통 다실에서 처음 보았던 그 얼굴이다. 신비한 느낌을 주는 모습, 연체동물처럼 하늘거리는 몸매, 깊이를 알 수 없는 요사함, 그리고 오만한 표정, 그리고 무공의 깊이는 아직도 측량할 수가 없다. 그때 김산은 진기를 풀고 눈이 떨어지는 것처럼 강채기 앞으로 떨어졌다.

"앗."

저절로 강채기의 입에서 놀란 외침이 터졌다. 강채기의 26살 인생에서 처음 있는 일이었다. 어렸을 때, 코흘리개 시절에도 이런 외침을 뱉은 적이 없었기 때문이다. 눈앞에 갑자기 사람이 떨어져 내렸으니, 그것도 눈처럼 서서히 떨어지면서 형상이 드러났으니 꿈을 꾼 것 같았다. 거리는 다섯 보 정도, 눈이 조금 뜸해진 상태여서 형상은 더 뚜렷해졌다. 강채기가 똑바로 사내를 보았다. 당장에 공격을 할 만큼 경솔한 강채기가 아니다. 사내는 처음 보는 얼굴이다. 그러나 준수하다. 굵은 눈썹과 콧날, 부리부리한 눈, 곧고 단정한 입술, 장신에 육중한 체구, 허리에는 장검을 찼다. 털조끼에 털두건, 가죽신을 신었으며 다리는 가죽으로 감쌌다. 강채기가 호흡을 고르고 나서 차분한 표정으로 물었다.

"너는 누구냐?"

그 순간이다. 말을 하면서 숨을 들이켰던 강채기가 입을 딱 벌렸다. 숨이 막혔기 때문이다. 다음 순간 강채기는 눈을 치켜떴다. 앞에서 있던 사내가 사라진 것이다. 눈을 뜨고 있었는데도 갑자기 증발했다. 그때였다. 눈앞에 나타난 사내가 손을 뻗어 강채기의 딱 벌어진 입안으로 넣었다. 그러고는 손가락 셋을 써서 혀를 끄집어내었다. 눈을 부릅뜬 강채기가 몸부림을 치려고 했지만 손가락 하나 까닥여지지 않는다. 그때 사내가 입 밖으로 세 치(9cm) 정도나 당겨져 나온 강채기의 혀에 커다란 쇠침을 박았다. 젓가락만 한 침이다. 그 순간 엄청난 고통이 휘몰아쳐 왔으므로 강채기의 눈에서 눈물이 쏟아졌다. 그러나 아직 숨도 막혔고 몸은 선 채로 굳어 있다. 이 상태에서 그대로 죽는 것 같다는 생각이 들었으므로 강채기의 온몸에서 소름이 돋아났다. 그때 사내가 말했다. 사내는 아직 강채기의 끌어낸 혀를 쥐고 있었는데 젓가락이 세로로 꽂혀서 혀가 안으로 들어가지 못하도록 입을 막았다. 사내가 손을 떼었으나 강채기는 혀를 뽑아낸 기괴한 모양이 되어 서 있다. 숨길이 막힌 터라 강채기의 온몸이 붉게 변색되었고 얼굴은 피가 몰려 선홍빛이 되었다. 사내가 앞쪽 눈 뭉치를 두 손으로 집더니 손에 묻은 피를 닦으며 말했다.

"네가 얼마나 흉한 몰골인지 보여주마."

그러더니 사내가 눈 뭉치를 집더니 강채기 앞으로 뿌렸다. 그 순간 눈 뭉치가 떨어져 내리면서 강채기 앞에 넓고 반질거리는 얼음 결정체를 만들었다. 사내가 다시 손을 젓자 결정체가 검게 변했고 그것이 거울처럼 앞쪽을 비쳤다. 강채기는 바로 앞에 펼쳐진 제 모습을 보았다. 붉은 얼굴, 세 치나 뽑혀진 혀, 그리고 그 혀에 세로로 꽂힌 장침, 부릅뜬 눈, 피로 물든 저고리, 아직도 혀에서는 피가 뚝뚝 떨어지고 있다. 사람의 모습이 아니다. 날고기를 먹는 귀신, 흉측한 귀물이다. 그때 사내가 소리 내어 웃었다. 그러나 두 눈이 번들거린다.

"괴물, 숨길은 열어주마."

그 순간 사내가 강채기를 향해 손을 들어 무엇인가를 던지는 시늉을 했다. 그러고는 시선을 준 채 말했다.

"한식경 후에 다시 올 테니 그때는 네 무공을 보기로 하자. 그래, 네가 자랑하는 화기술을 쓰거라."

그 순간 강채기는 숨길이 트였으므로 온몸을 늘어뜨렸다. 다시 사내가 말했다.

"만일 네가 패했을 때 너는 네 몸이 걸레처럼 유린당한다는 것을 명심해야 될 것이다."

다음 순간 사내의 모습이 사라졌으므로 강채기는 숨을 들이켰다. 강채기는 손을 뻗어 혀에 꽂힌 장침을 뽑는다.

김산이 다시 원소 상태가 되었지만 떠나지 않았다. 그 자리에 서서 잠자코 강채기를 본다. 방금 강채기를 기습한 수는 숨결 속에 정독(靜毒)을 던져 넣은 것이다. 정독은 호흡기를 막는 독이지만 김산이 독에 진기(眞氣)를 섞어 놓아서 온몸의 공력이 역으로 뒤집히는 바람에 전신이 마비되었다. 그러나 오감은 살아서 온갖 고통을 받게 되는 것이다. 기습으로 강채기를 제압하고 혀에 장침을 꽂아 마치 낚시 바늘에 꿰인 괴어(怪魚) 모습을 만들어 보인 것은 천하절색으로 자만했던 대가를 준 것이다. 그때 망연하게 서 있던 강채기가 두 손으로 얼굴을 가리고 울기 시작했다. 어깨를 들썩이며 흐느껴 운다. 그것이 수모감 때문인지, 분노 때문인지 알 수 없지만 울음은 한동안 그치지 않았다. 어느덧 눈발이 그쳤고 대지는 아직도 정적에서 깨어나지 않았기 때문에 강채기의 울음소리는 꽤 멀리 울렸다.

손으로 얼굴을 가리며 우는 동안에 강채기는 전신의 운기를 맹렬히 점검했다. 혀를 찌른 장침에 독이 묻지는 않았다. 그냥 찔렸다가 뺐을 뿐이다. 몸 안에 들어간 정독(靜毒)에 섞인 그 기세(氣勢)는 무엇인지 알 수가 없다. 마치 대기 같았는데 정독과 섞이자 몸의 모든 공력을 소진시켜 나무토막으로 만들었다. 괴이한 공력이다. 그리고 오늘 처음 쿠추의 맨 얼굴을 보았다. 그것을 지난번 연경 시장통 다실에서 본 30대 사내와 비교해보니 그놈이 맞다. 골격은 그대로 놓고 얼굴을 바꾼 것이다. 그놈이다. 놈은 식당에서 화기를 그대로 받고 죽는 시늉을 했던 것이다.

"흐흑흑흑."

강채기의 울음소리가 더 애처로워졌다. 눈물이 얼굴을 가린 손가락 사이로까지 흘러내린다. 놈의 변신술은 놀랍다. 대기 속으로 사라지는 변신술이 존재했던가? 들어보지 못했다. 강호에 나오지 않았다고 해도 그런 변신술은 소문이 나기 마련이다. 놈의 변신술에 당했다. 놈이 갑자기 눈앞으로 떨어지다니, 마치 눈을 타고 내려온 것 같았다. 이제는 방비만 단단히 하면 그놈을 상대할 수 있다.

"으흐흐흐흐."

강채기는 놈이 분명히 이 근처에 머물고 있을 것이라고 믿었다. 한식경 후에 나타난다니, 그것은 거짓말이다. 몸을 숨길 수 있으니까 아까처럼 근처 어딘가에서 보고 있으리라.

저 울음은 가식이다. 울음소리와 심장 박동, 혈액의 순환 속도까지를 들으면 저 울음이 숨과 호흡을 맞춰서 나온다는 것을 알 수 있다. 저도 모르게 소리가 숨에 맞춰서 나오는 것이다. 진정한 울음은 소리에 심장 박동이 뒤따라간다. 허덕이며 숨 가쁘게 따라가는 것이 진정한 울음이다. 김산은 떠 있던 몸을 조금씩 뒤쪽으로 이동시켰다. 높이도 점점 더 높였다. 본능적으로 위기를 의식했기 때문이다. 위협적이다. 이제 강채기는 이쪽의 비기를 파악하고 있다고 봐야 한다. 진기(眞氣) 전환이 능사가 아닌 것이다. 진기에 대한 정면공격을 받은 적은 없지만 대비는 해야 한다. 이 세상에 전지전능한 인간은 없다. 모두 약점이 있는 것이다. 대기 상태의 몸이 30보 거리에 떠 있게 되었을 때 김산은 움직임을 멈췄다. 과연 저 여자의 무공 깊이는 어디까지인가? 대기 속에 흩어진 김산의 눈이 강채기에게 쏘아졌다. 아직도 가식적으로 흐느껴 우는 저 괴물, 삼관필을 참혹하게 죽인 괴수다. 그동안 김산도 수없는 살인을 했지만 삼관필처럼 끔찍하게 태워 죽인 경우는 없다. 저 괴물은 몸이 그렇게 될 때까지 당사자가 겪는 고통을 끝까지 보면서 즐긴 것 같다. 그 순간 김산은 자신의 몸으로 덮쳐오는 화기를 느꼈다. 뜨겁다. 잠깐 방심했던 사이에 어느덧 주위가 화기로 둘러싸여 있는 것이다. 30보 아래쪽을 보았더니 강채기가 두 손을 앞으로 뻗고 있다. 두 다리를 벌린 채 누구를 받아들이는 자세 같았는데 손바닥이 붉어져 있다. 저것이 화기술인가? 그때 강채기가 말했다.

"네가 둔갑술로 허공에 떠 있다는 것을 안다. 쿠추."

강채기는 앞쪽 대기가 열에 덥혀지면서 허공에 뜬 흰 반점 같은 것을 보았다. 기괴했다. 대기에 얼룩이 묻은 것 같다. 손에서 뻗쳐 나가는 열기로 앞쪽 대기 속의 이물질이 드러난 것이다. 저것이 쿠추인가? 강채기의 심장 박동이 빨라졌다. 보이기만 하면 승산이 있다.

"에잇!"

마침내 강채기의 입에서 기합이 터졌고 압축되었던 화기가 입에서 뿜어져 나갔다. 입에서 뿜어져 나간 맹렬한 기운은 20보 밖의 나뭇가지도 꺾는다. 30보 거리의 그릇을 뒤집는 능력이다.

"악!"

기운이 뱉어짐과 동시에 강채기의 입에서 다시 외침이 뱉어졌다. 동시에 대기에 투명한 기둥이 뻗쳤다. 화기(火氣)다. 그 순간 눈에는 보이지 않는 불기둥이 뻗쳤다. 연경의 다실에서 뻗친 기둥보다 60배쯤 더 강한 화기다.

"이제 가면 언제 오나."

그 순간 김산의 머릿속에 구성진 노랫소리가 들려왔다. 고려 말, 사내의 굵고 긴 울림이 있는 고려 노래.

"한번 가면 다시 못 올 이 세상."

노래가 이어지면서 여럿이 합쳐서 외친다.

"에헤야, 어이, 헤야, 헤야."

구성진 합창이 가슴을 울린다. 김산의 눈앞에 이제는 장면이 펼쳐졌다. 무수한 깃발, 조화로 단장한 상여, 상여를 둘러멘 사내들의 주름진 얼굴, 그리고 그 뒤쪽 장면이 펼쳐졌고 그 순간 김산이 숨을 들이켰다. 아주 어린, 그래서 서너 살밖에 되지 않은 아이가 상여를 따르고 있다. 누구인가? 그때 온몸이 뜨거워졌으므로 김산이 빙그레 웃었다. 왔느냐?

강채기가 허공에서 녹아내리는 물질을 본다. 눈 뭉치 같기도 하고 진득한 안개 뭉치 같은 것이 질질 흘러 떨어진다. 괴이하다. 회색빛에 번들거리기도 한다.

"옳지."

강채기가 두 눈을 치켜뜨고 소리쳤다. 이제 뚫린 혀는 다 나았고 온몸의 원기는 충천했다. 쿠추의 몸이 녹아내리는 것이다. 나는 새도 숯덩이를 만든 적도 있는 강채기다. 강채기는 녹아내리는 안개 덩이를 향해 다시 한 번 화기를 쏘았다.

"에익!"

이제는 엄청난 화공이 쏟아지면서 30보 밖 대기에서 푸른 불덩이가 솟아났다. 마치 대기가 불기운에 물집이 생긴 것 같다.

"펑!"

불덩이가 터지면서 푸른 섬광이 사방 10여 보 넓이로 튀었으므로 장관이다. 그때 어깨를 늘어뜨린 강채기가 긴 숨을 뱉었다. 끝났다.

이 천기화공(天氣火攻)은 강채기의 부친 강득귀의 화기술 중 최절정 무공이다. 섬광이 가라앉았을 때 강채기의 얼굴에 쓴웃음이 일어났다. 벌써 앞쪽 대기는 이미 열기가 가라앉아 평온했다. 흔적이 없어진 것이다.

"강채기."

그 순간 뒤에서 부르는 소리가 들렸으므로 강채기는 대경실색했다. 그러나 숨을 들이켜면서 몸을 솟구쳤고 1장이나 뜬 몸을 뒤로 돌렸다. 전광석화 같은 반응이다.

"야앗!"

이번에 강채기의 손에서 뿜어진 것은 독침, 소매 속에 끼워져 있던 수백 개의 독침이 화살보다 빠른 속도로 뿜어졌다. 마치 비가 뿌려지는 것 같다. 그러나 독침을 쏟고 나서야 강채기는 숨을 들이켜면서 땅바닥으로 내려앉았다. 뒤는 비어 있었기 때문인가? 쿠추, 과연 너인가? 마음이 분주해진 강채기의 시선이 사방을 훑었을 때 바로 머리 위에서 웃음소리가 울렸다.

"하하, 당황한 모양이군, 괴녀."

그 순간 강채기가 땅을 박차고 올랐다. 이번에는 등을 땅바닥에 댄 자세로 몸을 눕히고는 또다시 독침을 쏘았다.

"앗!"

앞쪽 허공을 바라보던 강채기의 입에서 놀란 외침이 일어났다. 이제는 등 뒤에서 누군가 끌어내리는 느낌을 받았기 때문이다. 중력이 두 배는 강해진 것 같다. 몸을 비틀어 땅바닥에 발을 붙인 강채기가 어금니를 물었다.

"이놈, 나오너라!"

강채기가 외친 순간에 눈앞으로 쿠추가 나타났다. 거리는 3보, 쿠추가 정색하고 말했다.

"칼을."

다음 순간 허리에 찬 칼을 뽑아 든 쿠추가 달려들었다.

김산이 한걸음에 다가서면서 강채기의 몸통을 왼쪽 어깨에서 오른쪽 옆구리까지를 비스듬히 베었다. 일도양단, 수많은 종파의 수만 가지 검법이 존재하지만 그 모두가 다르다. 베는 각도, 호흡, 자세, 검의 날과 검세(劍勢)까지, 이번 김산의 일도양단 검법은 스스로 창안해 낸 추풍낙엽법, 가을바람에 떨어지는 낙엽은 정처 없다. 그러나 강채기는 알았다.

"얏."

짧은 외침과 함께 몸을 비틀더니 허리에 찬 칼을 후려치듯 빼면서 김산의 칼을 비껴 쳤다. 능란한 검법, 그 순간 김산의 몸이 비틀리면서 두 번째 검날이 날아갔다. 그리고 기다리지 않고 제3, 제4, 제5의 검날이 휘몰아친다.

"어허야 두야."

문득 김산의 눈앞에 춤을 추는 사내의 모습이 떠오른다. 덩실, 덩실, 더덩실, 다리 한쪽과 팔 한쪽을 번갈아 올리면서 사내가 춤을 춘다. 흰 바지저고리, 고려인이다.

"어허야 두야, 상사두야."

덩실 덩실, 더덩실, 북이 울리면서 고려 특유의 꽹과리가 요란하게 울리기 시작했다.

"깨깽, 깽, 깽, 깽, 깽, 깽, 깨깽!"

김산은 사내의 얼굴이 일그러져 있는 것을 보았다. 그 순간 김산은 숨을 들이켰다. 사내의 얼굴이 환하게 드러났다. 아버지 김영, 이렇게 선명하게 아버지 얼굴이 보이다니, 20여 년이 흘렀지만 아버지 얼굴은 그대로다.

"깽, 깽, 깽, 깽, 깽."

꽹과리 소리에 맞춰 아버지가 이제는 격렬하게 사지를 흔들었다.

"아버지."

갑자기 북과 꽹과리 소리가 그쳤고 아버지의 모습도 사라졌으므로 김산은 숨을 들이켰다. 그리고 앞을 보았다. 강채기가 서 있다. 그런데 옷이 갈가리 찢겨 있다. 머리칼도 서너 치만 남고 다 잘렸으며 저고리는 다 찢겨 흰 젖가슴 한쪽이 통째로 드러났다. 하반신은 더 참혹했다. 옷이 다 찢겨 떨어져 허리 부근에만 몇 조각이 걸려 있을 뿐이다. 흰 허벅지와 검은 숲, 음부의 붉은 골짜기도 다 보인다. 그때 숨을 들이켠 김산이 칼을 칼집에 꽂고 한 걸음 뒤로 물러섰다. 강채기는 손에 장검을 들고 있기는 했다. 눈빛도 강했다. 상처를 입지도 않았다. 이윽고 강채기가 어깨를 늘어뜨리면서 김산으로부터 시선을 떼었다. 그리고 시선을 내려 제 몸을 보았다.

구타이가 돌아온 방태산 일행을 맞는다. 방태산은 어깨를 펴고 있었지만 구타이의 시선을 정면으로 받지는 못한다. 우렌 산맥 북쪽으로 이동한 구타이의 본진 안이다. 이미 전령을 보내 대충 경과를 이야기한 터라 구타이는 내막을 안다. 이윽고 방태산 일행은 구타이의 앞쪽 10보 거리를 두고 앉았다. 좌우에는 구타이의 무장(武將) 50여 명이 무림인들을 문초하듯이 둘러싸고 있다.

"몇 명 손실이오?"

불쑥 구타이가 묻자 방태산이 입맛을 다셨다.

"손실이랄 건 없습니다. 첨병 역할로 나갔던 둘이 죽고 하나가 실종되었습니다. 그래서 셋이 되겠습니다."

"내가 듣기로는 둘은 기습을 당해 죽었고 하나는 목숨을 애걸해서 살았으며 또 하나는 도망쳤다던데, 맞소?"

"애걸이 아니올시다."

뒤쪽에 앉았던 주토가 소리쳤지만 얼굴이 붉어져 있다. 그때 방태산이 헛기침을 했다.

"아리카부케 님의 자문관 되는 분이 우리가 돌아가 있는 것이 낫다고 하셨습니다. 그래서 돌아온 것이오."

그러고는 방태산이 길게 숨을 뱉었다.

"맞습니다. 소림사 파계승 황방이 밤중에 도망질을 했습니다. 아마 그놈은 동토에서 얼어 죽었을 것이오."

그때 구타이가 이 사이로 말했다. 두 눈이 번들거리고 있다.

"동부 총독이 보낸 군수품은 도중에 모조리 빼앗겼어. 금화를 실은 마차 3량은 북부군 수중에 들어갔고 무기를 실은 마차는 모조리 바탄강에 수장되었어. 이것으로 우리 거사가 반년이나 늦춰졌단 말이야."

구타이의 목소리가 떨렸다

"이놈, 쿠추."

아리카부케가 쓴웃음을 띤 얼굴로 말했으므로 부장 만치치는 어깨를 늘어뜨리면서 소리 죽여 숨을 뱉었다. 연경의 왕궁 안 정청에는

10여 명의 관리, 장군이 물러 서 있었지만 기침 소리도 나지 않았다. 연경 왕궁은 규모 면에서 카라코룸의 황궁을 능가한다. 작년에 공사를 마친 왕궁의 내궁은 호화스럽기가 진시황의 황궁 이상이라는 소문이 났다. 지금 아리카부케는 정청의 8계단 위쪽 왕좌에 앉아 있었는데 계단과 난간, 왕좌가 모두 금이다. 아리카부케의 시선이 다시 만치치에게로 옮겨졌다.

"후시반은 찾지 못했단 말이냐?"

"예, 전하."

만치치는 장군 후시반이 이끌고 나간 수송단의 살아남은 부장이다. 장군 후시반과 부장 오막은 실종되었고 수송단이 수송한 하물은 모두 분실처리 되었다. 아리카부케는 방금 만치치로부터 수송단의 상황을 보고받은 것이다. 이윽고 아리카부케가 계단 아래쪽에 선 아람달을 보았다.

"자문관도 실종되었단 말인가?"

"예, 전하."

아람달이 시선을 내린 채 대답했다.

"아직 연락이 없습니다."

"모두 쿠추의 소행이군."

"후시반으로 모습을 바꿀 정도의 역량이면 쿠추가 분명합니다."

"자문관도 당했단 말인가?"

"그것은 아직……."

아리카부케가 입을 다물자 모두 침묵했다. 둘러선 10여 명은 아리카부케의 심복들이다. 수송단이 싣고 간 하물이 무엇인지를 아는 것이다. 그때 머리를 든 아람달이 아리카부케를 올려다보았다.

"전하, 쿠추의 입을 서둘러 막아야 될 것입니다."

"쿠추가 증거를 들이댈 가능성도 있으니 먼저……."

"잠깐만."

손을 들어 말을 막은 아리카부케가 오른쪽에 선 위사장에게 눈짓을 했다.

"부장에게 상을 주어라."

"예, 전하."

위사가 만치치의 옆으로 다가가 말했다.

"부장, 따라오라."

만치치가 서둘러 위사장을 따라 나갔을 때를 기다렸다가 아리카부케가 길게 숨을 뱉었다.

"내 형제들은 괜찮다. 황제가 살아계신 한 아무도 형제간의 전쟁은 일으키지 않을 테니까."

모두의 시선을 받은 아리카부케가 쓴웃음을 지었다.

"내가 몽케 형님의 성격을 안다. 쿠빌라이와 나, 어느 한쪽에도 치우치지 않아. 몽케 황제의 후계자는 아직 정해지지 않았단 말이다."

아리카부케의 목소리에 점점 열기가 띠어졌다.

"그런데 쿠빌라이는 몽케 황제의 측근에만 머물면서 제 놈이 후계자인 척 하지만 결과는 두고 봐야 할 것이다."

"전하."

아람달이 말을 막았다.

"구타이를 지원한다는 증거가 잡히면 황제께서 가만있지 않으실 것입니다. 그 증거를 쿠추가 잡고 있을 가능성이 많습니다."

"강채기."

마침내 아리카부케의 입에서 강채기의 이름이 뱉어졌다.

"내가 그년을 믿었는데."

"대감, 어떻게 하셨습니까?"

어둠 속에서 삼관필이 물었다.

"제 한(限)을 풀어 주셨겠지요?"

"삼관필."

김산이 천장에 붙어 있는 삼관필을 보았다. 삼관필은 서까래에 엉덩이를 걸치고 앉아 있었는데 팔짱을 꼈다. 깊은 밤, 북부의 수도 타이렌 왕궁의 내성 안이다. 해시(오후 10시)가 조금 넘었지만 북방의 밤은 일찍 시작한다. 주위는 조용하다. 호흡을 고른 김산이 삼관필에게 말했다.

"나도 갈가리 찢었다. 네가 당한 것처럼 그년에게 지독한 상처를 주었느니라."

김산이 어둠 속에 서서 앞쪽을 본다. 짙은 어둠에 덮인 궁성 밖 황야, 앞쪽은 남쪽, 중원 대륙이 위치한 곳이다. 별 무리가 하늘에 떠 있지만 흐리다. 바람이 세서 별 무리도 흔들리는 것 같다.

"가거라."

김산이 입을 열어 말했다.

"이승과 저승의 구분이 너와 나 사이에는 없다. 네가 내가 되고 내가 네가 되는 것이야."

"대감."

어둠 속에서 삼관필의 목소리가 울렸다. 목소리는 밝고 맑다.

"저는 이제 제 처자식에게 갑니다."
"내가 너에게 진기를 주마."
김산이 손을 뻗었다.
"자 받아라."
"대감."
삼관필의 목소리가 떨렸다.
"소인에게 대감의 몸을 떼어 주십니까?"
"아니다. 진기는 얼마든지 일어난다."
그때 김산의 손이 가리키는 앞쪽에서 삼관필의 모습이 드러났다. 두 발로 눈에 덮인 땅을 딛고 있어서 눈이 푹 꺼졌다. 형체와 질량을 가진 인간이다. 삼관필의 눈에서 눈물이 흘러내렸다.
"대감, 제가 처자를 만날 수 있습니까?"
"만날 수 있다."
김산이 지그시 삼관필을 보았다.
"네 처자식도 너를 보고 이야기도 할 수 있을 것이다."
"산 사람처럼 말입니까?"
"그렇다."
그러고는 김산이 심호흡을 했다.
"그러나 네가 처자를 다 안돈시켰다고 생각했을 때 너는 떠나야 된다."
"여부가 있겠습니까?"
눈물범벅이 된 얼굴로 삼관필이 김산을 보았다.
"그때는 저를 데려가시지요, 대감."
삼관필은 김산의 말을 깨달은 것이다. 김산의 진기를 나눠 받았으니 삼관필의 행동은 마치 김산이 저지른 일처럼 머릿속에 박힐 것이었다. 삼관필이 눈밭에 무릎을 꿇더니 김산을 향해 절을 했다. 진기는 나눠 받았지만 막상 떠나려니 가슴이 멘 것이다.

"대감, 소인, 갑니다."

"모두 떠난다. 영원한 존재는 없다."

김산이 부드러운 시선으로 삼관필을 보았다.

"네가 작별 인사도 없이 숯덩이가 된 것이 안타까워 내가 내 진기를 쪼갰지만 하늘의 뜻을 거스른 것은 아니야."

김산의 표정이 엄숙해졌다.

"가거라, 삼관필. 몇 년이 되건 네가 일을 마쳤다고 생각하면 돌아오너라."

"예, 대감."

눈밭에 이마를 붙인 삼관필의 어깨가 들썩였다. 그때 김산이 손을 휘저었다. 그러자 삼관필의 몸이 사라졌다. 처자식이 있는 땅으로 사라진 것이다.

강채기가 암산의 바위 동굴 안에 앉아서 모닥불의 흔들리는 불꽃을 본다. 이곳은 타이렌에서 30여 리 떨어진 불모지대, 암산 아래쪽 불모지대는 풀도 자라지 않아서 짐승들도 접근하지 않는 곳이다. 모닥불을 바라보는 강채기의 얼굴은 창백했다. 깎여진 머리에 여우털 모자를 썼고 털옷을 갖춰 입은 데다 가죽 장화까지 신은 터라 혹한에 던져져도 견딜 만한 차림이다. 동굴은 다섯 평쯤 되었는데 아늑했다. 입구가 휘어져 있어서 바람도 들어오지 않았고 불빛도 새어나가지 않는다. 오랫동안 돌덩이처럼 굳어진 채 불꽃을 응시하던 강채기의 입술이 열렸다.

"지옥 불."

강채기의 눈빛이 강해졌다.

"그래, 지옥 불이다."

눈처럼 창백했던 얼굴이 점점 붉어졌다.

"같이 죽는다."

그 순간 강채기의 머릿속에 자신의 모습이 떠올랐다. 갈가리 찢긴 모습이다. 머리는 낙뢰를 맞은 것처럼 황폐해졌으며 옷은 갈기갈기 찢어졌다. 알몸이 드러난 자신의 몸을 내려다보면서 느낀 그때의 감정은 지옥에 빠진 것 같았다. 지옥의 형벌이 이럴 것이었다. 심장을 비수로 난도질을 하고 온몸이 불에 타는 것 같은 고통, 뇌가 뒤틀리며 들고 있던 칼로 자신의 알몸을 난도질 하고 싶은 충동이 일어났다. 그러나 그러지 못한 것은 이대로 죽을 수는 없다는 분노 때문이다. 살아 있으니 더 처참하게 죽든지 아니면 복수를 하든지 둘 중 하나밖에 없다. 이것이 강채기가 모닥불 앞에 앉게 되기까지의 사연이다.

"이놈, 쿠추."

강채기의 눈앞에 쿠추의 모습이 떠올랐다. 다섯 걸음 앞에 선 쿠추의 얼굴에 희미하게 웃음이 떠올라 있다.

"널 한 번에 죽이지 않는다."

쿠추가 입을 꾹 다물고 있었지만 독음이 칼끝처럼 귓속으로 파고들었다. 강채기는 그때의 자신을 떠올리고는 몸을 떨었다. 갈가리 찢긴 옷, 벼락을 맞은 듯 칼에 베어진 머리칼, 음부까지 다 드러내놓고 쿠추 앞에 서 있다. 다리도 벌리고 있었던 것 같다. 다시 쿠추가 말을 이었다.

"네년의 모든 공력을 다 모아서 다시 오너라. 그때 두 번 죽여주마."

강채기는 눈동자가 흔들렸던 기억이 났다. 그때서야 자신이 살아있다는 실감, 꿈틀거리는 치욕감, 복수심, 기회, 희망, 그 온갖 것들, 인간의 뇌는 찰나 같은 순간에도 얼마나 많은 생각을 쏟아내는가? 그때였다. 강채기는 하반신에 뜨거운 느낌을 받고 저절로 시선을 내렸다. 그 순간 강채기의 얼굴이 하얗게 굳어졌다. 자신의 음부에 불에 탄 나뭇가지가 꽂혀 있는 것이다. 나뭇가지 끝에서 연기가 피어올랐고 음부에 박혀 있었기 때문에 살아있는 것처럼 꿈틀거렸다. 강채기가 눈을 치켜떴을 때 쿠추가 얼굴을 일그러뜨리며 웃었다.

"첫 몸을 불탄 나뭇가지로 받느냐?"

나뭇가지를 뽑아낸 강채기가 머리를 든 순간에 쿠추는 사라졌다.

카라코룸의 황제 접견실 안, 이곳은 햇볕이 들지 않는 궁궐 깊숙한 방이어서 한낮에도 불을 켜놓는다. 사방에 대황초를 켜놓았지만 붉은색 휘장을 사방에 내린 접견실 안은 어둑하다. 방안에 둘러앉은 사람은 넷, 황제 몽케와 쿠빌라이, 그리고 황군사령관 겸 위사장 바시크와 김산이다. 양탄자 위에 넷이 둘러앉아 있었기 때문에 격식을 차리지 않았다. 보료에 비스듬히 앉은 몽케가 김산의 보고를 듣고 나서 쓴웃음을 지었다.

"잘했다. 그 빼앗은 금화는 북부의 군자금으로 쓰도록 해라."

"예, 폐하."

머리를 숙였다가 든 김산이 몽케와 쿠빌라이를 번갈아 보았다.

"아리카부케 님의 목표는 차기 황제입니다. 그것을 측근들에게 공공연히 발설하여 위상을 높이고 결속을 다지고 있습니다. 황제 폐하의 재위 시에는 아무도 자신을 건드릴 수 없다고까지 말합니다."

몽케와 쿠빌라이가 서로의 얼굴을 보다가 외면했다. 김산이 말을 이었다.

"그러다 보니 조정의 영이 동부(東部)에 미치지 않습니다. 폐하."

"알았다."

길게 숨을 뱉은 몽케가 김산을 보았다.

"쿠추."

"예, 폐하."

"아리카부케를 무력화시키려면 어떤 방법이 낫겠느냐?"

"그 첫째는……."

말을 멈춘 김산이 어깨를 부풀렸다가 내렸다. 아리카부케의 제거인 것이다. 그러나 그것은 불가능하다. 몽케가 막냇동생의 살해를 지시할 생각이 없는 것이다. 그렇게 마음만 먹었다면 진즉 끝났을 일이다. 김산이 똑바로 몽케를 보았다.

"동부 총독 직임을 거두시면 군(軍)을 장악하지 못할 것입니다."

"그건 어렵다."

쓴웃음을 지은 몽케가 머리를 저었다.

"차라리 베어 죽이는 것이 나을 것이다. 그놈은 눈치를 채고 반란을 일으켜 형제간 골육상쟁을 벌이게 된다."

김산은 입을 다물었다. 그렇다면 할 말이 없는 것이다. 그때 쿠빌라이가 무겁게 입을 떼었다.

"쿠추, 아리카부케의 목표를 말해보라."

"감히 단언합니다만."

어깨를 편 김산이 똑바로 쿠빌라이를 보았다.

"폐하께서 생존하신 동안에 무력(武力)을 키워 차기를 대비하는 것입니다."

김산의 목소리가 접견실을 울렸다.

"둘째는 쿠빌라이 전하의 목숨을 노리는 것입니다. 차기 황제를 일찍 제거하면 입지가 더욱 굳혀질 것이니까요."

그때 몽케가 손을 들어 김산의 말을 막았다.

"쿠추, 너에게 이 일을 맡긴다."

김산의 시선을 받은 몽케가 길게 숨을 뱉었다.

"내가 내 아우를 죽이라고 할 수는 없다. 여기 있는 쿠빌라이는 더욱 그럴 것이다. 그러니 모든 것을 너에게 맡긴다."

"폐하."

"그리고 이 일은 여기 있는 넷만 알고 있기로 하자."

머리를 든 김산은 몽케의 두 눈이 번들거리고 있는 것을 보았다. 몽케는 쿠빌라이와 함께 대권을 차지했다고 해도 과언이 아니다. 그러나 막냇동생 아리카부케를 제 손으로 죽일 수는 없는 것이다.

청을 나온 김산은 뒤에서 부르는 소리에 몸을 돌렸다. 쿠빌라이와 바시크가 다가오고 있다. 쿠빌라이는 막남한지의 명을 받고 남방 정벌을 나섰다가 남진(南進)하는 중에 수하 위사 몇 백만 거느리고 급히 상경했다. 김산의 보고를 함께 들으려고 몽케가 불렀기 때문이다. 다가선 쿠빌라이가 그늘진 얼굴로 김산을 보았다.

"쿠추, 너한테 면목이 없다."

"전하, 무슨 말씀을… 황송하오."

"쿠추, 네가 내 막냇동생이다."

이번에는 쿠빌라이의 두 눈이 번들거리고 있다. 그때 옆에 서 있던 바시크가 헛기침을 했다.

"북부 총독 각하, 황제 폐하나 쿠빌라이 전하께선 자신의 입으로 아리카부케 님의 이야기를 꺼내시지 못하니 제가 대신 말씀드리지요."

바시크의 주름진 얼굴도 잔뜩 그늘져 있다. 바시크는 몽케가 오고데이 황제로부터 박해를 받고 있을 때부터 함께 고난을 겪은 톨루이 가문의 원로다. 바시크가 말을 이었다.

"폐하께선 맡긴다고만 하셨으나 제가 구체적으로 말씀드리리다. 톨루이 가문을 위해서나 제국의 안녕을 위해서 아리카부케 님은 제거되는 것이 맞소. 그러니 전하께선 아리카부케 님은 물론이고 그 휘하의 어떤 놈들도 제거하실 권한을 가지신 것입니다."

김산이 머리만 끄덕이자 쿠빌라이가 길게 숨을 뱉더니 말했다.

"아우, 나는 너를 믿고 다시 남방으로 내려간다."

"예? 삼관필 형님이?"

놀란 비호수의 얼굴이 하얗게 굳어졌다. 카라코룸 성안의 영빈관 안이다. 새로 지은 영빈관은 지방 장관용이어서 전보다 두 배는 더 커졌는데 둘은 영빈관의 장관실 안에서 만나고 있다. 김산이 머리를 끄덕였다.

"그렇다. 그래서 지금 제 처자하고 같이 있을 게다."

"예에? 처자하고 같이 있다니요? 그럼 처자들도……."

입까지 딱 벌린 비호수의 말문이 닫혔다. 삼관필이 강채기에게 당한 이야기를 해준 참이다. 그러다 처자하고 같이 있다고 했으니 함께 저승에 있는 줄로 안 것이다. 김산이 지그시 비호수를 보았다. 비호수는 남송군과 대치한 남부군 소속이었다가 며칠 전에 카라코룸으로 상경했다. 김산이 북부군으로 끌어들였기 때문이다. 이제야 합류할 수 있게 되었다고 한달음에 달려온 비호수에게 삼관필의 죽음은 청천벽력 같았으리라. 김산이 입을 열었다.

"내가 진기를 넣어 주었으니 당분간은 혼령의 몸체가 유지될 것이다."

숨통을 조이다

비호수의 공력은 삼관필과 비교하면 7할 수준이다. 검술, 권법은 2할쯤 우세하지만 전체적인 기세가 삼관필보다 3할쯤 뒤떨어졌다. 타이렌으로 함께 돌아온 후에 김산은 비호수에게 진기(眞氣)를 주입했다. 약을 먹이듯이 주입하는 것은 아니다. 늦은 밤, 둘은 타이렌 성 밖의 폐사(廢寺)에서 매일 수련을 한다. 비호수의 공력에 진기가 들어가는 것이 마치 쇠심줄을 박는 것 같다. 오늘도 비호수는 장기(長技)인 36반 검술의 마지막 단계를 시연하면서 진기를 받는다. 앞에 선 김산이 두 손을 뻗고 몸 안의 진기를 뿜어내어 비호수 주위를 덮는 것이다. 깊은 밤, 폐사 마당은 어둠에 덮였고 반쯤 무너진 객사는 바위산 같다. 바람이 휘몰아쳐 마당에 깔린 낙엽과 잔가지를 소용돌이쳐 올렸지만 진기에 싸인 비호수의 몸은 바람에 흔들리지 않는다. 마치 투명한 방 안에 들어가 있는 것처럼 맹렬하게 칼을 휘두르고 찌른다. 그러는 사이에 진기가 몸에 배는 것이다. 이윽고 비호수가 동작을 멈췄을 때 몸을 감싸고 있던 진기도 사라졌다. 모두 비호수가 빨아들인 것이다. 비호수가 상기된 얼굴로 앞에 선 김산을 보았다. 물기가 배인 두 눈이 어둠 속에서 뚜렷하게 드러났다.

"총독 각하, 전혀 숨이 가쁘지 않습니다."

그렇지만 목소리가 격정으로 떨렸다.

"그리고 몸이 가벼워서 마치 깃털 같은 느낌이 듭니다."

오늘이 닷새째가 되는 날이다. 밤마다 세 시진(6시간) 가깝게 진기를 받아들인 비호수는 자신의 공력이 어느 정도가 되어 있는지 아직 예측도 하지 못한다. 그때 김산이 말했다.

"삼관필의 혼령은 진기를 쓰고 형상을 갖추었지만 살아있는 생물(生物)은 아니다."

김산이 땅바닥에 가부좌를 틀고 앉았으므로 비호수가 앞쪽에 무릎을 꿇었다. 긴장한 비호수는 숨을 죽이고 김산을 응시했다. 바람이 마당을 휩쓸고 지났지만 둘은 눈썹 하나 까닥하지 않는다. 김산은 진기의 비밀을 말해주고 있다. 진기의 한계는 어디까지인가? 죽은 자를 살리지는 못한다. 그러나 삼관필에게 진기를 씌워 산 사람처럼 고향의 처자에게 보냈다고 하지 않는가? 김산의 말이 이어졌다.

"허상이다. 다만 혼령만은 존재한다."

김산이 길게 숨을 뱉었다.

"그 혼령이 허상을 믿는 것이고 처자 또한 마찬가지."

"그, 그러면 삼관필 형님은 처자를 만나지 못하는 것입니까?"

"혼령이 만나는 것이야."

비호수는 입을 다물었다. 머리를 든 김산이 칠흑 같은 하늘을 올려다보았다. 그 순간 김산의 입에서 노래가 울렸다.

"흐르는구나, 흐르는구나."

맑은 노래였지만 비호수의 눈에서 저절로 눈물이 흘러내렸다.

"끝없이 흘러가는구나."

비호수는 진기 주입을 마친 김산이 마당에 주저앉은 이유를 이제야 알았다. 자신과 함께 삼관필의 영혼을 위로해 주려는 것이다. 이것이 죽은 생물(生物)에 대한 자세인가? 김산의 노래가 이어졌다.

"인생은 허상이요, 허상이 곧 인생이다. 그러니 어느 곳에 머물든 서러울 것 없다."

"삼관필 형님."

두 손을 땅바닥에 짚은 비호수가 통곡했다. 이제 삼관필이 처자를 만나 반갑게 포옹하고 웃는 장면이 눈앞에 선명하게 떠올랐다. 그동안 고생했던 삼관필의 처가 앞에 쌓인 금화를 보더니 기뻐서 운다. 15살짜리 아들은 의젓한 채 어깨를 펴고 있었지만 참지 못하고 눈물을 쏟는다. 삼관필의 웃음소리도 들렸다. 그것이 다 허상이란 말인가? 삼관필 혼자서 기뻐하는 허상이란 말인가? 불쌍한 삼관필 형님, 그때 김산이 노래처럼 소리쳤다.

"만나고 헤어지고 살고 죽는 것이 한순간이 아니냐? 죽었다가 태어나고 헤어졌다가 만나는 것 또한 한순간이니."

그 순간 비호수가 깨우쳤다. 삼관필이 지금 어떻게 하고 있는지도 눈앞에 선연히 떠올랐다. 김산은 삼관필의 제사를 지내면서 진기(眞氣)의 원리를 깨우쳐준 것이다.

타이렌에 온 지 어언 반년이 되어가는 아영은 이제 총독 부인의 우아한 자태와 고귀한 품성까지 풍기고 있다. 타이렌 내궁의 주인인 터라 아영의 권위 또한 왕비와 다를 바가 없지만 품위 있는 처신으로 내외의 존경을 한몸에 받는다. 아영이 아침을 먹는 김산에게 말했다.

"원이한테 몽골어를 가르치기 시작했는데 주변에서 모두 몽골어를 쓰는 바람에 금방 익히겠네요."

김산의 시선을 받은 아영이 얼굴을 펴고 웃었다.

"제 앞에서는 꼭 고려 말을 쓰도록 했어요, 서옥과 진애가 옆에 붙어 있으니까 고려 말은 가장 먼저 익힐 테지요."

서옥과 진애는 고려인 시녀다. 아영이 포로로 끌려와 대륙에 버려진 둘을 사서 여관을 경영할 때부터 데리고 있었던 것이다.

"원이의 고향은 대륙이야."

김산이 시선을 내리면서 말했다.

"내가 고려에 가 보았지만 아직은 원이가 살아갈 곳이 못 돼."

외면한 아영도 입을 다물었고 김산의 말이 이어졌다.

"무신정권은 백성이 종이 되건 굶어 죽건 아랑곳하지 않고 강화도에 박혀 제 영화만 누리고 임금 또한 무능해서 제 목숨만 부지하는 중이야."

젓가락을 내려놓은 김산이 머리를 들고 창밖을 보았다. 그곳이 마침 동쪽이다. 그러나 고려 땅은 수만 리 떨어졌고 이젠 기억조차 희미해졌다. 그때 아영이 혼잣소리처럼 말했다.

"지난달에 고려에 다녀왔다는 상인 하나를 만났어요."

머리를 든 김산을 향해 아영이 웃음을 띠어 보였지만 눈에 물기가 고였다.

"평양성 북문 근처의 민가는 피해를 거의 입지 않았다고 하더군요. 그곳에 제 어머니의 외가(外家)가 있습니다."

"……."

"서문의 제 본가 근처는 불에 타서 황무지가 되었다고 했습니다. 제가 끌려올 때 불에 탔으니 상인이 제대로 본 것입니다."

김산이 머리를 끄덕여 주었다. 혈육을 찾는 것이 당연한 일이다. 지금도 자신의 목에는 죽은 부모 형제의 머리칼이 주머니에 싸여 걸려 있지 않은가? 아영의 부친 낭랑 전일도는 서문 안 본가에서 몽골군에게 참살 당했지만 어머니 오 씨와 두 남동생의 생사는 아직 알 수가 없는 것이다. 김산의 시선이 다시 창밖으로 옮겨졌다. 이제 김산의 나이 30세, 대륙에 포로로 끌려온 지 23년이 지났다. 그러나 기억은 흐려졌지만 그리움은 더 강해진다. 아영도 마찬가지일 것이다.

"내가 찾아보도록 하지."

마침내 김산이 말했다.

"내가 북부 총독이며 몽골 제국의 5대 천왕(天王)으로 불리는 사람이다. 그걸 해주지 못하겠는가?"

지금까지 김산이 이런 말을 남 앞에서 해본 적이 없다. 내세우는 성품도 아니었기 때문이다. 그런데 지금은 당당하게 말했다. 그때 아영이 두 손으로 얼굴을 가리고 울었다.

"네가 죽은 줄 알았다."

아리카부케가 이맛살을 찌푸리며 말했다.

"후시반하고 함께 말이다."

동부의 수도 연경의 화려한 내궁 접견실에 찬 기운이 덮여졌다. 황금 보료에 기대앉은 아리카부케의 눈빛이 강해졌다. 앞쪽 10보 거리에 앉은 강채기는 시선을 내린 채 입을 다물고 있다. 주위에 둘러앉은 측근은 넷, 아람달과 도리치, 그리고 거대한 체구의 중 한 명과 위사장 참바이다. 이윽고 강채기가 머리를 들고 아리카부케를 보았다.

"모두 쿠추의 짓입니다. 전하, 금을 실은 마차를 탈취해간 것도, 무기를 모두 강에 쏟아부은 것도 쿠추가 후시반으로 모습을 바꾸고 수작을 부렸기 때문입니다."

접견실에 다시 찬바람이 휘몰고 간 느낌이 들었다. 아리카부케의 눈빛이 더 강해졌고 이가 악물려졌다. 그러나 강채기는 낭랑하게 말을 이었다.

"쿠추의 변신술은 근골까지 변형 시키는 데다 음성이나 행동까지 같습니다. 속아 넘어가지 않을 수가 없습니다."

"너는?"

마침내 아리카부케가 이 사이로 물었다.

"네가 살아 돌아온 것은 네가 더 우월하다는 증거란 말이냐? 그래, 칭찬해주랴? 다 빼앗기고 죽었는데 네가 살아와서 잘 되었다고 말이다."

"소인도 당했습니다."

시선을 든 강채기가 쓰고 있던 두건을 벗었다. 그러자 중처럼 반질반질하게 깎은 둥근 머리통이 드러났다. 아리카부케가 숨을 들이켰고 좌우에 앉은 넷이 고쳐 앉았다. 아리카부케의 입술이 비틀려졌다.

"그놈이 네 머리통을 깎았어?"

"예, 머리 위로 칼날이 10여 번 날아와 머리칼을 깎았습니다."

강채기가 입술을 비틀고 웃었다.

"그 10여 번은 소인의 목을 칠 수도 있었던 것입니다."

"그렇군."

"제 옷을 갈가리 찢었는데 숨 세 번 쉴 동안 27번 칼질을 했습니다."

"그렇다면 27번 죽일 것을 살려 주었단 말이냐?"

"예, 전하."

"네가 아이 취급을 당했군."

"그렇습니다."

"네 화기술도 안 통해?"

"쿠추의 심복 하나는 태워 죽였습니다."

"누구냐?"

"나중에 알아보았더니 남부군 1만인장이었던 삼관필이란 한족 출신 무림인이었습니다."

"소인이 그놈 이름을 들었습니다."

아람달이 머리를 끄덕이며 거들었다.

"쿠빌라이 님 휘하에 있다가 이번에 북부군으로 전속이 되었지요. 쿠추의 심복이 맞습니다."

다시 아리카부케의 시선이 강채기에게로 옮겨졌다.

"네 능력으로는 역부족이냐?"

"아닙니다."

머리를 저은 강채기의 붉은 입술 끝이 비틀려졌다. 눈에서 푸른 기운이 뻗어 나오는 것 같았으므로 아리카부케가 이맛살을 찌푸렸다.

"그렇다면 그놈을 없앨 수 있어?"

"예, 방법이 있습니다."

강채기의 목소리는 얼음 위를 구슬이 굴러가는 것 같다.

접견실을 나온 강채기가 복도를 돌았을 때 문득 걸음을 멈췄다. 앞에 벽이 막힌 느낌이 들었는데 거인이 서 있었기 때문이었다. 바로 접견실에서 본 중이다. 접견실에 앉아 있는 것을 보고 나왔는데 언제 나와 앞을 가로막는단 말인가? 그러나 강채기가 쓴웃음을 짓고 말했다.

"경공을 보니 화산파의 비전이군요."

"내가 강득귀를 알지."

거인의 목소리가 낮았지만 귀가 울렸다. 둥근 얼굴에 큰 눈, 굵은 콧날과 두꺼운 입술이 영락없는 절간의 사천왕이다. 거인이 말을 이었다.

"20년 전이야, 나한테 사형이라고 불렀어. 그때 딸이 이름이 경이었지."

숨을 들이켠 강채기가 거인을 보았다. 이제는 얼굴의 웃음기가 지워져 있다.

"나는 노장에 대해서 듣지 못했습니다."

"공타산의 선교주는 들어보았겠지?"

그 순간 숨을 들이켠 강채기가 한 걸음 물러섰다. 얼굴이 하얗게 변하더니 곧 복도에서 무릎을 꿇고 앉았다.

"백부"

"그래, 아는구나."

거인이 누런 이를 드러내고 웃었다.

"네가 있다는 말을 듣고 온 것이다."

공타산 선교주가 누구인가? 화산파의 진인(眞人)이었으나 방중 회의에서 파문된 후에 하북성 공타산에 들어가 선교(先敎)를 세우고 수하에 1만여 명의 교인을 거느리고 있는 석태자다. 변신과 경공의 천하 제1인이며 화산파의 전법(戰法)과 18검법은 진인이었던 석태자(石太子)가 창안했다고 알려졌으나 선교주가 된 후에 10여 년간은 일절 속세에 나타나지 않았던 것이다. 그런데 그 석태자가 이곳에 웬일인가? 그때 강채기의 어깨를 잡아 일으킨 석태자가 말했다.

"네 아비하고는 내가 화산파 시절에 의형제를 맺고 나서 만나지 못했다. 하지만 내가 의형제는 단 하나뿐이니 너에게 내 이야기를 해주었을 것이다."

"들었습니다."

"자, 우리 나가서 이야기를 하자."

몸을 돌린 석태자가 복도를 빠져나갔는데 마치 바닥 위에 몸이 뜬 것 같았다. 무릎은 굽혀지지 않고 도포 밑의 발은 보이지도 않는다. 강채기는 숨을 들이켰다. 그런데도 석태자의 몸은 바람처럼 복도를 빠져나가는 것이다.

"쿠추가 반란을 일으키는 것으로 분위기를 만들겠습니다."

아람달이 차분한 목소리로 말을 잇는다.

"황제와 쿠빌라이 님이 믿고 계신다고 해도 가랑비에 옷이 젖는다는 말이 있습니다. 꾸준히 상소가 들어가면 넘어지지 않는 놈이 없습니다."

"우리가 그러면 의심받지 않겠느냐?"

"물론 다른 곳에서 상소가 들어갑니다."

그때 도리치가 말을 받는다.

"카라코룸의 조정 안과 고려 원정군에 참전했던 장수들 몇 명을 포섭했습니다."

"그렇군."

아리카부케의 얼굴에 웃음이 떠올랐다.

"그럼 조금 믿을 만하겠다."

도리치는 3만인장으로 아리카부케의 군부사령관이다. 아람달과 함께 아리카부케의 심복인 것이다. 도리치가 말을 이었다.

"전하, 쿠빌라이 님이 남방으로 내려가시던 중에 카라코룸을 다녀 가셨다는 정보가 있습니다. 황제 폐하를 비밀리에 만나고 가셨다는 것입니다."

"쿠추의 보고를 받은 것 같습니다."

아람달이 끼어들었다.

"이번 구타이한테 보내려던 무기와 군자금을 빼앗았다는 보고를 했겠지요."

"쿠빌라이가 조바심을 치겠군."

혼잣소리처럼 말했던 아리카부케가 머리를 들고 둘을 번갈아 보았다.

"뿌리부터 제거하는 방법이 있다. 그대들은 이해하겠지?"

"예, 전하."

둘이 동시에 머리를 숙였다. 접견실에는 이제 둘뿐이다. 위사장 참바이까지 내보내고 밀담을 나누는 것이다. 아리카부케의 목소리가 낮아졌다.

"도리치, 그대가 주도해서 처리하라."

"예, 전하."

대답은 했지만 도리치의 눈동자가 흔들렸다. 엄청난 일인 것이다. 뿌리가 무엇인가? 바로 쿠빌라이다. 쿠빌라이를 제거하면 다 끝나는 것이다. 도리치가 어깨를 폈다. 도리치는 아리카부케의 전우이자 친구, 후원자이기도 한 것이다. 몽골 족장의 아들로 수많은 전쟁을 겪은 전략가여서 동부군 부사령관을 겸임하고 있다.

"전하, 쿠빌라이 님이 전장(戰場)에 들어가셨을 때에만 가능하니 기다려야 될 것 같습니다. 전장에서 떠나 계실 때 일을 일으키면 큰 일이 날 수 있습니다."

"그래서 그대한테 맡긴 것 아니겠느냐?"

아리카부케의 눈이 가늘어졌고 어금니를 문 듯 볼 근육이 굳어졌다.

"쿠빌라이만 없어지면 제국은 내가 이어받게 된다. 그리고 그래야 정상이다."

연경 북서쪽 행선사는 유서 깊은 고찰이었지만 몽골 치하가 되면서 쇠락했다. 그러나 중이 1백 명 가깝게 남아 있는 데다 무너진 곳도 없고 문짝도 번듯했다. 유시(오후 6시) 무렵, 대웅전 옆 객사에 들어와 앉은 석태자에게 중들이 줄을 서 인사를 해오더니 곧 차가 날라져 왔다. 석태자가 왕족 대접을 받는다. 이윽고 방안에 둘이 남았을 때는 한참이 지난 후다. 강채기는 석태자를 바라보고만 있었는데 서생 차림이어서 중들은 여자인 줄 모르는 것 같다.

"이 절의 주지가 내 제자다."

찻잔을 든 석태자가 웃음 띤 얼굴로 말했다.

"제국 안 수백 개의 절과 사당, 관(官)과 향교에 내 교인이 뻗쳐 있어서 소식을 손금 보듯이 알 수 있지. 구타이와 아리카부케가 밀약을 맺고 있다는 것도 진즉부터 알고 있었다."

"백부께선 아리카부케 님을 응원하시는 이유라도 있습니까?"

강채기가 묻자 찻잔을 내려놓은 석태자가 지그시 시선을 주었다. 강채기의 부친 강득귀는 생전에 의형제를 맺은 석태자 이야기를 자주 했다. 강채기가 강호에 나가면 석태자가 먼저 찾아올 것이라는 말도 해주었다. 그만큼 석태자의 정보력이 넓다는 뜻일 것이다. 석태자가 입을 열었다.

"아리카부케는 나에게 선교(先教)를 확산시키도록 지원해주겠다는 약속을 했다. 관(官)이 지원해주면 선교는 대번에 무림 9대 문파 이상 가는 기반을 갖추게 된다."

석태자가 거구를 흔들며 소리 없이 웃었다. 마치 사천왕이 흔들리는 것 같다.

"몽케의 후계자는 쿠빌라이가 될지 아리카부케가 될지 아직 미정이야. 몽케가 쿠빌라이를 지원하고 있다지만 원로들의 지지 세력은 반반이다. 허나,"

석태자의 큰 눈이 강채기를 주시했다.

"내가 아리카부케를 응원하는 이유는 실리 외에 또 하나가 있다. 그것은."

강채기의 시선을 받은 석태자가 다시 얼굴을 펴고 웃었다.

"아리카부케의 탐욕이다. 탐욕이 많은 군주 치하에서 세를 쥐면 모아지는 것이 더 많은 법이다."

"과연 그렇습니다."

강채기가 따라 웃었을 때 석태자가 불쑥 물었다.

"네가 이곳에 온 이유는 무엇이냐?"

"아리카부케가 저에게 일파를 세울 수 있도록 지원해준다고 했습니다."

"옳지."

석태자가 머리를 끄덕였다.

"너하고 내 욕구가 비슷하다. 이젠 너와 내가 연합만 하면 되겠다."

이것이 실리를 위한 연합인가?

한때 몽골 제국의 병부대신인 병부상서를 지낸 데다 북부군총사령, 카라코룸 방위사령관까지 지낸 구타이다. 오고데이, 구유크 황제 치하에서 2인자 역할을 해온 구타이의 뿌리는 깊고도 넓다. 미시(오후 2시) 무렵, 구타이는 진막에서 사냥꾼 차림의 두 사내를 맞는다. 먼 길을 온 듯 두 사내의 옷은 해졌고 얼굴에는 피로한 기색이 덮였다. 구타이가 직접 입을 열어 다섯 걸음 앞에 엎드린 사내들에게 말한다.

"말해라."

"예, 대감."

그중 나이 든 사내가 머리를 들고 말했다.

"쿠추는 왕궁 안에 있습니다. 제가 직접 확인했습니다."

"네 둔갑술과 경공은 천하 제1급이지, 믿겠다."

구타이가 부드러운 시선으로 사내를 보았다.

"병력 이동은?"

"없습니다. 다만 꾸준히 양병을 해서 현재 기마군 17만, 마필은 55만 두를 확보했습니다. 그리고……."

그때 옆에 엎드린 사내가 말을 이었다.

"군량은 17만이 6개월간 먹을 양이 저장되었으며 북부의 주민이

87만 가구에 620만 명으로 정리가 되었습니다."

"흠, 몇 년 동안에 2백만이나 늘었구나."

"예, 땅이 넓고 겨울이 길지만 가축이 잘 자라며 근래에 들어 세금을 경감시켜주는 바람에 급격히……."

"쿠추 그놈이 고려인 포로 출신이라 바닥 민심을 조종할 줄 알지."

머리를 끄덕인 구타이가 정색했다. 둘은 북부의 수도 타이렌에 다녀온 것이다. 그들은 수시로 타이렌을 오갔는데 이미 각 곳에 뿌리를 박은 세작들을 관리하고 정보를 모아 온다. 다시 사내 하나가 말을 이었다.

"대감, 타이렌에 소문이 퍼지고 있습니다."

"무슨 소문이냐?"

"쿠추가 민심을 모아 동부를 병합하고 여진과 연합, 고려까지 정벌하여 대제국을 세운다는 것입니다."

그때 구타이가 몸을 굳히고는 사내를 쏘아보았다. 순식간에 진막 안에 무거운 정적이 덮여졌다. 주위에 둘러앉은 수십 명의 장군, 측근들도 숨을 죽였다. 안이 무덤 속 같았으므로 밖의 위병들이 기침하는 소리도 들렸다. 그때 구타이가 천천히 머리를 끄덕였다. 여전히 얼굴이 굳어져 있었으므로 모두의 시선이 모여져 있다. 그때 구타이가 입을 열었다.

"그렇다."

구타이의 목소리가 진막을 울렸다.

"그것이 사실이다. 너희들도 지금부터 그 소문을 퍼뜨리도록 해라, 쿠추의 제국이 되면 세금은 절반으로 줄어들고 농민들에게는 땅이 무상으로 분배되며 장사꾼에게는 세금이 없어진다고 해라."

모두 구타이의 얼굴이 이제는 열기에 떠서 붉어져 있는 것을 보았다. 구타이가 번들거리는 눈으로 진막 안을 둘러보았다.

"알았느냐?"

"예에."

진막안의 모두가 일제히 대답했다. 그때서야 모두 말뜻을 알아챈 것이다. 그 소문의 발원지는 아리카부케다. 아리카부케가 쿠추를 모함, 황제의 의심을 사게 만들려고 소문을 만든 것이다. 적절한 소문이다. 북부의 백성들은 그런 세상이 오기를 바랄 것이었다. 그때 구타이의 참모장 코르치가 나섰다.

"대감, 그 소문을 체계적으로 퍼뜨리도록 계획을 수립하겠소이다."

머리를 끄덕인 구타이의 얼굴에 쓴웃음이 번졌다.

"역시 아리카부케 주위에는 명 참모들이 많구나, 든든하다."

수송대 보호 겸 쿠추 암살이라는 거창한 임무를 부여받고 출정했던 구타이의 무림고수들이다. 그러나 쿠추의 얼굴도 보지 못하고 수송대의 하물은 전량 탈취, 수장되었으며 인원만 셋 잃고 나서 되돌아왔으니 체면이 말이 아니었다. 수장 격인 방태산과 그 일행이 아리카부케가 보낸 강채기를 만났다는 것이 이야깃거리는 될지언정 손상된 체면에 도움을 주지는 못했다. 구타이가 호기심을 품었던 도인 노초성도 마찬가지다. 회군한 후에는 구타이가 부르지도 않아서 만날 눈에 덮인 황야를 쏘다니며 사냥을 했지만 소득이 적었다. 얼굴을 보고 앞날을 짐작하는 재주가 짐승 잡는 일에는 전혀 소용이 없었기 때문이다. 하긴 짐승 얼굴을 보아도 제 동료들이 언제 어디서 나타날

지 떠오를 수 있겠는가? 오늘도 사냥에서 빈손으로 돌아온 노초성이 진막 안으로 들어섰을 때 주춤 걸음을 멈췄다. 안에 방태산이 앉아 있었기 때문이다. 유시(오후 6시) 무렵, 진막 안은 어두웠지만 불도 켜지 않았고 방태산을 수행하던 도인 한 명 보이지 않았기 때문에 놀랐다.

"얼굴을 보아야 앎을 아는가?"

방태산이 쓴웃음을 지은 얼굴로 물었다.

"하긴 '천하제일'이란 칭호를 붙이고 무수한 무인들이 죽어 자빠지면서 새로운 '천하제일'이 나타나는 법이지."

"설산인께서 웬일이시오?"

남의 집에 무단 침입을 한 터라 노초성이 이맛살을 찌푸리며 묻자 방태산이 앞에 앉으라는 손짓을 했다.

"대감께서 그대에게 임무를 맡기셨어. 타이렌에서 쿠추의 반역 소문을 퍼뜨리는 역할이네, 세작과 사람 관리에 그대가 적격이라는 생각이시고 나도 동감이네."

노초성이 어깨를 늘어뜨렸다. 과연 그렇다. 구타이가 아리카부케의 소문 작전을 돕는다는 이야기도 들었다.

"알겠소이다."

노초성이 머리를 끄덕였다.

"가지요."

"타이렌에는 세작 오광이란 자가 데려다 줄 것이네. 그럼 내일 아침에 출발하도록 하게."

그러고는 방태산이 옆에 놓인 보따리를 손으로 두들겼다. 가죽으로 만든 보따리인데 쌀자루만 했다.

"대감이 군자금으로 금 1천 냥을 먼저 보낸다고 했어. 민심을 움직이는 작업이니 당연히 돈이 들겠지. 세작을 통해 더 보낸다고 했어."

"바빠지겠습니다."

방태산의 얼굴에서 시선을 뗀 노초성이 보따리를 보았다. 금 1천 냥이면 거금이다.

"그럼 내일 일찍 세작이 모시러 올 테니 나는 여기서 작별일세."

자리에서 일어선 방태산이 노초성을 향해 쓴웃음을 지었다.

"그대가 적격이긴 하나 다른 사람들이 부러워할 걸세, 여긴 새 얼굴이라야 순록 떼뿐이지 않는가?"

"공력이 몇 배는 증진된 것 같습니다."

비호수가 말했는데 들뜬 표정이 아니다. 오히려 눈빛이 무거워졌고 목소리도 가라앉았다. 성안의 접견실에는 둘뿐이다. 비호수는 궁성 경비사령관 겸 위사대장을 맡은 터라 타이렌의 군권(軍權)을 장악하고 있는 것이나 같다. 김산의 얼굴에 웃음기가 덮여졌다.

"네 표정을 보니 내공도 착실하게 다져진 것 같구나."

"제 공력의 한계를 아직 모르겠습니다."

"곧 알게 될 것이다."

김산의 입에서 저절로 숨이 길게 뱉어졌다.

"삼관필에게도 진즉 진기를 나눠줘야 했다. 내가 그 생각을 못 한 것이 한이 되는구나."

비호수가 시선을 내렸을 때 김산이 정색하고 물었다.

"성안 소문이 더 심해지지 않았느냐?"

"그렇습니다."

비호수의 얼굴도 굳어졌다.

"걷잡을 수 없이 퍼져 나갑니다. 그것이……."

"백성들이 바라는 세상이기 때문이지."

"그렇습니다."

어깨를 늘어뜨린 비호수가 김산을 보았다.

"군사들도 그렇게 되었으면 좋겠다고 합니다, 전하."

"아리카부케의 간계다."

비호수는 소리죽여 숨을 뱉었다. 비호수뿐만 아니라 장군 대부분도 그것이 아리카부케의 모략인 줄은 아는 것이다. 그러나 백성들의 기대는 며칠 사이에 마른 초원으로 불길이 번지듯 퍼져나가고 있다. 총독 쿠추가 선정을 베풀수록 소문은 더 세차게 타오르는 현상이 되었다. 이윽고 김산이 머리를 들고 비호수를 보았다.

"내가 카라코룸에 다녀와야 될 것 같다."

비호수의 시선을 받은 김산이 쓴웃음을 지었다.

"황제께 말씀을 드려야지. 먼저 말씀을 드리는 것이 낫다."

"그랬으면 오죽이나 좋은가?"

한족 출신 염허수가 말하자 여진족 무르키가 머리를 끄덕이며 동의했다.

"우리 여진족도 대찬성이야, 쿠추 님만 한 인물이 없지, 그리고……."

무르키는 대륙 각지를 떠돌다가 타이렌에 온 지 1년 되었다. 모피상 무르키가 말을 이었다.

"고려하고 여진은 예부터 형제국이었지. 피도 섞여 있다네."

6백여 년 전의 고구려 시대를 말한다. 동방의 강국 고구려는 중국 대륙의 수나라를 멸망시켰고 산해관까지 영토를 넓혀 중국 대륙의 절반을 차지했다. 그때 여진은 고구려인(人)이었던 것이다. 타이렌 성안 북문 근처의 식당에는 손님이 많다. 술시(오후 8시)경이어서 빈 자리가 없이 떠들썩했다. 오늘도 미곡상 염허수와 무르키는 이곳에서 술을 마시는 중이었는데 총독 쿠추의 거사는 이제 기정사실이 되었다.

"지금 말하지만 몽골 제국은 기마군 몇 만으로 시작된 것 아닌가? 지금의 총독 군세보다 훨씬 못 미쳤지."

염허수의 말도 거침이 없다. 옆쪽 좌석이 들어도 상관이 없는 것이다. 이곳이 어디인가? 쿠추 총독이 지배하는 북부의 왕성이다. 옆쪽 좌석도 마찬가지일 것이다. 염허수가 목소리를 높여 말했다.

"총독 각하가 거병하면 단숨에 대륙 북부와 동부, 그리고 고려까지 장악하게 될 것이야. 거기에다 서역은 또 어떤가? 폴란드 총독까지 지낸 분이시어, 황제가 되고도 남는 분이시라고."

"큰일 났다."

재상 쿠쿠추스의 얼굴이 하얗게 굳어졌다. 쿠쿠추스는 바로 뒤쪽 식탁에서 장군 세기도와 위사 둘과 함께 식사를 하는 시늉을 하고 있었는데 제각기 상인과 사냥꾼, 농부로 위장을 했다. 그들은 염허수와 무르키의 말을 하나도 빼놓지 않고 들은 것이다. 젓가락을 내려놓은 쿠쿠추스가 자리에서 일어섰다.

"이대로 두면 북부가 망한다."

혼잣소리처럼 말했지만 1만인장 세기도는 들었다. 비틀거리면서 식당을 나가는 쿠쿠추스 일행에게 아무도 신경을 쓰지 않았다. 쿠쿠추스는 소문을 확인하려고 나온 것인데 더 들을 것이 없었던 것이다. 식당 밖으로 나온 쿠쿠추스가 초점이 멀어진 눈으로 세기도를 보았다.

"아마 수십 군데에서 황제께 정보가 올라갈 것이야."

"이미 올라갔을 것입니다."

입구에서 비켜 선 쿠쿠추스가 두건을 이마 밑으로 내려 얼굴을 가렸다.

"이놈 아리카부케, 지독한 놈."

마침내 쿠쿠추스의 입에서 욕설이 터졌다. 쿠쿠추스는 30대 중반으로 몽골의 명문가 출신이다. 칭기즈 칸인 테무진에게 활을 만들어 바친 가문이니 명문 중의 명문이며 3대에 걸쳐 대장군직을 이어받는 특전을 받았다. 또한 황제가 아니면 쿠쿠추스 가문의 후계자를 죽일 수가 없는 특전도 있다. 발을 뗀 쿠쿠추스가 세기도에게 말을 이었다.

"만일 황제께서 이 분위기를 믿으신다면 총독 각하뿐만이 아니다. 주민 모두가 몰사한다."

1만인장 세기도가 그것을 모를 리가 없다. 세기도는 비호수 휘하 장군인 것이다. 길게 숨을 뱉은 세기도가 목소리를 낮추고 말했다.

"폐하께서 총독 각하의 충심을 믿어주실 것입니다."

그들은 총독이 비밀리에 카라코룸으로 떠난 것을 아는 몇 명 중에 포함된다.

"앞으로 닷새쯤 걸리겠습니다."

언덕을 넘으면서 오광이 말했다. 오광 옆으로 말을 몬 노초성이 주위를 둘러보았다. 고원지대를 통과하는 중이다. 낮은 언덕이 끝없이 이어지는 불모지대, 이곳은 짐승도 살지 못하고 물길도 없다. 일행은 지금 만 하루째 고원을 가로질러 가는 중이다.

"나리께선 고향이 어디십니까?"

오늘이 나흘째가 되는 날이어서 오광이 제법 친근하게 굴고 있다. 첫날은 감히 말도 붙이지 못하더니 노초성이 가끔 말을 걸어주었기 때문이다. 30대 중반의 오광은 한족으로 머리는 영민하지만 믿음성이 부족하다. 아직 노초성에 대한 경계심이 가라앉지 않았다. 그것이 오광의 얼굴에 쓰인 내력이다. 하북성 출신으로 검술을 익혔지만 태자당의 말단 세작 노릇을 10여 년이나 한 덕분에 구타이에게 중용되었다. 노초성이 머리를 들었다.

"난 하북성이야."

"아, 그러십니까?"

오광이 하북성 출신임이 분명한데도 고향 사람은 반기지 않는 이유는 딱 한 가지다. 고향에서 불미스러운 일을 저질렀기 때문이다. 오광이 시치미를 떼고 말했다.

"전 사천성이올시다."

그러더니 머리를 들고 앞쪽 언덕을 보았다. 이번에는 꽤 큰 언덕이다.

"예전에는 저 언덕 뒤에서 강도를 많이 당했다고 합니다."

오광이 턱으로 언덕을 가리켰다.

"하지만 대감의 군대가 오고 나서부터는 사라졌지요. 서역 상인들이 아래쪽으로 길을 바꾸었기 때문입니다."

노초성이 머리를 끄덕였다. 구타이군(軍)의 통로가 되었으니 강도가 배겨낼 수가 없을 것이었다. 노초성 일행은 넷이다. 노초성과 오광, 그리고 오광의 부하 둘이 예비 마 18필을 끌고 강행군을 한다.

"언덕을 넘고 쉬십시다."

신시(오후 4시)가 되어가고 있다. 한 시진만 더 가고 나서 야영을 해야 될 것이다. 오광이 앞장서 언덕을 오르면서 말을 이었다.

"언덕 아래쪽에 야영지가 있습니다."

그때였다. 바람을 가르는 소리가 들렸으므로 노초성은 마상에서 몸을 날렸다.

몽케 황제는 한동안 앞쪽을 보았다. 앞쪽은 벽이다. 접견실 안에는 몽케와 김산, 그리고 황군 사령관이며 위사장인 바시크까지 셋뿐이다. 몽케가 측근 위사까지 물리쳤기 때문이다. 방금 몽케는 김산의 입에서 타이렌 성에 퍼져 있는 소문을 들은 것이다. 김산이 가감 없이 모든 것을 이야기하는 동안 몽케는 듣기만 했다. 바시크는 몽케가 청년 시절부터 호위하던 위사 가문이다. 바시크의 부친이 칭기즈 칸이 테무진이었던 시절부터 측근 위사였던 것이다. 바시크는 올해 57세, 몽케보다 8년 연상이다. 이윽고 몽케가 김산을 보았다. 눈동자의 초점이 잡혀져 있다.

"감찰단, 태자당 등에서 다 들었다."

몽케의 목소리는 가라앉아 있다.

"그런데 네 말이 더 지독하구나."

그때 바시크가 가볍게 헛기침을 했다.

"아리카부케 님 소행이라는 것을 황제 폐하께서도 아십니다."

"그렇다."

보료에 등을 붙인 몽케가 입맛을 다셨다.

"넌 무시해도 좋다. 쿠추, 나는 흔들리지 않는다."

그러자 바시크가 거들었다.

"이렇게 달려오시지 않아도 되었소. 황제 폐하께서 걱정하지 말라는 전령을 보내실 계획이었소."

"아리카부케가 좋아할 일을 해주면 안 되겠지."

몽케의 얼굴에 쓴웃음이 떠올랐다.

"그렇게 되면 제국의 질서가 무너지고 혼란이 온다. 쿠빌라이가 지금까지 닦아놓은 기반이 흔들리면 어떻게 되겠느냐?"

앞쪽에 앉은 김산은 듣기만 한다.

"제국이 그따위 소문으로 무너진다면 나는 황제가 될 자격이 없는 것이다. 그러니 너는 걱정 말고 돌아가라."

그때 김산이 입을 열었다.

"폐하, 하지만 민심을 진정시킬 필요가 있습니다. 소신이 총독으로 남아 있다면 민심은 쉽게 가라앉지 않을 것이며 아리카부케 님의 모략은 계속될 것입니다."

몽케와 바시크의 시선이 마주쳤을 때 김산이 서둘러 말을 잇는다.

"하오니 당분간 소신의 총독 직을 거두어 주시옵소서, 북부 총독을 재상 쿠쿠추스에게 맡기시고 소신을 카라코룸으로 불러주시옵소서."

"안 된다. 북부에 네가 있어야 구타이와 아리카부케의 동맹을 막는다."

몽케가 말했을 때 김산이 머리를 저었다.

"그것은 소신이 카라코룸에 있으면서도 처리할 수가 있사옵니다."

그때 바시크가 몽케를 보았다.

"폐하, 총독의 말씀도 옳습니다."

바시크가 말을 이었다.

"충정을 살펴 주시옵소서."

"누구냐?"

비호수가 앞쪽에 선 사내에게 물었다. 이곳은 타이렌 성 외곽의 근위기마군 진영이다. 진영에 와 있던 사령관 비호수는 북쪽에서 왔다는 사내의 면담 신청을 받은 것이다. 이쪽에서 북쪽이라면 고원지대다. 자신을 밀사라고 밝힌 것도 이상해서 불렀더니 검은 얼굴의 한인이다. 그때 사내가 똑바로 비호수를 보았다.

"나는 구타이의 용병이었던 노초성이라고 합니다."

비호수는 눈을 치켜뜨고 노초성을 보았다. 그러더니 곧 빙그레 웃었다.

"눈으로 마음을 읽는군, 어떤가? 내 마음을 읽을 수 있나?"

그 순간 당황한 노초성의 얼굴이 붉어졌다. 마치 담장을 바라보는 것처럼 눈앞이 꽉 막혀 있었기 때문이다. 머리를 든 노초성이 비호수의 시선을 받았다.

"제국군 장군으로서는 대단한 공력이시오, 그럼 제가 진심으로 투항해 온 것임을 아시겠습니다."

"마치 집 잃은 개 같은 꼴이군."

쓴웃음을 지은 비호수가 지그시 노초성을 보았다.

“믿겠다. 말하라.”

“구타이가 설산인 방태산을 수괴로 무림인 용병을 모았습니다.”

“그건 알고 있다. 말하라.”

“이번에 아리카부케가 보낸 하물이 모두 빼앗기고 수장되었다는 것도 아시지요?”

“그것은 군사들도 다 알지.”

“제가 타이렌에서 총독 전하의 반역 소문을 퍼뜨리려는 임무를 맡고 파견되었습니다.”

비호수의 시선을 받은 노초성이 얼굴을 일그러뜨리며 웃었다.

“예, 제가 배신을 한 이유까지 밝혀 드려야지요. 이곳에 오던 도중에 구타이가 저를 암살하려고 했기 때문입니다.”

“…….”

“암살 이유를 생각해보았더니 금방 깨닫게 되었습니다. 제가 구타이가 가장 소중하게 여기는 비밀을 알고 있기 때문입니다.”

“그것이 무엇인가?”

“구타이와 북부 총독 전하와의 악연을 알고 있습니다. 구타이는 그 비밀이 전하께 알려지는 것이 두려워 저를 제거하려고 했습니다.”

“나에게 말할 수는 없다고 네 얼굴에 적혀 있구나.”

“장군께서도 심안(心眼)을 지니고 계시오.”

“전하께 말씀드릴 테니 기다려라.”

“갈 곳도 없는 몸입니다. 전하께서 오실 때까지 기다리겠습니다.”

노초성이 비호수의 시선을 받더니 두 손을 진막 바닥에 짚고 이마를 붙였다가 떼었다.

"저보다 몇 배 고수시니 제 처지를 아실 것입니다. 배신당한 분을 풀겠습니다."

카라코룸에서 황제의 칙사가 도착한 것은 소문이 절정에 올랐을 때다. 칙사는 황군사령관 겸 위사장 바시크, 백발에 흰 수염을 날리며 5만 근위군을 이끌고 왔으니 북부의 왕성 타이렌은 바짝 긴장했다. 주민들은 겁에 질려 집 밖으로 나오지 않았고 북부군도 진에 박혀 있었기 때문에 성안은 한낮인데도 적막으로 덮였다. 총독 쿠추가 출타 중이었으므로 재상 쿠쿠추스는 북부의 관리들을 모아 황제의 칙사를 맞는다. 바시크는 엄숙한 표정으로 상석에 앉더니 부장(副將)이 건네준 칙서를 받아들고 말했다.

"황제 폐하의 칙서를 읽을 테니 북을 울려라."

쿠쿠추스의 눈짓을 받은 궁성 수비대장이 소리치자 고수들이 북을 쳤다. 북소리가 그쳤을 때 바시크가 칙서를 펴고 읽는다.

"북부총독 쿠추는 그동안의 노고가 많았으므로 카라코룸의 중앙군 총사령으로 승진된다. 따라서 북부는 당분간 재상 쿠쿠추스가 대리 총독이 되어 관리한다."

재상 쿠쿠추스는 물론이고 도열했던 관리들의 얼굴이 굳어졌다. 총독이 경질된 것이다. 중앙군 총사령으로 옮기는 것은 승진이 아니다. 총독 쿠추의 반역을 미리 막은 조치인 것이다. 그럼 총독은 지금 어디에 있는가? 총독은 밀행을 떠났는데 그 행선지는 쿠쿠추스도 알지 못하고 있다. 그때 칙서를 내린 바시크가 엄숙한 표정으로 청 안을 둘러보았다. 청에 모여 선 수백 명의 장수, 관리들은 숨소리도 내지 않는다. 바시크의 목소리가 이어졌다.

"지금 전(前)총독 쿠추 각하는 카라코룸에서 황제와 함께 계신다."

여전히 청 안은 조용하다. 오히려 더 분위기가 굳어진 것 같다. 그것은 카라코룸에서 억류되어 있다는 말로도 들렸기 때문이다.

"지금쯤 바시크 님이 칙서를 읽고 있을 것이다."

김산이 말하자 비호수가 천천히 머리를 끄덕였다.

"아리카부케의 선공에 한발 물러선 모양이 되었습니다."

이곳은 성 밖의 북부군 진영이다. 비호수는 청에 들어가지 않은 것이다. 김산이 들어가기 직전에 찾아왔기 때문이다.

"아니, 오히려 잘된 일이야."

쓴웃음을 지은 김산이 말을 이었다.

"내 활동 범위가 더 넓어졌다. 이젠 북부를 비워놓고 거침없이 구타이와 아리카부케 진영을 옮겨 다닐 수가 있게 된 것이다."

"소인도 데려가 주십시오."

"너는 북부군 사령관이다. 너를 이곳에 둬야 안심이 된다."

비호수의 시선을 받은 김산이 말을 이었다.

"폐하께서도 너를 대장군으로 봉하시고 예케와 함께 이곳을 지키도록 하셨다."

비호수가 숨을 들이켰다. 황제의 입에서 자신의 이름이 거명된 것이다. 그때 비호수가 눈동자의 초점을 잡고 김산을 보았다.

"각하께 보여드릴 인물이 있습니다."

타이렌 성의 분위기는 순식간에 반전되었다. 열기가 식으면서 싸늘하게 변한 것이다. 꿈에서 깨어난 것 같기도 하다. 칙사의 북이 울리고 한식경도 지나지 않았을 때 칙명이 성안으로 퍼진 것이다. '총독이 카라코룸으로 소환되었다.' 한마디로 잘라서 그런 뜻이다. 중앙군 총사령은 허울이다. 반역 소문이 떠도는 북부 총독 쿠추를 황제가 소환한 것이다. 이것으로 북부 총독 쿠추의 반역 기도는 단숨에 좌절되었다. 민심은 교활하다. 전란기의 민심은 여우보다도 더 교활하다고 했다. 타이렌 주민들은 한식경이 지났을 때 언제 그런 일이 일어났느냐는 듯이 일상으로 돌아갔다.

"넷째 부인 유렌한테서 어린 자식 셋이 있습니다."

노초성이 번들거리는 눈으로 김산을 보았다. 눈에 물기가 가득 차 있었는데 눈동자의 초점이 김산에게 박힌 채 떼어지지 않는다. 노초성이 말을 이었다.

"일곱 살, 다섯 살, 세 살이지요. 다섯 살짜리가 여아입니다."

김산의 얼굴에 웃음이 떠올랐다. 노초성이 기를 쓰고 마음을 읽으려고 했지만 이쪽은 아예 아무것도 보이지 않았다. 이제 노초성의 입이 홀린 것처럼 열리고 있다.

"구타이가 저를 죽이려고 한 것은 세 자식의 존재를 알았기 때문입니다. 그것이 전하께 알려지는 것을 막으려는 것이었습니다. 그래서 저를……."

"알았다."

말을 막은 김산의 시선이 비호수에게 옮겨졌다.

"이자는 쓸모가 있다. 네가 수하로 거둬두도록 해라."

"예 각하."

머리를 숙인 비호수가 김산의 시선을 받았다. 둘의 시선이 잠깐 부딪쳤다가 제각기 떼어졌다. 노초성은 길게 숨을 뱉고 나서 비호수에게 옮겨졌던 시선을 돌려 쿠추를 보았다. 그 순간 노초성은 숨을 들이켰다. 쿠추가 사라진 것이다. 눈 깜박하는 사이에 진막 안에서 사라졌다. 그야말로 귀신이 곡할 노릇이다. 지금까지 온갖 사술을 다 보았고 초절정 경공술을 지닌 고수들도 겪었지만 이런 경우는 처음이다. 진막에 셋만 있었으므로 더 소름이 끼친다. 그때 비호수가 시치미를 뚝 뗀 얼굴로 말했다.

"지금부터 넌 내 수하다. 받아들이겠느냐?"

"황공합니다."

노초성은 바닥에 납작 엎드렸다. 이제 용병에서 엄연한 관군이 되었다.

아영의 얼굴은 굳어져 있다. 단정하게 앉아 있었지만 입술은 꾹 다물려졌고 모아 쥔 두 손에는 핏기가 없다. 세게 쥐고 있기 때문이다. 내궁 안이다. 아영은 갑자기 황제의 칙사가 온다는 전언을 받고 기다리는 중이다. 은밀한 전언이어서 청 안에는 아영과 측근 시녀 한 사람뿐이다. 이윽고 발자국 소리가 들리더니 휘장이 걷혔다. 관복 차림의 노인이 들어섰다. 황군사령관 겸 황제 위사장 바시크다. 아영은 처음 만난다. 그때 바시크가 두 손을 모으고는 아영에게 목례를 했다. 파격이다. 당황한 아영이 머리를 숙여 절을 했을 때 바시크가 웃음 띤 얼굴로 자리를 권했다.

"부인 앉으시지요."

바시크는 부장과 재상 쿠쿠추스까지 대동하고 있다. 아영이 조심스럽게 자리에 앉았을 때 바시크는 마주보는 위치에 앉았다.

"부인, 쿠추 전하께서는 막중한 임무를 띠고 계십니다."

바시크가 부드러운 시선으로 아영을 보았다. 내궁 깊숙한 곳에 있었지만 황제의 칙사 바시크가 온 목적이 금방 알려졌으므로 아영은 불안했다. 그때 칙사가 방문한다고 해서 마음을 굳게 먹고 있던 참이다. 바시크가 말을 이었다.

"이번 조치는 소문을 차단시키기 위한 것이니 부인께서는 걱정하지 마시고 이곳에 머무시면 됩니다."

아영은 바시크의 눈빛을 받으며 머리를 끄덕였다. 어깨가 저절로 늘어졌고 긴 숨이 뱉어졌다.

"감사합니다. 칙사 각하."

"곧 쿠추 전하께서 오셔서 말씀드리겠지요. 제가 미리 안심시켜드리는 것입니다."

노인의 목소리도 따뜻하게 들렸다.

그렇다. 일곱 살, 다섯 살, 세 살이었다. 20여 년 전, 몽골군에게 가족이 처참하게 짓밟히던 당시의 김산과 동생 둘의 나이가 그렇다. 김산이 일곱 살, 여동생 유진이 다섯 살, 그리고 막내 은이 세 살이었다. 이것이 얼마나 기가 막힌 우연인가? 김산의 눈앞에 죽어간 두 동생의 모습이 떠올랐다. 어머니의 시신을 묻던 장면도 눈앞에 펼쳐졌다. 이것은 하늘이 그 한(恨)을 갚으라고 똑같은 상황을 만들어주신 것이다. 김산이 대기 속을 날면서 회상을 이어간다. 인간은 유한한 생명체다. 대부분이 1백 년도 안 되어서 생명을 잃는다. 그러나 보라, 이어지고 이어지는 인연이 얼마나 기구한가? 이 세상은 시신으로 덮여 있다. 수억 년 전부터 쌓여온 시신이 흙이 되고 바위가 되는 동안 수많은 인연이 겹쳐진다. 김산의 몸은 대기 속을 날아 어둠에 묻혔다.

"쿠추가 북부 총독에서 경질되었어."

석태자가 말하고는 빙긋 웃었다.

"소문을 차단시킨 것이지."

놀란 강채기가 석태자를 보았다. 연경 북서쪽 행선사 안이다. 유시(오후 6시) 무렵, 객사로 돌아온 석태자가 바깥 소식을 말해주고 있다.

"하지만 쿠추는 오히려 행동반경이 더 늘어났다. 곧 연경에도 나타날 것이다."

"……."

"이곳 행선사에도 놈의 기척이 들리겠지, 아리카부케가 선교(先敎)와 연합하고 있다는 것은 금방 알 수 있을 테니까."

"백부님."

강채기가 굳어진 얼굴로 석태자를 보았다.

"쿠추는 이미 인간의 한계를 넘어선 괴물입니다."

"무엇이라고 했느냐? 괴물?"

되물은 석태자의 두꺼운 입술이 길게 찢어졌다. 그러더니 거구를 흔들며 웃는다.

"그것을 네가 겪었단 말이구나."

"그렇습니다."

"무공이 괴이하더냐?"

"제 화기가 통하지 않았습니다."

"대단하구나."

"지금 생각하면 몸이 진기(眞氣)로 싸인 것 같았습니다."

"5백여 년 전에 그런 도인이 있었지. 결국 안개가 되어서 아침 햇살을 맞고 사라졌다고 들었다. 물론 전설이다."

"제가 당했습니다."

강채기가 시선을 내렸으므로 석태자는 숨을 들이켰다. 석태자의 목소리가 강채기의 귓속으로 들어왔다.

"어떻게 당했느냐?"

"처절하게, 두 번 다시 그놈 앞에 설 수 없을 만큼……."

강채기의 눈에서 눈물이 흘러내렸다.

"세상에서 그런 치욕을 겪은 자는 없을 것입니다."

그때 석태자가 물었다.

"놈의 모습이 홀연히 사라지거나 자취가 남지 않은 적이 있었느냐?"

"있었습니다."

강채기의 눈빛이 강해졌다.

"눈밭에도 자취가 남지 않았습니다."

"과연 진기(眞氣)로군."

두꺼운 눈썹을 좁힌 석태자가 거대한 머리통을 끄덕였다.

"네 화기술이 통하지 않았던 이유도 알겠다."

"전혀 보이지 않았습니다."

"진기가 가득 차면 몸이 대기로 변한다는 전설이 있었지."

석태자의 눈동자가 번들거렸다.

"억만년 동안 건드리지 못한 진기를 흡입하면서 내공을 닦으면 몸이 억만년 전의 상태로 돌아간다는 것이다."

"……."

"그것이 수천 년간 무림인들의 소망이었지, 그런데 그놈이 그 기운을 받았단 말인가?"

그러더니 석태자가 똑바로 강채기를 보았다.

"넌 아리카부케에게 그놈을 없앨 방법이 있다고 했다. 그것이 무엇이냐?"

"그것은 말씀드릴 수 없습니다."

석태자의 시선을 받은 강채기의 눈빛이 강해졌다. 그러나 눈동자의 초점은 띄워서 마음속을 닫아놓았다. 그것을 본 석태자가 머리를 끄덕였다.

"알았다."

그것이 말씀드릴 수 없다는 것을 알았다는 것인지 이미 마음을 읽었다는 뜻인지 알 수가 없다.

방태산이 들어서자 구타이가 물었다.

"놈의 흔적은?"

"찾지 못했소."

앞쪽에 다가와 앉은 방태산이 입맛을 다시면서 말했다.

"이미 쿠추에게 붙었다고 봐야 될 것 같습니다."

"으음."

어금니를 물었다가 푼 구타이가 방태산을 보았다.

"쿠추가 천하무적이라지만 그대들의 힘으로 막을 수가 있겠지?"

"당연하지요."

머리를 끄덕였던 방태산이 말을 이었다.

"대감께선 선교주 석태자를 아시는 거요?"

"알다 뿐인가? 지금 연경에 있다는 것도 알고 있어."

"석태자가 온다면 천군만마를 얻는 것 같을 것이오."

구타이가 입을 다물었고 방태산의 말이 이어졌다.

"노초성 때문에 쿠추를 끌어들일 함정이 만들어진 것이오. 그러니 그 함정을 석태자가 보강해준다면 절간의 사천왕도 빠져나가지 못하리라."

"그렇다면 내 어린 자식들이 미끼 노릇이란 말이냐?"

이 사이로 말했던 구타이가 번들거리는 눈으로 방태산을 보았다. 방태산은 외면한 채 대답하지 않았고 진막 안에는 무거운 정적이 덮였다.

아리카부케의 처남 세게투만큼 늘어진 팔자는 없을 것이다. 칭기즈 칸에게 가죽신을 만들어 바쳤던 유서 깊은 가문 덕분에 3대에 이어서 대장군에 봉해진 데다 누나가 아리카부케의 정실부인이 되어 있는 상황이다. 북부 총독 쿠추가 경질되고 구타이에게 보낸 수송대가 하물을 모두 탈취당한 채 돌아오는 대사건이 벌어지고 있었지만 세게투로서는 마당에 떨어지는 빗줄기를 보는 것 같다. 이른 저녁, 술시(오후 8시)도 안 되었는데 세게투는 술이 취했다. 연경의 용진각 안이다. 밀실에 자리 잡은 세게투의 좌우에는 알몸이 된 무희들이 앉았고 역시 앞쪽에서 알몸의 무희들이 춤을 추고 있다. 악공들의 음악이 건성이었고 덩달아서 무희들은 엉망으로 춤을 추었지만 세게투는 상관하지 않는다. 오늘 세게투는 기마군단에 말을 공급하는 마상(馬商)으로부터 접대를 받고 있다. 이번에 말 2만 5천 필을 구입하려는 것이다.

"대감, 마차에 금화 1만 냥을 실어서 동문 마님 댁으로 보냈습니다."

마상 요르게가 은근하게 말했을 때 세게투의 눈동자에 초점이 잡혔다.

"아, 그래."

머리를 끄덕인 세게투가 알몸의 무희 허리를 당겨 안았다.

"곧 3만 필쯤 더 구입할 테니 준비해라."

"예, 대감."

이미 마상에게는 시세보다 1만 5천 냥이나 비싼 값으로 대금을 지급한 것이다. 마상으로서는 이런 좋은 거래가 없다. 세게투가 말을 이었다.

"시세보다 3만 냥쯤 더 올려줄 테니 2만 냥을 가져와라."

"예, 대감."

"지난번 네가 데리고 왔던 소실이 미인이던데, 지금도 있느냐?"

"예, 제가 그년도 바치지요."

40대의 마상이 넓은 얼굴을 펴고 웃었다.

"내일 보내드리겠습니다."

"이곳으로 보내라."

만족한 세게투가 비대한 몸을 흔들며 웃었다.

"너는 잘살겠다."

"감사합니다."

그 순간 옆에 앉은 무희가 비명을 질렀으므로 세게투가 시선을 들었다. 방금 이야기를 했던 마상이 제 자리에 앉아 있었는데 목에서 피가 솟구쳐 오르고 있다. 머리가 없는 것이다.

"꺄아악!"

처음에는 억눌린 비명을 질렀다가 목이 트인 무희들이 목청이 찢어질 것 같은 비명을 질렀을 때 세게투는 목에 차가운 얼음 날이 가르고 지나는 느낌을 받았다.

"끄아아악!"

바로 옆에 앉았던 무희의 비명이 귀에 생생하게 들렸고 머리통이 방바닥에 떨어지면서 무희의 다리 사이로 두 눈이 놓여졌다. 그래서 그때까지 살아있던 눈의 신경들이 무희의 사타구니를 선명하게 비쳐 주다가 곧 끊겼다.

"세게투가 착복한 금화를 실은 마차가 동문 옆 마당에 엎어져 있다네!"

앞쪽 사내 하나가 소리치자 웅성거리던 행인들이 곧 내달리기 시작했다.

"동문 근처에 세게투의 다섯째 소실 집으로 싣고 가다가 마차가 뒤집힌 거야! 군수물자 구입대금을 착복한 금화라 임자 없는 금화야!"

누군가가 다시 소리쳤고 어둠 속에서 행인들의 소동은 더 커졌다. 너도나도 내달렸고 소문은 바람을 타고 성안에 퍼져서 북문, 서문 근처에서도 달려온다.

"각하, 이젠 가시지요."

행인들의 뒷모습을 보면서 채화진이 말했다.

"곧 행선사의 석태자도 상황을 알게 될 것입니다."

김산이 머리만 끄덕였다. 둘은 용진각에서 3백 보쯤 떨어진 민가의 지붕 위에 앉아 있었는데 행인들의 소음이 다 들렸다. 술시(오후 8시)가 지난 시간이어서 세상은 어둠에 덮였고 지붕에 나란히 앉은 둘의 모습은 행인들에게 보이지 않는다. 연경으로 온 김산이 채화진과 합류한 것이다. 그동안 채화진은 아리카부케 일족은 물론 행선사에 주둔하고 있는 선교주(先敎主) 석태자와 강채기를 감시했다. 그때 김산이 머리를 돌려 채화진을 보았다.

"이제 처남 세게투를 처단했으니 아리카부케는 저 자신을 돌아보았을 것이다."

김산의 얼굴에 웃음이 떠올랐다.

"황제 자리가 마른 말똥을 집는 것처럼 쉬운 줄 아는 칭기즈 칸의 젖비린내 나는 자식 놈들."

순간 채화진이 숨을 들이켰지만 김산의 말이 이어졌다.

"호랑이가 호랑이 새끼만을 낳는 게 아니다. 개새끼도 낳는다는 증거가 바로 아리카부케 같은 놈이다."

"각하, 이젠 쉬시지요."

다시 채화진이 말했을 때 김산이 몸을 일으켰다. 용진각 방안에서 마상과 세게투의 머리통을 자른 것이 김산이다. 무희들에게 흔적도 보이지 않고 머리통 두 개만 잘랐으니 더 놀랐을 것이다. 그동안 채화진은 부하들을 시켜 동문 근처의 세게투 소실 집으로 가져가던 마차를 빼앗아 광장에 뒤집어엎고 소문을 내었다. 지금쯤 동문 근처 광장은 금화를 주우려는 연경성 주민들로 인산인해를 이루고 있을 것이다. 마차의 금을 광장 곳곳에 골고루 뿌려놓았기 때문이다. 이제 내일 오전이면 연경뿐만이 아니라 동부에 아리카부케 일족의 횡령 소문이 퍼질 것이다. 그리고 며칠 후에는 카라코룸까지 들어간다.

"가자."

채화진의 팔목을 쥔 김산이 몸을 띄우며 말했다.

"세게투가!"

아리카부케의 눈이 치켜떠졌다. 해시(오후 10시), 아리카부케는 제3부인 율마니와 함께 침실에 들어있던 중이다.

"마상(馬商)과 함께 참살되었어?"

확인하듯 되묻자 위사장 참바이는 시선을 내렸다. 차마 마주볼 수가 없었기 때문이다.

"예, 그리고 동문 근처의 광장에 금화 수만 냥이 뿌려져서 지금도 주민들로 인산인해를 이루고 있습니다."

"무엇 때문이냐?"

"예, 세게투 님이 마상한테서 착복한 금화를 마차에 싣고 가다가 마차가 뒤집혀 금화가 뿌려졌다는 소문이 나는 바람에……."

"……."

"실제로 군사들도 휩쓸려 금화 몇 냥씩을 주워 왔습니다."

"……."

"전하, 이것은……."

"쿠추의 짓이다."

이 사이로 말한 아리카부케가 이번에는 참바이의 시선을 받지 않은 채 말을 이었다.

"이놈이 나한테 도전해 온 것이다. 소문은 소문으로, 칼은 칼로."

어깨를 부풀렸다가 내린 아리카부케가 입술을 비틀고 웃었다.

"그럼 나도 빚을 갚아주지."

깊은 밤, 연경 남동쪽으로 25리(9.8km)쯤 떨어진 폐사 마당으로 바람이 스치고 지나갔다. 마른 낙엽이 몰려갔다가 바람을 타고 솟아오른다. 요사채의 문짝도 떨어졌고 무너진 대웅전은 잡초가 자란 데다 불상도 없어서 귀신이 나올 것 같다. 마을하고도 10리(4km)쯤 떨어진 골짜기에 세워졌던 사찰이다.

"자, 받아라."

마당에서 울린 목소리가 정적을 깨뜨렸다. 김산이다. 세 걸음쯤 앞쪽에 서 있는 채화진을 향해 두 손을 뻗고 있다. 채화진을 향해 손바닥을 편 자세, 그때 채화진이 숨을 들이켜더니 눈을 감았다. 다시 바람이 불면서 낙엽이 흩날렸다.

"아아아."

갑자기 채화진이 신음을 뱉더니 머리가 뒤로 젖혀졌다. 김산은 두 손을 뻗은 채 움직이지 않는다. 그 순간 채화진의 몸이 허공으로 떠올랐다. 그러나 본인은 의식하지 못한 듯 어깨를 늘어뜨린 채 눈을 감고 있다. 머리가 뒤로 젖혀진 채화진의 몸은 이제 비스듬히 눕혀진 채 허공에 떠 있다.

눈을 뜬 채화진은 자신의 몸이 대웅전 안에 눕혀져 있는 것을 알았다. 옆에 앉아 있던 김산이 채화진을 내려다보았다. 이제 바람도 그쳤고 사방은 짙은 적막에 덮여 있다. 놀란 채화진이 몸을 일으켰다가 입을 딱 벌렸다. 몸이 공기처럼 가벼워졌기 때문이다. 숨을 들이켰던 채화진이 김산을 보았다.

“각하, 제 몸이.”

“너에게도 이제 진기가 섞여졌다.”

김산이 부드러운 시선으로 채화진을 보았다.

“너도 이제 비호수처럼 진기를 운용하게 되었어.”

“각하.”

채화진의 목소리가 떨렸다.

“그럼 각하께선…….”

“나는 예전과 다름없다.”

김산이 팔을 뻗어 채화진의 허리를 당겨 안았다. 채화진이 허물어지듯 김산의 가슴에 얼굴을 묻는다. 마치 기다리고 있었던 것 같다.

천벌

"우리 여섯이면 마왕이라도 없앨 수가 있어."

방태산이 거드름을 피우며 말했지만 시선이 아무한테도 머물지 않았다. 이곳은 우렌 산맥 북서쪽 줄기 끝 부분의 골짜기 안, 만년설이 쌓인 동토(凍土)다. 동굴은 넓고 깊었는데 복판 구덩이에 화톳불을 켜놓아서 온기가 퍼져나가고 있다. 방태산이 말을 이어갔다.

"쿠추하고 대감하고 얽힌 악연은 이곳, 이름 없는 동토 안에서 끝낼 것이다.

둘러앉은 무림인들은 여전히 입을 다문 채 앞쪽 화톳불만 응시했다. 무림인들의 면면을 보면 주토와 차경, 효장과 기홍성 등 여섯이었는데 이미 둘이 죽었고 하나는 실종되었는데 바로 노초성이다. 그때 모산파 법사 효장이 입을 열었다.

"설산인께선 낙천가이십니다. 항상 좋은 말씀만 하시니 수하들은 웃다가 죽어갈 것이오."

"옳지."

긴 얼굴의 녹림 출신 기홍성이 말을 받았다.

"과연 그렇소. 설산인 말씀을 들으면 언제나 피가 끓거든, 그러다가 죽는 것이지."

은근히 비틀린 말이 이어지자 방태산의 시선이 차경에게 옮겨졌다. 무당 출신 차경은 방태산의 측근이다.

"이보게. 대감이 보내주신 금괴를 나눠드리게. 이번 일의 선금일세."

차경이 일어나 구석에 쌓아놓은 자루를 들고 왔는데 무거운지 어깨가 늘어졌다. 그때 방태산이 말했다.

"금화 3백 냥씩일세. 이번 일이 끝나면 각각 7백 냥을 더 받게 될 것일세."

차경이 각자에게 금화 자루를 던졌는데 아이 머리통만 한 자루가 가볍게 날아갔고 받는 것도 눈뭉치나 되는 것처럼 받는다.

동굴 안의 분위기가 가벼워졌고 혀를 차는 소리에 웃음소리까지 이어졌다.

"위쪽 어딘가에 구타이의 가족이 있어. 그것은 아마 설산인만 알고 있을 걸세."

주토가 말하고는 힐끗 뒤쪽을 보았다. 어둠에 덮인 골짜기에는 불빛 한 점 보이지 않는다. 왼쪽 산 중턱에 그들의 은신처인 동굴이 있었지만 잘 은폐되어서 한낮에도 입구를 찾기 힘들었다.

"그렇다면 구타이의 가족을 경호하는 무리는 몇이나 돼?"

효장이 묻자 주토는 머리를 저었다.

"글쎄. 내가 며칠 전 듣기로는 구타이가 아리카부케한테 기별을 해서 선교주 석태자와 강채기까지 응원을 요청했다고 들었으니 그들이 위쪽에 진을 치고 있는지도 모르지.

"석태자가 왔다면 5대 제자가 따라왔겠군."

커다랗게 머리를 끄덕인 효장의 얼굴에 쓴웃음이 번졌다.

"그렇게만 된다면 이곳이 쿠추의 무덤이 될 가능성이 많아. 석태자의 명성은 허명이 아냐."

"나는 우선 설산인의 무공을 보고 싶네."

주토가 투덜거렸다.

"대개 큰소리치는 인간은 실속이 없다고 했어. 내가 설산인 방태산의 휘하에 들었지만 아직 겪은 적이 없어."

"허명은 아냐."

효장이 정색했다.

"암술로는 당대 제일이지. 설산인의 별명이 혈산인(血山人)인 것은 결코 허명이 아니네. 내가 겪었네."

"그렇다면 쿠추가 왔을 때 설산인 뒤에 붙어 있으면 살겠군."

"쿠추가 그렇게 두려운가?"

"내가 수송대를 맞으려고 나갔다가 유광과 사마진을 단숨에 잃었어. 직접 겪지는 못했지만 귀신이 지나간 것 같아서 지금도 꺼림칙해."

그러고는 주토가 길게 숨을 뱉었다.

"난 자네에게 이실직고하지만 이미 전의(戰意)를 잃었네.

바위를 스치고 지나는 바람 소리가 옷을 찢는 소리처럼 들렸다. 바람결에 옷자락이 날렸고 드문드문 눈발이 피부에 부딪쳤다. 방풍

막 없이 바위 위에 앉아 있는 터라 여지없이 바람을 맞는다. 바위가 된 것 같다. 그렇다. 옆에 앉은 선교주 석태자는 바위처럼 움직이지 않는다. 거대한 체구가 마치 바위 같다. 그래서 강채기는 몸을 석태자의 어깨 안으로 비틀어 넣었다. 그러자 바람이 비켜 지나갔다. 그때 석태자가 독음으로 묻는다.

"다 들었느냐?"

"예. 백부."

"쿠추의 무공에 당한 놈이 많구나."

"예. 백부."

강채기의 눈빛이 강해졌다. 바람이 더 세어졌지만 이제 아늑하다. 깊은 밤. 둘은 효장과 주토가 은신하고 있는 바위틈에서 50보쯤 위쪽의 바위 위에 앉아 있는 것이다. 석태자가 말을 이었다.

"방태산이 앞쪽에 함정을 파 놓았지만 허술하다."

과연 그렇다. 골짜기 입구에 은신처 두 곳을 만들고 각각 두 명씩 무림 고수들을 세워 놓았지만 부족하다. 석태자가 자리에서 일어서자 강채기는 서둘러 따라 일어섰다.

"저것들의 허점을 우리가 메워줘야 될 것 같다.

구타이가 웃음 띤 얼굴로 유렌을 보았다. 자시(밤 12시)가 되어가고 있어 주위는 조용하다.

"이봐. 유렌. 네 소원이 따뜻한 곳에서 살고 싶다고 했지?"

"아닙니다."

유렌이 머리를 저었지만 얼굴에 웃음기가 번졌다.

"이젠 버렸습니다. 그땐 아이들 때문에 별 생각도 없이 뱉은 말이었어요."

"내 이번 일만 끝나면 널 남쪽으로 데리고 갈 것이다."

"네?"

유렌의 눈이 커졌다. 이곳은 동토의 최북단 도시인 시라곤. 유목민족인 바랴족의 거성으로 사방이 얼음으로 뒤덮인 성이다. 구타이는 제4부인 유렌과 세 자식을 이곳으로 데려온 것이다. 시라곤 내성 안의 대저택에는 추려 뽑은 경호군 1백여 명과 옛날부터 측근으로 고용했던 충성스러운 무림 고수 12명이 상주하고 있었는데 구타이는 그것만으로는 안심이 되지 않았다. 시라곤의 성주이며 바랴족 족장인 하단에게 지시하여 바랴족 경비원 1천여 명으로 대저택 경비를 맡긴 것이다. 바랴족은 기마군 5천과 보군 2만 명을 보유하고 있었지만 이미 구타이에게 충성을 맹세한 부족 중의 하나이다. 유렌이 눈을 가늘게 뜨고 구타이를 보았다.

"나리. 이번 일이라면 어떤 일을 말하시는지요?"

"응. 그것은……."

구타이의 시선이 안쪽 침상에 나란히 누워 있는 세 자식을 훑고 지나갔다. 넓고 호화로운 방이다. 양초가 사방에 켜져 있었고 방바닥과 벽에는 양탄자와 짐승 가죽으로 덮여 있다.

"좀 정리를 할 것이 있어. 별일 아냐. 그러니까 넌 애들하고만 있으면 돼."

구타이가 제법 길게 말했더니 유렌이 흰 이를 드러내며 웃었다. 유렌은 세 자식을 낳았어도 아직 어리고 곱다. 한족과 서역인의 혼혈이어서 키도 컸고 몸매는 사슴처럼 날씬했다. 구타이는 이제 60대 후반이었지만 아직도 정력이 넘쳐흐른다. 유렌이 구타이의 시선을 받더니 수줍게 웃었다.

"나리. 침대로 가실까요?"

구타이에게 이렇게 말하는 여자도 유렌뿐일 것이다.

김산은 골짜기 위의 바위에서 아래를 내려다보았다. 바위틈에 두 사내가 들어가 있다. 사내들은 김산이 바로 위를 스치고 지났어도 전혀 눈치채지 못했다. 그도 그럴 것이 김산의 몸은 형체가 없었기 때문이다. 대기 상태가 되어 바람과 함께 흘러간다. 진기를 빨아들여 몸이 수억 년 전의 생물(生物) 이전의 상태가 된 것이니 무공이라고 볼 수도 없다. 우연히 자연 현상에 섞여 수억 년 전으로 돌아갔다가 나오는 것으로 설명이 될 뿐이다. 아래쪽에서 목소리가 울렸다.

"우랄 산맥을 거쳐 가려면 이곳을 지나야만 해. 쿠추나 누구를 막론하고."

목소리에서 공력이 느껴졌다. 상당한 고수다. 다시 사내가 말을 이었다.

"한때 강호를 횡행했던 내가 동포의 바위틈에 박혀 산적처럼 한 놈을 기다리고 있다니 한심하군."

"그 한 놈이 괴물 아닌가?"

다른 목소리가 말을 받았다.

"수백 명 값어치를 하는 놈이야. 북부 총독을 지내다가 지금은 제국의 중앙군 사령관 아닌가? 그놈 값어치를 금화 1천 냥을 받다니, 헐값이지."

"설산인은 동굴에 있나?"

"있겠지. 축시(오전 2시)경에 좌측 초소에 간다고 했으니 지금은 들어갔을 거야."

김산은 머리를 들고 위쪽을 보았다. 위쪽 동굴에 설산인 방태산의 지휘부가 있는 것 같다.

석태자의 5대 제자는 춘, 하, 추, 동, 일로 불렸는데 본래의 이름은 철저히 감추고 살았다. 춘이 가장 형이며 일이 막내였지만 나이는 뒤죽박죽인 것이 무공의 성취가 늦고 빠름이 나이순이 아니기 때문이다. 그러나 5대 제자의 무공 수준은 방태산이 데려온 무림 영웅보다 나으면 나았지 뒤지지 않았다. 또한 5대 제자가 연합하여 펼치는 공력은 2배가 증가하여 지금까지 천하무적이다. 그야말로 중원의 고수는 날마다 일어나며 곳곳마다 영웅이 나타난다는 옛말이 틀리지 않는다.

"교주. 저희들이 시라곤성의 저택을 맡게 된 것입니까?"

5대 제자 중 맏형인 춘이 묻자 석태자가 시선을 들었다. 이곳은 시라곤성 안의 민가다. 구타이의 대저택 앞쪽에 위치한 저택이다.

"그렇다. 저택 경비병 다음으로 마지막 방어선 역할이다."

석태자의 얼굴에 쓴웃음이 번졌다.

"골짜기의 설산인 무리에다 저택 경비병, 그다음이 저택의 무림인이고 마지막이 우리 차례다."

그때 둘째 하가 주위를 두리번거리는 시늉을 했다. 수염이 길고 얼굴이 붉어서 가장 나이 들어 보인다.

"교주, 질녀 되시는 분은 어디 있습니까?"

"근처에 있다."

다섯의 시선을 받은 석태자가 시치미를 뚝 뗀 얼굴로 말을 이었다.

"지금도 우리를 보고 있을 것이다."

"변신술을 합니까?"

추가 묻자 석태자는 머리를 끄덕였다.

"무공 깊이는 너희들과 비슷하겠지만 특별한 재주가 있지. 너희들이 감히 엄두를 내지 못할 재주다."

"그것이 무엇입니까?"

이번에는 동이 물었을 때 막내 일이 대신 대답했다. 가는 몸매에 여자 같은 용모의 사내다.

"여자이기 때문이죠."

여자 목소리다. 일은 남장녀인 것이다.

"그렇다. 그 내막은 나도 잘 모른다."

쓴웃음을 지은 석태자가 다섯 제자를 둘러보았다.

"내가 내 질녀는 우리들의 감시로 떼어 놓았다. 우리 주변을 감시하는 역할이지."

5대 제자가 제각기 머리를 들고 집안을 둘러보는 시늉을 했으므로 석태자가 다시 웃었다.

"매사에 신중하라는 뜻이야. 구타이도 지금 내가 말한 함정 이외에 또 다른 장치를 만들어 놓고 있을 것이다. 그것이 구타이가 70 가깝게 살아온 이유가 되겠지."

"교주, 쿠추는 언제 오리라고 생각하십니까? 무작정 기다리는 것입니까?"

넷째 동이 묻자 석태자가 머리를 저었다.

"아니다. 쿠추는 이미 와 있다."

다섯 제자의 시선이 모였고 석태자가 말을 이었다.

"지금 우리 위에 떠서 내 말을 듣고 있을지도 모른다. 하지만……."

그때 석태자의 말을 일이 이었다.

"불필요한 접전은 피하려는 것이겠죠. 쿠추의 목표는 구타이의 세자식일 테니까요."

석태자는 대답 대신 웃음만 띠었고 방 안은 정적이 덮였다.

머리를 든 방태산이 차경을 보았다. 눈썹이 모아져 있다.

"이보게, 무슨 기척을 느끼지 못했나?"

"모르겠는데요?"

땅바닥에 암기를 늘어놓고 있던 차경이 주위를 둘러보며 물었다.

"어떤 기척 말입니까?"

"동굴 안의 기류가 흘러가고 있어."

"기류라니요?"

"대기의 흐름 말이야."

"그것 참."

쓴웃음을 지은 차경이 이번에는 동굴 안을 주의 깊게 둘러보았다. 한낮, 미시(오후 2시)가 조금 못되었다. 그러나 동굴 안은 군데군데 촛불을 켰고 구부러진 곳은 짙게 어둠이 덮였다. 차경이 꼿꼿이 세워진 촛불의 불꽃을 보면서 말을 이었다.

"설산 대인, 불꽃도 흔들리지 않습니다. 우리가 뱉는 숨결뿐인 것 같은데요?"

"나는 대기의 다른 냄새를 맡았어."

가부좌를 틀고 앉은 설산인이 지그시 앞쪽의 벽을 보면서 말했다.

"대기 속으로 다른 기류가 섞여서 움직이고 있네, 그래서 불꽃도 흔들리지 않는 거야."

"무슨 말씀인지."

"수억 년 전 진기를 마시면 몸이 대기로 변하게 된다네."

"이야기는 들었습니다."

"쿠추의 둔갑술은 그것 때문이야."

"진기를 마셨단 말입니까?"

"그놈이 신출귀몰하는 이유는 그것뿐이야."

"도대체 어느 곳에서 그 수억 년 전의 진기를 마셨단 말입니까?"

"지금도 깊은 동굴, 또는 절해고도의 원시림에 진기가 쌓여 있다는 전설이 있네, 쿠추가 그곳에서 진기를 먹은 거야."

"지금 이곳에 쿠추가 있다는 말씀입니까?"

"나는 냄새로 느꼈어."

숨을 들이켰던 방태산이 머리를 기울였다.

"지금은 모르겠군, 아우하고 이야기를 길게 하다 보니까 대기 속의 기류가 흐트러져 버렸네."

동굴 밖으로 나온 김산의 얼굴에 쓴웃음이 번져 있다. 방태산은 자신의 존재를 알아챈 것이다. 대기 속의 기류가 흐트러져 버렸다고 했지만 방태산은 알고 있었다. 방태산이 움직이지 않은 것은 동굴 안에서는 대적하기가 불리했기 때문이다. 차경은 거치적거릴 뿐 도움이 안 된다. 김산은 동굴 앞 바위 위에 앉아 기다렸다. 방태산은 곧 나올 것이다. 차경에게 자신의 존재를 알아챈 듯이 이야기를 한 것은 은근한 암시다. 내가 네 존재를 알고 있으니 밖에서 만나자는 말이었다. 그리고 진기를 흡입한 과정도 전설이라고 했지만 알고 있다. 김산은 심호흡을 했다. 과연 방태산의 공력은 어느 정도일 것인가? 그때 김산은 뒤쪽 대기가 흔들리는 것을 알았다. 북서풍의 바람이 불고 있었지만 거슬러오는 존재, 머리를 돌린 김산은 바로 눈앞에 선 방태산을 보았다. 방태산이 어떻게 동굴을 나왔단 말인가? 김산은 동굴 입구를 내려다보고 있었던 것이다. 김산은 본체를 다 드러내놓고 서 있는 상황이다. 시선이 마주쳤을 때 방태산이 빙그레 웃었다.

"쿠추, 여기서 만나는군."

방태산은 65세, 흰 머리칼과 흰 수염이 바람에 보기 좋게 흔들렸고 붉은 얼굴은 동안이다. 손에 10자가 되는 선장을 짚고 있었는데 선장 끝에 어른 주먹만 한 쇠뭉치가 붙어 있다. 이른바 혈장(血丈)이다. 쇠뭉치에 맞아 머리가 부서진 무림인이 수백 명이라는 소문이 났다.

"오늘이 네 제삿날이다."

방태산이 시선을 준 채 말을 이었다.

"네가 진기를 먹고 대기 중에 떠도는 육신으로 변신하지만 그것을 잡는 방법이 있지."

김산은 잠자코 시선만 주었고 방태산의 말이 이어졌다.

"생명체는 유한(有限)한 존재라는 것을 아느냐? 네가 진기 덕분으로 기류를 탄다지만 보아라."

그 순간 방태산이 선장을 땅바닥에 내리찧었다.

"꽝!"

폭음이 울린 것은 10자 높이의 선장 끝이 폭발했기 때문이다. 다음 순간 사방이 흰 연기로 뒤덮였다. 쇠뭉치 안에 든 분말이 화약과 함께 터진 것이다. 분말은 초독이다. 마시는 순간에 몸이 녹으면서 순식간에 한 줌의 검은 덩어리가 된다. 피부에 닿아도 살 속으로 독이 파고 들어가 일각도 안 되어서 절명한다. 그러나 방태산은 이미 초독에 면역이 된 육신이다. 피부는 고기비늘처럼 면역체로 덮였고 숨을 쉬지 않고 일각(15분)까지 버틸 수가 있는 터라 두 눈은 활기로 번들거렸다. 쿠추가 몸을 대기로 변신시킨다고 해도 무거운 초독은 기류를 눌러 덮을 것이었다. 더구나 흰 초독은 쿠추의 기류가 된 몸을 선명하게 부각시키게 된다. 그 순간 방태산이 눈을 치켜떴다. 쿠추가 기류로 변신하지도 않은 것이다. 그대로 선 채 방태산을 향해 빙그레 웃었다. 초독에 온몸이 싸여 있는데도 피부가 근지럽지도 않은 것 같다. 그때 쿠추가 말했다.

"노추(老醜), 기껏 낸다는 꾀가 이것이냐?"

그러고는 시선을 준 채 말했다.

"자, 보아라."

그 순간 방태산이 눈을 치켜떴다. 하마터면 숨을 들이켤 뻔 했으므로 등에 식은땀이 배어 나왔다. 쿠추가 숨을 가득 들이켠 것이다. 그러자 초독이 물줄기처럼 쿠추의 입안으로 빨려 들어가는 것이 보였다. 됐다. 심장 박동이 빨라진 방태산이 선장을 고쳐 쥐었다. 이제 숨통을 끊으리라.

김산은 폐에 가득 초독을 들이켰다. 처음 만난 독이다. 이 세상에 수만 가지의 독이 있으며 그것을 혼합시키면 수십, 수백만 가지의 새로운 독이 생성된다. 그 독성도 혼합하면서 몇 배로 증가되기도 하지만 지워지기도 하는 것이다. 김산은 폐에 들어간 초독의 강력한 반응을 느꼈다. 엄청난 극독으로 다시 만들어진 것이다. 폐가 순식간에 녹을 만한 극독이다. 그 순간 김산이 얼굴을 펴고 웃었다. 그러고는 막 이쪽으로 선장을 찔러오는 방태산을 향해 폐에 담긴 초독을 입으로 뿜어내었다.

"푸악!"

초독이 입 밖으로 뿜어 나온 순간 대기와 혼합하여 불길이 일어났다. 푸른 불길이다. 화살처럼 뿜어진 푸른 불길이 방태산의 몸을 덮었다. 그러나 방태산은 이미 허공으로 뛰어오른 후였다.

"이놈 쿠추, 과연 대단하구나."

허공으로 솟은 방태산이 일갈하자 골짜기가 울렸다. 골짜기 좌우에 매복하고 있던 2개 조가 들었을 터다. 그때 김산이 맞받아 소리쳤다.

"방태산, 무공을 펴라!"

그러고는 몸을 솟구쳐 허공으로 뛰어올랐다. 단숨에 20자(6m) 높이로 떠올랐을 때 하강하던 방태산이 몸을 비틀더니 몸부림을 치듯이 다시 솟아올랐다. 선장이 비스듬한 곡선을 그으면서 김산의 허리를 향해 날아왔다. 엄청난 내공이다. 두 치 두께의 선장이 기둥 같은 압력을 뿜었고 초독을 흩트리며 강풍이 몰려왔다.

"옳지."

허공에 뜬 김산이 눈을 치켜뜨고 소리쳤다. 호적수를 만난 기쁨으로 가슴까지 뛰었다. 김산이 몸을 비틀면서 두 손을 앞으로 펴고 선장을 향해 내뿜었다. 장풍(掌風)은 일어나지 않았다. 다만 몸의 기가 두 손으로 모이면서 엄청난 내력이 선장을 막았고 그 반동으로 방태산의 몸이 뒤틀렸다.

"앗."

그때까지도 허공에 떠 있던 방태산이 저절로 놀란 외침을 뱉으면서 떨어졌다. 방태산은 7할의 공력을 쏟은 터라 얼굴에 땀이 배어 나왔다. 방태산의 발이 땅에 닿은 순간이다. 이어서 땅바닥에 떨어진 김산이 바람처럼 방태산 앞으로 다가갔다. 눈을 치켜뜬 방태산이 선장의 중심 부근을 쥐더니 바람개비처럼 돌려 김산의 접근을 막았다. 선장이 회전하면서 방태산의 모습은 보이지 않는다. 그때였다. 김산이 한 손을 쭉 뻗으니 선장의 회전 사이로 팔이 들어갔다.

"엇!"

놀란 방태산이 주춤 상반신을 젖혔지만 늦었다.

"철썩!"

귀뺨을 얻어맞은 방태산이 세 걸음이나 뒤로 물러났고 돌리던 선장을 멈춰 세웠다.

"이, 이놈."

귀뺨을 맞은 뺨이 화끈거리는 것보다도 치욕감을 느낀 방태산의 얼굴이 하얗게 굳어졌다. 그러자 흰 얼굴에 김산의 손자국이 붉게 드러났다.

"이놈!"

방태산이 선장을 내던졌다. 그러고는 두 손을 뻗은 순간 양손에서 1백여 개의 독침이 날아왔다. 음기다. 김산과의 거리는 오직 세 발짝, 이 거리에서는 음기를 맞는 수밖에 없다. 전설의 영웅 천공선사라도 이 거리에서는 '받고 삭인다'고 했다. 피한다는 건 거짓말이다. 그 순간 방태산은 숨을 들이켰다. 김산이 사라진 것이다. 바로 이때 김산이 대기로 변신했다. 무림기(武林記)에도 없는 장면이다. 그동안 수천

번 접전을 치러본 방태산이다. 쿠추가 진기를 마셔 대기로 변신한다는 것도 알고 있던 방태산이다. 그러나 접전을 치를 적에는 형체를 갖춰야 내력(內力)을 얻는다.

"오오."

어깨를 부풀린 방태산이 다시 소매 안에 든 암기를 꺼내 다시 앞쪽에 대고 내뿜었다. 이번에는 작은 구슬 수십 개가 퍼져 나간다.

"탕! 탕! 탕! 탕! 탕!"

구슬이 쏟아지듯 퍼지면서 폭발했는데 수십 개가 거의 동시에 폭발하는 바람에 골짜기가 울렸다.

"대인!"

그때 뒤쪽에서 외침 소리가 들리더니 두 사내가 나타났다. 효장과 기홍성이다.

"우리가 돕겠소!"

날아오면서 접전을 본 터라 둘은 제각기 좌우로 갈라섰다.

"우리도 왔소!"

다시 아래쪽에서 외침이 울렸다. 주토와 황방이다. 동굴에 있던 차경도 밖으로 나와 협력할 준비를 갖추고 있다. 방태산이 주위를 둘러보았다. 수정탄이 폭발하면서 사방 30자 안은 불길이 번져 있었는데 허공에 떠 있던 어떤 물체도 화상은 입었을 것이다. 쿠추가 예외일 리가 없다. 방태산이 앞쪽을 응시한 채 소리쳤다.

"나를 중심으로 원진을 만들고 움직이지 마라! 놈은 지금 이 안에 있어!"

"대인, 놈이 대기로 변한 것이오?"

기홍성이 소리쳐 묻자 주토가 대답했다.

"그렇다니까! 움직이지 말게! 앞쪽 잡초나 불길이 흔들리는가 보라고!"

"이런 빌어먹을."

황방이 투덜거렸다.

"대기로 변신한 괴물은 오늘 처음 상종하는군."

그때 방태산이 소리쳤다.

"대기로 되어 있으면 흘러갈 수는 있어도 공격해오지는 못해, 몸이 형체를 갖춰야만 공격을 할 수 있는 거야. 그러니까 놈이 형체를 갖추기 직전에 잡아야 해."

그 순간 방태산이 소매에서 한 뭉치의 보따리 같은 것을 꺼내 들었는데 햇볕을 받아 반짝였다.

"아니, 그것이 무엇이오?"

주토가 묻자 방태산이 손에 쥔 뭉치를 늘어뜨렸다.

"은실로 만든 그물이야."

그물의 끝에 끈이 달렸고 그것이 방태산의 손목에 묶여 있다. 방태산이 이 사이로 말했다.

"이 그물은 산(酸)으로도 끊을 수가 없어. 쿠추 그놈이 몸의 형체를 갖추기 직전에 이걸 덮어씌우면 되는 거야."

방태산이 아직도 손자국이 남아 있는 얼굴을 들고 주위를 둘러보았다.

"이놈, 쿠추, 네가 듣고 있어도 상관없다. 나오너라."

대기로 떠 있는 김산의 몸은 수십억 년 전 지구가 생성되었을 때의 상황이 되어 있다. 아직 본체가 만들어지지 않은 상태. 그러나 이것이 모여 아주 작은 미생물에서부터 발전이 되었으리라, 김산의 몸이 그 수십억 년 전의 진기 상태로 빠졌을 때 마치 엄청난 무게에 눌린 물체가 흔적도 없이 찌그러지듯이 동화되었다가 돌아온 것이다. 따라서 지금 김산의 이 상태는 무공의 높고 낮음에 상관없다. 돌연변이라고 봐야 옳다. 방태산의 말을 들은 김산이 사방에 흩어진 진기를 모으면서 땅바닥으로 내려섰다.

"와앗!"

순간 이쪽저쪽에서 탄성과 외침이 동시에 일어났다. 김산이 여섯이 둘러싼 한복판에 형체를 만들고 내려섰기 때문이다.

"으음. 이놈. 드러냈구나."

방태산이 눈을 치켜뜨고 웃었다. 손에 든 은 그물이 천천히 흔들리고 있다. 그러나 김산의 속셈을 알 수 없었으므로 눈동자가 잠깐 흔들렸다. 조금 전에 바람도 차단시키는 선장의 회전을 뚫고 귀싸대기를 맞은 것이다. 다행히 둘러선 다섯은 그 장면을 보지 못했다. 완전히 형체를 만든 김산의 옷자락이 펄럭였다. 이제 갖췄다. 그 순간이다. 기합 소리도 없이 김산의 몸 위로 하나가 덮쳐 왔다. 방태산의 수하 다섯 중 가장 성질이 과격한 녹림 출신 기홍성이다. 손에 쥔 것은 양날의 장검, 그동안 수백의 무인을 죽인 피 냄새가 생생한 검으로 김산의 몸통을 겨누고 떨어지면서 후려쳤다. 눈부신 검법, 순식간에 7행(行) 3보(步)의 초식을 펼치면서 7번 김산의 몸을 베었는데 그것이 한 번 솟구쳤다가 떨어지면서 이룬 검법이다. 다섯 쌍의 눈이 그것을 응시하면서 감탄했다.

"오오."

감동을 참지 못한 효장이 탄성을 뱉었다. 보라, 김산의 몸이 갈라지고 있다. 몸통이 비스듬히 쪼개지고 목이 베였으며 허리가 두 동강이 났고 나중에는 팔이 떼어졌다.

"아앗!"

다음 순간 효장이 뛰어들었는데 모산파의 절기인 태공법(太空法)을 썼다. 장검을 크게 휘둘러 공간을 만들면서 그 안에 들어온 상대를 도마 위의 고기처럼 요절을 내는 법이다. 태공법에 36가지 계책이 있는데 효장은 제35계, 36계를 연거푸 썼으니 최고위계를 쓴 셈이다. 보라, 기홍성의 7행검이 또다시 작동을 했고 효장의 태공법이 좌우에서 맞받으니 김산의 몸은 또다시 수십 가닥으로 찢어졌다. 이것이 모두 눈을 두어 번 깜박이는 순간에 일어난 일이다. 효장과 기홍성의 검광이 주위를 뒤덮었으므로 방태산을 포함한 넷은 두 걸음씩 물러서야 했다. 거들면 방해가 되는 것이다.

"아앗!"

다음 순간 외침이 기홍성한테서 일어났다. 두 번째 7행장의 네 번째 검기(劍技)를 펼치던 기홍성은 애가 끓었던 상황이다. 검이 분명히 쿠추를 쪼개고 가르고 지났는데도 감촉이 느껴지지 않았기 때문이다. 눈으로는 분명히 베었다. 살이 갈라져 내장이 보였고 핏줄까지 보였는데도 검에는 감촉이 없는 것이다. 주위의 동무들이 감탄사를 뱉는 것은 그들도 같이 보았기 때문이리라. 그런데 당사자는 안개를 베는 느낌이니 소름이 돋는다. 다음 순간 기홍성은 몸을 비튼 쿠추가 불쑥 내뻗은 손이 자신의 몸을 뚫고 들어오는 것을 느꼈다.

"으아악!"

저도 모르게 입에서 처절한 비명이 터진 것은 어쩔 수가 없다. 손이 뱃가죽을 뚫고 들어오는 고통은 부처님도 참지 못했을 것이다.

"으아아악!"

다시 기홍성의 비명이 골짜기를 울렸고 그때 기홍성의 배에서 뽑혀 나온 엄청난 양의 내장이 목에 감기기 시작했다. 김산이 감는 것이다. 둘러선 네 명은 전율했다. 다만 김산 뒤에 선 효장이 태공법의 최고위계 3개를 다시 시연하느라고 기홍성의 창자는 못 보았다. 김산의 몸이 가로막고 있었기 때문이다.

"에익!"

골짜기가 떠나갈 듯한 기합이 울린 것은 그 순간이다. 방태산이 날아올랐기 때문이다. 방태산은 허공으로 솟아오르면서 김산을 향해 은 그물을 던졌다. 그물이 펴지면서 지름이 20자(6m)나 되는 장막이 땅바닥을 뒤덮었다. 김산과 기홍성, 효장까지를 덮어버린 것이다.

"됐다!"

탄성은 둘러섰던 주토와 차경, 황방의 입에서 동시에 터졌다. 은망은 촘촘해서 안이 보이지도 않았기 때문에 꿈틀거리는 형체만 드러났다.

"에익!"

다음 순간이다. 방태산이 은망을 향해 품에서 꺼낸 주먹만 한 가죽 주머니를 던졌으므로 셋은 숨을 삼켰다.

"퍽!"

꿈틀거리는 은망에 부딪친 가죽 주머니가 터지면서 푸른색 액체가 뒤덮었다.

"대인!"

놀란 주토가 소리쳤을 때다. 다시 가슴에서 가죽 주머니 하나를 꺼낸 방태산이 소리쳤다.

"어쩔 수 없다."

방태산이 꿈틀거리는 은망을 향해 다시 가죽 주머니를 던졌다. 그 순간이다.

"꽈꽝!"

엄청난 폭음이 울리면서 은망이 폭발했다. 은망과 함께 불덩이가 솟아올랐는데 옷가지와 인체의 팔다리까지 어지럽게 허공으로 솟아 오른다. 은망에 덮인 셋이 함께 폭사한 것이다.

"집안에 든 뱀을 잡으려면 집을 태우는 수밖에 없다."

파편이 흩어져 떨어질 때 방태산이 소리쳐 말했다.

"은망이 덮이면 만 근 무게가 되어서 빠져나가지 못한다. 어차피 은망에 들면 죽는다."

그때서야 허공으로 솟아올랐던 팔다리가 분분히 땅바닥으로 떨어졌다.

"어이크!"

놀란 주토가 한 걸음 뒤로 물러섰다. 발 앞에 효장의 머리통이 떨어졌기 때문이다. 이제 은망이 덮인 곳에 지름이 20자(6m), 깊이가 10자(3m)나 되는 구덩이가 파였고 흰 연기만 오른다. 사방 30보 넓이로 찢긴 인체의 사지와 부서진 바위조각이 흩어져 있을 뿐이다.

"쿠추는 죽었소?"

주토가 퉁명스럽게 묻자 방태산이 눈을 치켜뜨고 대답했다.

"그놈이 숨 쉬는 생명체라면 죽었다."

그들로부터 2백 보쯤 위쪽의 바위 위에 김산이 앉아 있다. 폭발과 함께 몸이 떠올랐고 그대로 이곳에 떨어진 것이다. 김산이 자신의 몸을 내려다보았다. 온몸이 찢기고 터져서 참혹한 모습이다. 지금까지 온갖 무기와 갖가지 방법의 무술을 겪었지만 은망은 처음 겪었다. 방태산이 말한 대로 은망을 덮어쓴 순간 진기를 응용할 수 없었기 때문에 은망 안에서 효장과 대결을 해야만 했다. 이미 기홍성은 숨이 끊어졌기 때문에 다행이었다. 진기를 응용하지 못한 자신의 무공(武功)은 절반 이하의 능력으로 나타났고 효장의 숨통을 끊는 데 3합(合)이나 부딪쳐야 했던 것이다. 그것도 갈수록 무거워지는 은망 안이었기 때문에 조금만 더 시간을 끌었다면 기력을 잃을 뻔 했다. 방태산이 폭약으로 은망 자체를 날려 버린 것은 극단적 선택이었지만 그것이 오히려 김산을 살린 셈이다. 폭발하면서 은망이 벗겨졌고 이렇게 참혹한 꼴이 되었지만 밖으로 나왔기 때문이다. 정좌한 김산은 진기를 끌어들여 찢기고 갈라진 외상을 치유하기 시작했다. 내장까지 찢겼고 다리 한쪽은 떼어졌지만 붙일 수는 있다. 그러나 회복하려면 시간이 걸릴 것이다.

선교주 석태자가 5대 제자와 함께 구타이를 만났을 때는 술시(오후 8시) 무렵이다. 구타이는 방태산과는 격이 다르게 정중한 자세로 석태자를 맞았는데 상석을 권하기까지 했다.

"잘 오셨습니다. 이제는 천군만마를 얻은 것 같습니다."

구타이가 웃음 띤 얼굴로 인사를 했다.

"아리카부케 황제를 위해 잔명을 바치고 죽을 작정입니다."

옆자리를 권한 구타이가 다변이 되었다. 근래에 드문 일이다. 곧 주연상이 들어왔고 거대한 진막 안에서 악공들의 음악 소리가 울려왔다. 이것도 드문 일이었지만 석태자는 모른다. 그때 술잔을 든 구타이가 석태자를 보았다.

"대인, 함께 오신다던 여방주는 오지 않습니까?"

강채기를 묻는 것이다. 이미 아리카부케로부터 연락을 받은 터라 구타이가 묻는 것은 당연하다. 석태자가 웃음 띤 얼굴로 대답했다.

"자취를 드러내고 싶어 하지 않아서요. 필요할 때 곧 모습을 보일 것입니다."

음악 소리가 컸고 술기운이 들어간 5대 제자가 웃고 떠드는 바람에 진막 안은 활기에 찼다. 그때 석태자가 구타이에게 넌지시 물었다.

"설산인은 어디 있습니까?"

"예, 새 임무를 맡고 떠났지요."

석태자의 시선을 받은 구타이가 빙그레 웃었다.

"설산인이 은망으로 쿠추를 잡았지만 형체를 찾지는 못했습니다."

"오면서 들었습니다."

"혈전을 치렀지요. 설산인 휘하 고수가 둘이 죽었습니다."

"……."

"결국 설산인의 은망과 폭약으로 쿠추를 제압한 것입니다."

"쿠추가 죽었다고 생각하시오?"

불쑥 석태자가 묻자 구타이는 빙그레 웃었다.

"천만에요, 설산인의 말은 절반만 믿습니다. 은망에 잡아넣었다는 것까지 말입니다."

구타이가 흰 수염을 쓸어내리면서 웃었다.

"내가 수백 번 전쟁을 치른 장수요. 전쟁은 무공을 겨루는 것보다 더 힘이 드는 법이오."

"그럼 설산인은 쿠추를 찾으러 간 것입니까?"

"그런 셈이지요."

구타이가 외면했으므로 석태자는 쓴웃음을 지었다. 말하고 싶지 않은 눈치를 보인 것이다. 한 모금 술을 삼킨 석태자가 다시 입을 열었다.

"내가 이곳에 온 이유는 쿠추를 잡기 위해서인데 내가 할 일이 별로 없는 것 같습니다. 설산인한테 맡기고 돌아가도 되지 않겠습니까?"

"아니, 무슨 말씀을."

정색한 구타이가 자리를 고쳐 앉았다.

"내가 말씀드리지요, 설산인은 고수들과 함께 북부의 수도 타이렌으로 떠났습니다."

목소리를 낮춘 구타이가 말을 이었다.

"타이렌에 있는 쿠추의 처자식을 잡아 오려는 것이지요. 내가 시켰습니다."

"……."

"그동안에 선교주께서는 만일을 대비해서 나와 내 가족을 지켜주시기 바라오."

"가족이라면."

석태자가 은근한 시선으로 구타이를 보았다. 주위의 소음은 더 높아져 있다. 5대 제자는 구타이와 석태자가 밀담을 나누고 있는지를 아는 것이다. 소음을 내어 둘의 밀담을 도와주고 있는 셈이다. 그때 구타이가 대답했다.

"내가 늦게 만든 세 자식들이 있소, 이것들이 마음에 걸려서 그럽니다."

“허어, 그러셨군요.”

커다랗게 머리를 끄덕인 석태자가 얼굴을 펴고 웃더니 묻는다.

“아니, 그럼 쿠추가 그 가족들을 노린단 말씀이오?”

“그렇습니다. 놈은 내 가족을 노릴 것이오. 그중에서도 내 자식들을.”

구타이의 표정이 어느덧 굳어져 있다.

강채기의 모습은 흐려져서 마치 어둠 속에 파묻힌 것 같다. 깊은 밤, 북부의 수도 타이렌의 동문 광장 위로 눈바람이 휩쓸고 지나갔다. 눈에 덮인 광장은 텅 비었다. 민가의 불빛은 드문드문 켜져 있지만 안쪽 상가는 짙은 어둠 속으로 가라앉은 지 오래다.

강채기가 다시 발을 떼어 상가를 지난다. 상가의 끝 쪽은 타이렌의 내성(內城), 지금은 북부 총독 대리가 통치하고 있지만 전(前) 총독의 가족은 아직도 내성의 안쪽을 차지하고 있는 것이다. 그것은 곧 전(前) 총독 쿠추가 다시 돌아온다는 의미나 같다.

강채기의 옷자락이 바람에 펄럭였다. 눈만 내놓은 검은 두건에 검게 물들인 곰털 바지에 저고리를 걸쳤다. 손발 또한 털가죽 장갑과 장화로 무장한 강채기의 모습은 어둠 속에 잠겼다가 드러내기를 반복하면서 내성으로 다가가고 있다.

이곳의 지붕은 낮은 데다 눈에 덮여 있다. 경공을 펼치면 한걸음에 지붕과 지붕 사이를 뛰는 강채기지만 그 지붕에 족적을 남기지 않을 수 없다. 발 없는 귀신이 아닌 이상 불가항력이다.

이윽고 상가 끝에 닿은 강채기가 앞쪽의 내성을 보았다. 2백 보 넓이의 광장 건너편이다. 눈이 쌓인 광장은 개 한 마리 지나지 않는다.

눈바람만 휘몰고 갈 뿐이다.

강채기는 상가의 벽에 붙어서 한동안 움직이지 않는다. 내성의 성벽 높이는 20자. 성문은 굳게 닫혀 있고 경비군도 보이지 않았지만 성안에 있을 것이다. 자시(밤 12시)가 넘은 시간이어서 내성의 불은 모두 꺼졌다. 이윽고 강채기가 앞쪽을 향한 채 독음으로 말했다.

"이곳에서 성벽까지 족적을 남기지 않고 갈 수 있는 인간이 있어."

그때 강채기의 귀에 낮은 웃음소리가 울렸다.

"그것이 쿠추인가?"

사내의 목소리다. 강채기가 억양 없는 목소리로 대답했다.

"그렇게 말하는 분은 설산인이시군."

"동부 총독 각하의 자문역, 괴녀 아니신가?"

방태산이다.

지난번 호송대의 자문역으로 따라갔던 강채기와 방태산은 만난 적이 있다. 방태산이 지독한 꼴을 당한 셈이었지만 원한은 남지 않았다. 서로 아군인 입장이어서 살수는 펼치지 않았기 때문일 것이다.

이번에는 방태산이 모습을 드러내지 않고 말을 잇는다.

"괴녀. 내가 우렌 산맥 북서쪽에서 쿠추를 잡았지만 시체 확인은 못 했네. 그 소식 들었는가?"

그 순간 숨을 들이켠 강채기가 주위를 둘러보다가 곧 웃었다.

"그런 말은 누구라도 할 수 있지. 과연 설산인 방태산의 명성이 더 높아지겠군."

"강채기."

방태산의 목소리에 웃음기가 지워졌다.

"나도 네 이름을 듣게 되었다. 네 백부뻘 되는 선교주 석태자가 구타이 넘께 와 있게 되었으니 이제 우리는 같은 배를 탄 입장, 지금 너와 내가 맡은 일도 같지 않느냐?"

"영감 도움은 필요 없어."

"우선 저 광장을 어떻게 넘어갈 것이냐? 발자국이 찍히면 금방 내성의 북이 울린다."

강채기가 잠자코 광장을 보았다. 타이렌에 도착한 지 오늘로 사흘째, 광장은 여러 번 낮에 건넜고 성문 앞까지 다가가 안을 들여다보기도 했다. 물론 광장에 수백 인파가 모여 있을 때다. 머리를 든 강채기가 물었다.

"여기 온 목적은 뭐야?"

"너희와 같은 일을 맡았다고 하지 않느냐?"

바로 대답한 방태산이 나타나 붙어 섰는데 눈보라만 조금 뿌렸다. 방태산이 웃음 띤 얼굴로 강채기를 보았다.

"눈만 내놓고 있지만 천하절색인 줄은 알겠다."

"영감. 내가 옆에 오도록 놔둔 거야. 그쯤은 알고 있겠지?"

강채기가 방태산을 훑어보며 꾸짖듯 말했다. 방태산과의 거리는 두 걸음 간격이었고 나란히 상가의 벽에 붙어서 성벽을 바라보는 자세다. 방태산 또한 검정색 옷으로 갖춰 입었고 머리에 두건을 써서 눈만 내놓았다. 허리에 검정색 검집에 든 장검을 차고 있는 것만이 다르다. 방태산이 쓴웃음을 지었다.

"네가 화기술을 닦았다는 것도 알고 석태자를 백부로 모신다는 것도 안다. 하지만 석태자가 한때 나를 사형으로 모셨다는 것은 모르겠구나."

강채기가 입을 다물었고 방태산의 말이 이어졌다.

"30여 년 전이지. 네 부친인 당문의 강득귀가 살아 있다면 널 꾸짖었을 것이다. 강득귀도 날 사형이라고 불렀으니까."

"실없는 소리를 하는 영감이군. 난 백부로부터 영감 이야기를 듣지 못했어."

"그야 의절했으니까. 그래서 지난 이야기들은 싹 지운 거다."

"그러니까 지난 이야기 하지 마. 영감."

강채기가 날카로운 목소리로 덧붙였다.

"그 자리에서 요절이 나지 않으려면 말이야."

"내성 안에 쿠추의 처자식은 없어."

불쑥 방태산이 말하자 강채기가 입을 다물었다. 눈보라가 그들 쪽으로 휘몰아쳐 와 옷에 눈가루를 뿌려놓았다. 밤이 깊을수록 추위가 기승을 부리고 있다. 방태산이 턱으로 내성을 가리켰다.

"저곳은 함정이야. 내가 그 말 해주려고 너한테 접근한 것이라고."

강채기가 처음으로 머리를 돌려 방태산의 얼굴을 똑바로 보았다. 시선을 받은 방태산이 탄식했다.

"과연 눈만 보아도 절세의 미녀로구나. 내가 네 아비를 만났을 때는 네 아비가 혼인하기 전이었다."

"영감. 쿠추의 식구가 없다는 증거는?"

강채기가 칼을 후려치듯이 물었지만 방태산은 빙긋 웃었다.

"난 너처럼 2백 보나 되는 광장을 족적 없이 날아가는 망상은 하지 않는다. 내성 하녀의 가족을 매수해서 내막을 탐지했을 뿐이다. 더 정확하고 더 세밀하지. 쿠추 아들의 시중을 들었던 하녀였으니까."

"……."

"지금 내성에는 5중의 함정이 쳐져 있어. 쿠추 아들과 처의 대역까지 만들어놓았다."

"나한테 알려준 이유는?"

"네 힘이 필요하기 때문이지."

이제는 방태산이 정색했다.

"끝없는 꼬리잡기 놀음의 마무리에 네가 필요하다."

호흡을 길게 뱉고 난 비호수가 문득 시선을 내려 제 몸을 보았다. 보이지 않는다. 마룻바닥과 방석, 그리고 장검이 보일 뿐이다. 자신의 몸은 사라졌다. 진기(眞氣)로 변형된 것이다.

깊은 밤. 타이렌 북방의 상불사는 말만 사찰이지 북방의 토지신까지 모시는 오래된 사원이다. 비호수는 오늘도 이곳 대웅전에서 진기를 운용하고 있다. 건물이 4동이나 되는 상불사는 1백 년 전부터 빈 사찰이었다. 타이렌이 중심 도시로 발전하면서 상불사 근처의 유목민들이 모두 타이렌으로 이주했기 때문이다.

"에잇."

다시 숨을 들이마신 비호수가 기합을 뱉자 흩어졌다. 진기가 모이면서 몸의 윤곽이 드러났다. 비호수는 김산으로부터 진기를 받은 후부터 단 하루도 빼놓지 않고 수련을 거듭해왔다.

타이렌의 왕궁 방어사령관 겸 김산의 가족 보호 책임을 맡은 비호수다. 상불사에서 5리 아래쪽에는 북부군 정예 기마군단 숙영지가 있는 데다 위쪽에 바로 북부군의 본진이 있다. 그래서 비호수는 상불사를 숙소로 삼고 있는 것이다.

몸의 형체를 갖춘 비호수가 어두운 대웅전 복판에 앉아 원기를 끌어올리고 있다. 진기 상태에서 회복되었을 때 몸의 공력이 증진되는 것이다. 그동안 수없이 반복해왔지만 자신의 몸이 어떤 상태가 되어 있는지 아직 알 수가 없다.

삼관필이 10이라면 비호수는 7의 공력을 갖고 있었던 것이다. 삼관필이 혼으로만 남았으니 지금 비교는 할 수 없지만 자신의 공력이 엄청나게 증진되었다는 것은 느끼고 있다.

"장군."

어두운 대웅전 앞에서 부르는 소리가 났다. 1천인장이며 무당파 출신의 무림인 경독이다. 다가오는 기척을 듣고 있던 터라 비호수가 대답했다.

"아직 이곳을 눈치챈 것 같지는 않아. 하지만 경비는 철저히 하도록."

"놈들이 내성 주위에 몰려 있는 것 같습니다."

"기다려라. 속고 속이는 중이다."

"예. 장군."

"구타이가 제 처자를 지키려고 필사적이야. 곧 벌이 내린다."

비호수가 혼잣소리처럼 말했을 때 경독이 발소리를 죽이며 돌아갔다.

이곳 상불사에도 눈보라가 휘날렸다가 축시(오전 2시)가 되어가는 지금은 그친 상황이다. 비호수는 다시 눈을 감았다.

그렇다. 속고 속이는 전쟁이다. 과연 누가 끌려들 것인가?

채화진은 타이렌 서문 근처의 홍미관을 숙소로 삼고 있었는데 수하는 태자당 감찰 출신의 오곤과 조가성이다. 오곤과 조가성은 채화진이 태자당 태위였던 시절부터 전국을 누비면서 반역자와 무법자를 소탕해온 터라 손발이 맞았다. 하나를 시키면 둘을 가져왔고 한마디만 말해도 열 마디 뒷말을 짐작했다.

홍미관 객실은 조용했지만 옆쪽 유곽은 축시(오전 2시)가 넘어서도 여자들의 교성과 음악 소리가 그치지 않는다. 북방으로 가는 대상 1백여 명과 말 5백여 필이 이틀 전에 홍미관 손님으로 들어왔기 때문이다. 홍미관은 방이 150여 개짜리 대형 여관이었는데 이만 한 대상 손님은 1년에 한두 번이 고작이다.

서역길은 한참 남쪽이었고 타이렌을 통하는 북방길은 개척된 지 5년밖에 되지 않았다. 타이렌과 쥬단산맥, 바스크강을 건너 곧장 서진하면 피부가 눈처럼 희고 모두 황금색 머리칼을 지닌 백인국(白人國)이 나온다. 바로 갈만국이다.

서역길을 따라가면 거대한 말가리가 산맥을 넘어가야 하기 때문에 갈만국은 닿지 못하는 것이다. 대상 일행은 카라코룸에서 출발했고 대상의 대장은 오르킨, 주치 가문의 시종을 지낸 집안이니 명문(名門)이다.

40대의 오르킨은 2백여 필의 말에 남국의 비단을 싣고 왔는데 갈만에서는 황금 20만 냥의 값어치가 있는 것이다.

채화진이 앞에 앉은 오곤을 보았다. 둘 다 오르킨의 수하 차림이다. 조가성도 마찬가지였는데 셋의 위장은 오르킨만 안다. 수행원들도 셋이 오르킨의 물주 일행인 줄 아는 것이다. 채화진이 입을 열었다.

"홍모가 기밀을 팔았으니 곧 놈들이 움직일 게야."

"예. 하지만."

오곤이 주름진 얼굴로 채화진을 보았다.

"놈들의 공력이 높습니다. 제 평생에 그런 놈들은 처음이오."

"허. 네 입에서 그런 말이 나오다니."

채화진의 얼굴에 쓴웃음이 번졌다. 오곤은 47세, 20년 가까운 세월 동안 천하를 쏘다니며 온갖 무림인을 겪었다. 본인도 해동무극파의 수제자로 암기와 검술에 일가견이 있는 터라 지금까지 수백 번 접전을 겪었지만 패한 적이 없다. 그래서 살아남았지 않았는가?

채화진이 웃었지만 오곤은 정색했다.

"경공이 뛰어난 데다 살기가 뻗쳐 나와 도무지 같은 건물 안에 있을 수가 없었습니다. 특히 강채기와 방태산이 그렇습니다."

"놈들은 우리를 눈치채고 있는 거야."

채화진이 웃음 띤 얼굴로 말을 이었다.

"특히 강채기는."

"그년이 오늘 밤에도 내성 앞까지 갔다가 방태산을 만났습니다."

오곤이 말을 끝내자 채화진이 머리를 들었다.

"넌 그들을 어디까지 좇았느냐?"

"말씀하신 대로 1백 보 거리 안으로는 접근하지 않았습니다."

"풍향은?"

"회오리바람이어서 동서남북 가리지 않았습니다."

"널 따라왔을지도 모르겠다."

숨을 들이켠 오곤이 채화진을 보았다.

음악 소리가 다시 귀에 울렸고 술에 취한 사내들이 웃다가 소리쳤다. 오르킨의 부하들이다. 그때 채화진이 입술을 꾹 다문 채 말했다.

독음이다.

"속고 속이는 거야. 알면서도 속이고 모르면서도 속인다. 두 번 속이면 진실이 되고 세 번 속이면 다시 거짓이다."

5대 제자 중 하(夏)는 시라곤 생활이 마음에 들지 않았다. 시라곤은 동토의 최북단 도시니만치 사방에 쌓인 얼음은 견딜 만했지만 여흥 시설이 아무것도 없는 것이다. 유목민족인 바랴족은 술은 말이 물 들이켜듯 마시지만 여색(女色)은 즐기지 않는 것 같았다. 성안의 주점에 가면 남자 하인이 시중을 들 뿐 여자는 눈을 씻고 찾아봐도 없다.

거리에 나가면 모두 눈만 내놓고 다니는 터라 남녀는 불문하고 곰이 변복을 했는지도 알아낼 수가 없다. 여색을 좋아하는 하로서는 북방의 생활이 감옥이나 같다.

"안에 교주 계시지?"

하가 넌지시 물었더니 추(秋)가 머리를 끄덕였다.

"이틀째 수련 중이셔."

"도대체 만날 수련만 해서 뭘 하시려누? 천상에 갈 것도 아니고 말이야."

하가 괜히 트집을 잡았다. 내성 안 대저택의 행랑채에는 하와 추가 남아 있었는데 춘과 동은 지금 사랑채에서 근무를 한다. 하루를 반으로 쪼개어서 둘씩 교대 근무를 하는 중인데 5대 제자 중 여자인 일(日)은 교주의 심부름과 연락을 맡고 있다. 사랑채 내실에는 구타이의 제4부인 유렌과 세 자식이 있는 것이다.

해시(오후 10시) 무렵이다. 하가 붉은 얼굴을 들고 다시 추를 보았다.

"이봐, 아우. 계집 맛을 본 지 열흘이 넘었네. 내가 잠깐 성 밖에 다녀와야 될 것 같아."

"내 그럴 줄 알았어."

추가 이맛살을 찌푸렸다.

"교주가 아시면 추방으로 끝나지 않아. 공력을 모두 회수하고 산송장으로 만드실 거요."

"양기만 붙여 주시면 돼. 계집 하나 데리고 따뜻한 남방에 가서 살 테니까."

갑자기 벌떡 일어난 하가 분을 내었다.

"도대체 이게 무슨 꼴이냐 이 말이야. 내가 순록하고 같이 살려고 이곳에 왔나? 순록은 암컷이라도 데리고 있지. 나는 순록보다도 못한 신세가 아니냐고?"

대저택 경비조의 가장 중심이 구타이가 모아 온 12명의 무림인이다. 모두 구타이와 오랜 인연을 맺어온 충성스러운 무림인들로 그중 주장(主將)이 소림사 출신의 파계승 광문.

중원의 무림계에는 생소할 이름이지만 스스로 체득한 검법과 경공, 살수(殺手)로 구타이의 신임을 받아 장군에까지 오른 인물이다. 사천성 출신으로 당년 51세, 30세 때 수십 명을 죽인 살인범으로 체포되어 사지를 찢기는 극형을 받기 직전에 구타이가 구해내어 측근 경호를 맡긴 것이 지금에 이르렀다. 신의(信義)가 강해서 구타이를 위해 목숨을 버릴 수 있는 인물이다.

광문이 사랑채 중앙에 위치한 청을 나오다가 뒤에서 따르는 이에게 물었다. 12인 중 차석인 공치선이었다.

"안에 두 분 계신가?"

두 분이란 석태자의 5대 제자 중 두 명을 말한다. 둘은 사랑채 끝

쪽 방을 맡았는데 그곳이 안쪽 내실로 들어오는 입구였기 때문이다. 공치선이 긴 얼굴을 끄덕였다.

"춘과 동이시오."

"교주께선?"

"앞쪽 행랑채 청에서 수련 중이시고 나머지 제자 세 분도 그쪽에 계신 것 같소."

"쿠추가 온다면 과연 그들의 무공이 허명인지 실제인지 소문을 확인할 수 있겠다."

청 안과 마주선 광문이 주위를 둘러보며 말했다.

자시(밤 12시)가 되면서 얼음덩이 같은 눈이 떨어져 내렸다. 빙우(氷雨)다. 빙우는 모서리가 날카로워서 그대로 맞으면 살이 찢긴다. 하늘을 올려다본 광문이 말을 이었다.

"설산인이 쿠추를 잡았다고 하지만 믿을 수 없어. 머리통이 두 개 나온 것이 폭파된 현장에서 기홍성과 효장의 머리통만 찾아낸 것이다. 하늘을 향해 긴 숨을 뱉은 광문이 혼잣소리처럼 말했다.

"아. 이 한풀이는 언제 끝날 것인가?"

광문은 구타이와 김산과의 사연을 아는 것이다.

김산이 주막으로 들어서자 안에 모여 있던 사내들의 시선이 일제히 옮겨왔다. 자시(밤 12시)가 지났지만 아직도 빙우가 떨어지고 있다. 시라곤의 바랴족은 체구가 컸고 붉은 얼굴은 수염투성이다. 김산도 얼굴에 수염이 붙었고 붉은 얼굴이 조금도 이상하지 않았다. 동족이다. 사내들의 시선이 제자리로 돌아가는 것만 봐도 그렇다. 주막 하인이 다가오자 김산이 술을 주문했다.

"화주(火酒) 한 병."

바랴족은 고유 언어가 없었기 때문에 한어를 쓴다. 김산이 곰털 저고리 안에서 은화 한 냥을 꺼내 하인이 들고 있는 쟁반 위에 놓았다. 나무쟁반에 은화 떨어지는 소리가 주막 안을 울렸다.

"삶은 순록 다리 한 짝을 가져오게."

"그러지요."

하인이 몸을 돌렸을 때 옆쪽 자리에 앉은 세 사내 중 하나가 김산에게 물었다.

"그대는 티구 강가에서 왔나?"

"그건 왜 물어?"

이맛살을 찌푸리며 묻는 김산은 얼굴도 40대의 때에 절은 유목인이다. 사내가 눈으로 김산이 허리에 찬 휘어진 반월도를 가리켰다.

"'나는 티구 강가 바랴족이오' 하고 네 옆구리에 달린 물건이 말하고 있지 않나?"

"그대는 도리온 골짜기의 바랴족이군."

김산의 눈이 사내의 목으로 옮겨졌다. 사내의 목에는 순록의 뼈를 깎아 만든 장식물이 어지럽게 걸려 있는 것이다. 그러자 사내가 검은 이를 드러내며 웃었다. 일행 둘의 얼굴에도 웃음이 떠올랐다.

"빙우 때문에 이곳에서 밤을 새울 작정이야. 술 마실 돈도 없다네."

사내가 김산 앞에 놓인 화주를 보면서 말을 이었다.

"족장이 동원령을 내린 바람에 우리가 이 고생이야. 도대체 전쟁이 일어난 것도 아닌데 왜 이 지랄을 하는지 모르겠어."

"화주 한 병 사지."

김산이 말하자 셋의 얼굴이 동시에 환해졌다. 쓴웃음을 지은 김산이 말을 이었다.

"강가에 고기를 꽤 가져왔는데 시라곤에 그대 같은 먹보들이 많이 모인 바람에 고깃값을 잘 받았어."

김산이 하인을 손짓으로 부르고는 일렀다.

"이 불쌍한 도리온 녀석들한테 화주 세 병 순록 다리 하나를 줘. 은화 세 개면 되겠지?"

주막 안에서 환성이 울렸다.

"하(夏) 형이 성 밖으로 나갔습니다."

일(日)이 말하자 석태자가 눈을 떴다. 축시(오전 2시) 무렵, 석태자는 내력운공을 마치고 원기를 모으는 중이었다. 석태자의 시선을 받은 일이 말을 이었다.

"두 시진쯤 되었습니다."

"놈이 기어코."

쓴웃음을 지은 석태자의 눈이 가늘어졌다.

"저절로 미끼 노릇이 되는군."

"무슨 말씀이십니까?"

"하가 미끼가 되어서 고기를 끌고 올지도 모르겠다."

일이 말이 없자 석태자가 물었다.

"왜 그러느냐?"

"쿠추가 쉽게 끌려올 것 같지 않습니다."

석태자는 시선을 받은 채 침묵했다. 일도 움직이지 않는다.

일은 본명이 유로 하북성에서 6살 때 종으로 팔려온 아이를 석태자가 구해내어 딸처럼 길렀다. 7살 때부터 글과 무술을 가르쳐 24살이 된 지금 시를 지으면 문장가가 당황할 정도이고 석태자의 하산파 무공과 독창적인 72계를 전수받아서 지금은 그림자 같은 보호역이 되어 있다. 석태자가 천천히 머리를 끄덕였다.

"네 말이 맞다. 그럼 어쩌면 좋겠느냐?"

"놔두시지요."

"놔둔다면?"

"쿠추가 밖에 있다면 그물 밖으로 나온 하 형을 금방 잡지 않을 것입니다."

일의 낭랑한 목소리를 듣던 석태자가 빙그레 웃었다.

"네가 강채기보다 낫다."

"그 언니의 무공은 저보다 훌륭합니다."

"네가 닦은 학문은 따라올 수가 없지. 네 미모는 강채기와는 다른 향내가 난다."

"사부님, 과찬이세요."

얼굴을 붉힌 일의 미모는 연못에 핀 연꽃 같다. 잔잔한 연못에서 흔들리는 꽃에서 향내가 난다. 강채기는 황야에서 솟아오른 붉은 야생화다. 향기가 짙고 척박한 주변과는 전혀 다른 분위기를 풍겼다. 반면 일은 얼른 눈에 띄지 않으면서도 볼수록 눈이 가는 모습이다. 그때 석태자가 말했다.

"하가 살아 돌아오겠느냐?"

"네. 사부님."

"하가 꼬리를 달고 오겠구나."

"네. 사부님."

“네가 조금 전에 이곳이 그물 안이라고 했지 않느냐?”

석태자의 얼굴에 웃음이 번졌다

“우리가 그물 안에 갇힌 고기란 말인가?”

“그렇습니다. 사부님.”

일의 얼굴에 홍조가 떠올랐다.

“그물 안이 오히려 안전한 법입니다.”

“어부가 없는 경우겠지.”

혼잣소리처럼 말한 석태자가 문득 귀를 기울였다. 지붕을 두드리는 빙우는 아직 그치지 않았다. 그때 석태자가 다시 혼잣소리를 했다.

“방태산은 은 그물로 쿠추를 잡았다가 놓쳤지만 우리는 큰 그물 안에서 쿠추를 기다리는 셈이군.”

빙우가 내리는 소리가 다시 요란해졌다.

“아이구. 나 죽어.”

밑에 깔린 여자가 비명을 질렀지만 하는 멈추지 않았다. 육중한 몸이 거칠게 움직였고 여자의 비명은 더 높아졌다. 침상이 덜그럭거리면서 방에 켜놓은 촛불도 흔들렸다. 시라곤 성안의 여관 당항루는 주변에서 모여든 바랴족의 숙소 노릇을 한다.

“아이구, 아이구.”

여관의 방 안, 여자의 비명이 자지러지자 당황한 하가 손바닥으로 입을 막았다. 여자는 여관 종업원이다. 하가 은자 세 냥으로 유혹해서 방으로 끌어들였는데 몸이 절구통처럼 생긴 40대의 바랴족 여인이다. 그때 여자가 두 다리를 추켜올리면서 두 손으로 하의 목을 감아 안았다.

"아이구, 더 세게."

"이런 빌어먹을 년."

여자의 몸은 젖어 있었지만 비명을 질러댔기에 당황했던 하였다. 투덜거린 하가 여자의 귀에 입술을 붙이고 물었다.

"그만 해주랴?"

"더, 빼지마."

"그럼 왜 죽는다고 비명을 질러?"

"남자들은 크게 소리를 지를수록 좋아하던데 그래?"

"이런."

갑자기 성욕이 줄었고 같이 줄어든 연장 때문에 하가 당황했다. 어느덧 연장이 밖으로 빠져나왔다.

"뭐야? 갑자기 어디로 갔어?"

여자가 허리를 들썩이며 소리쳤다.

"빠진 거야? 줄어든 거야?"

그때 여자의 얼굴에 뜨거운 물이 쏟아졌다.

"에구구."

눈을 감았다 떴지만 눈에 뜨거운 물이 들어가 뜰 수가 없다. 눈이 보이지 않는다.

"에구구, 눈이."

하를 밀치고 일어나 앉은 여자가 두 손으로 눈을 비볐다. 그 순간 여자는 비린내를 맡았다.

피비린내다.

다음 날 아침 진시(오전 8시)가 되었을 때 저택 내성의 경호 총책임자 격인 광문이 석태자를 찾아왔다. 광문은 손에 꽤 무거워 보이는 보따리를 들었는데 그것을 본 순간 석태자의 눈빛이 강해졌다. 옆에서 있던 일은 외면했는데 얼굴이 하얗게 굳어졌다. 사랑채의 청 안이다. 광문이 석태자 앞에 보따리를 내려놓더니 잠자코 자리에 앉았다. 그때 석태자가 보따리를 응시하며 물었다.

"내 제자요?"

"그렇습니다."

"어젯밤에 당했구먼."

"당항루였습니다."

"거기 종업원하고 방사를 하다가 당했구먼."

"그렇습니다."

광문이 소매 속에서 접힌 종이를 꺼내 탁자 위에 놓았다. 종이에 하의 피로 딱 두 자가 적혀 있었다.

'천벌(天罰)'

동토에서 혈우(血雨)가 내리다

"천벌(天罰)이라."

종이를 집은 석태자가 입술을 비틀며 웃었다. 피로 쓴 글씨는 선명하다. 금방이라도 피가 떨어질 것 같다.

"내 제자가 천벌을 받았단 말인가?"

그때 광문이 외면하고 말했다.

"쿠추가 온 것 같습니다."

석태자는 입을 다물었고 광문이 말을 이었다.

"놈이 우리에게 도전을 해온 것 같소."

"도전?"

되물은 석태자의 시선이 광문에게 옮겨졌다. 어느덧 눈썹이 치켜 올라가 있다.

"장군은 놈을 과소평가하고 계시는군."

이 사이로 말한 석태자가 일에게 말했다.

"저 대가리를 갖다 버려라."

일이 잠자코 발을 떼어 보따리를 집더니 밖으로 나갔다. 일이 사라졌을 때 석태자가 번들거리는 눈으로 광문을 보았다.

"장군, 놈의 소문은 허명이 아니오, 조금 전에 여기 놓였던 대가리의 주인이 들었다면 서운해서 지하에 가지도 못하고 통곡을 하겠소."

광문의 시선을 받은 석태자가 입맛을 다셨다.

"죽은 내 제자 하란 놈은 석신(石身)이란 별명을 가진 놈이오, 칼로 놈을 벨 수가 없다는 뜻이지, 놈에게 장작을 뽀개듯이 도끼를 내려쳐도 도끼날이 부러질 뿐이야."

어깨를 부풀렸다가 내린 석태자가 말을 이었다.

"다만 놈이 방사를 치를 때, 그것도 사정을 하고 난 직후에 칼이 들어가지, 그놈의 연장이 컸다가 작아졌을 때란 말이오."

"……."

"그때를 기다렸다가 목을 뗀 것이지, 놈은 이미 우리 약점을 알고 있어. 그러니 어설프게 도전이란 말을 쓰지 말란 말이오."

"긴 말씀 잘 들었습니다."

정색한 광문이 머리를 숙였다가 들었다.

"그러니 교주께서도 제자 단속을 잘해주시기를 부탁드립니다."

자리에서 일어선 광문이 시선도 주지 않고 방을 나갔으므로 석태자는 어금니를 물었다.

미시(오후 2시)가 되었을 때부터 시라곤 성에 다시 빙우가 쏟아졌다. 밖에 나와 있던 행인들이 서둘러 집안으로 들어섰으므로 거리는 순식간에 텅 비었다. 이번 빙우는 아이 주먹만큼 커서 지붕을 요란하게 두드렸다. 시라곤에는 빙우가 자주 내렸기 때문에 지붕은 통나무를 그대로 썼고 돌로 덮기도 한다.

"언제 돌아갈 거야?"

도리온 골짜기 무리에 섞여 있는 김산에게 쿠할리가 물었다. 어젯밤 주막에서 사귄 도리온 골짜기의 무리들과 민가 숙소로 와 있는 것이다.

"내일쯤 떠날 거야."

김산이 빙우가 떨어지는 마당을 보면서 말을 이었다.

"빙우가 마치 투석처럼 쏟아지는군."

"어젯밤에 성안 여관에서 살인 사건이 일어났어. 성의 포리들이 몰려왔다가 빙우 때문에 갇혀 있겠군."

방안의 사내 하나가 말했다. 하가 방사 중에 죽은 여관이다. 김산이 벽에 등을 붙인 채 사내의 말을 듣는다.

"내성 대저택의 손님인 무림인이라네, 무공이 높은 놈인데 여관 하녀한테 은자 세 냥을 주고 색욕을 푸는 중에 누가 머리통을 베었다는군."

"여관 하녀 서방이 그랬나?"

누가 물었고 사내가 대답했다.

"나이 들고 못생긴 추물이라는 거야, 서방도 없고."

"그래도 남자가 있을 거야."

"하녀가 베지 않았을까?"

방안에 모인 7, 8명의 사내들이 중구난방 떠들기 시작했으므로 김산은 다시 마당을 보았다. 하가 여관으로 들어가는 것을 본 후에 주막에서 적당한 시기가 되기를 기다렸던 것이다. 하를 처음 본 순간 몸이 석질(石質)로 되어 있는 것도 알았다. 또한 온몸이 색욕으로 부풀어 있는 것을 보고는 목을 벨 기회를 기다렸던 것이다. 주막에서 쿠할리 일행과 함께 술을 마시다가 잠깐 밖으로 나와 하의 머리통을 떼고 돌아왔을 때는 일각도 걸리지 않았다. 김산은 떠들썩한 방안의 소음을 들으며 이제 내성 저택에 남아 있는 사내들이 어떻게 나올 것인가를 떠올렸다. 하의 머리통과 천벌(天罰)의 서한을 보낸 것은 경고도 아니고 도전은 더욱 아니다. 그 서한은 구타이에게 보낸 것으로 독촉장 역할인 것이다. 천벌을 받을 때가 지났다는 독촉장이다. 마당에 떨어져 부서진 빙우는 마치 하늘의 격렬한 한(恨)처럼 느껴졌다. 그러나 그 한은 한꺼번에, 단숨에 풀 수가 없다. 20여 년을 기다렸으니 천천히 철저하게 풀리라, 그래서 이렇게 변장을 하고 바랴족 사이에 끼어 있는 것이다. 하나씩 철저히 보내리라. 그래서 구타이가 더 뼈저리게 느끼도록 하리라.

시라곤 성주 하단이 경비사령관 우드리의 보고를 듣고 나서 물었다.

"성문을 봉쇄했는가?"

"예, 성주."

우드리가 하단을 보았다.

"하지만 들어오는 사람은 받도록 했습니다."

"그래야지."

"성주, 내성 안 저택에는 누가 있습니까?"

"구타이 대감의 가족이다."

하단은 아직도 구타이를 대감으로 부른다. 주위를 둘러본 하단이 말을 이었다.

"암살자로부터 가족을 보호하려는 것이야."

"가족을 암살한단 말입니까?"

"그렇다."

우드리가 붉은 수염을 만지작거리다가 하단의 표정을 보고는 입을 다물었다. 시라곤 성의 정청(政廳) 안에는 신하들이 여럿 있었지만 우드리가 바짝 다가와 서 있어서 둘의 말은 듣지 못한다. 방금 우드리는 지난밤의 살인 사건 보고를 한 것이다. 살해자가 구타이의 손님인 터라 하단의 심기는 불편했다. 하단에게 구타이는 아직도 상전이나 같다. 구타이가 도와주지 않았다면 하단은 바랴족의 통치자가 되지 못했기 때문이다. 그때 하단이 다시 입을 열었다.

"우드리, 전 병력을 풀어서 범인을 색출해라, 범인은 아직 성안에 있다."

"도망치지 않았다는 말씀입니까?"

"그렇다."

우드리의 시선을 받은 하단이 길게 숨을 뱉었다.

"범인은 쿠추다."

"쿠추라니요?"

숨을 들이켠 우드리가 되물었다.

"북부 총독 쿠추란 말씀이오?"

"그렇다."

다시 좌우를 둘러본 하단이 목소리를 낮췄다.

"나도 이제야 내막을 알게 되었어. 구타이 대감과 쿠추 사이에 악연이 이어져 있었다는 것을 말이다."

"……."

"구타이 대감이 데려온 몽골 경비군사 한 놈한테서 사타가 들었다."

사타는 하단의 위사대장이고 50대 초반의 우드리는 하단의 오랜 심복이다. 따라서 사타와 우드리는 하단의 양팔이나 같다. 하단이 말을 이었다.

"구타이 대감이 쿠추의 부모 형제를 도륙했다는 거야. 그것이 20여 년 전이라는군."

"……."

"이제 쿠추가 구타이의 처자식을 죽이려고 온 것이야."

"성주께선 그 일을 언제 아셨습니까?"

"며칠 되었어."

"왜 이제야 저한테 말씀하십니까?"

"구타이가 가족을 데리고 이곳에 온건 열흘 전이야. 이미 늦었어."

"큰일 났습니다."

우드리가 찌푸린 얼굴로 하단을 보았다.

"쿠추가 누굽니까? 쿠추의 무공은 둘째로 치고 몽골제국의 왕자들 서열의 실력자 아닙니까? 그자를 이곳에 끌어들이다니요."

"……."

"쿠추가 마음만 먹는다면 북부군 수십만을 데려오는 건 일도 아닙니다."

"그럼 내가 어쩌란 말이냐?"

눈을 치켜뜬 하단이 우드리를 보았다. 40대 초반의 하단은 용맹이 뛰어났지만 단순한 성품이다. 어깨를 부풀린 하단이 말을 이었다.

"쿠추를 잡아 죽이는 수밖에 없어."

하의 시체를 확인한 일이 따라온 군사들에게 지시했다.

"성 밖에 가져가 묻도록."

일의 시선이 옆에 놓인 보따리로 옮겨졌다. 하의 머리다.

"이 머리와 함께."

군사들이 하의 시체를 들고 나갔을 때 함께 온 추가 말했다.

"마치 두부를 자른 것처럼 깨끗하게 잘랐구나. 하 형은 복상사를 한 거다."

"목만 잘린 것이 아녜요. 사형."

피로 범벅이 되어 있는 방을 나오면서 일이 말하자 뒤를 따르던 추가 물었다.

"그럼 뭐가 또 잘렸단 말이냐?"

머리를 저은 일이 쓴웃음을 지었다.

"사내들의 다리 사이에 달린 물건도 잘려 있었습니다."

"난 못 보았는데."

당황한 추가 말했을 때 일이 앞쪽을 향한 채로 말했다.

"물건이 입 안에 넣어져 있었습니다."

"……."

"입이 딱 벌어져 있어서 넣기 쉬웠겠지요."

"……."

"온몸이 피에 덮여서 잘 보이지가 않았지요."

"쿠추 이놈."

추가 이 사이로 말했을 때 일이 혼잣소리를 했다.

"천벌은 구타이 님한테만 내리는 것이 아니라는 뜻 같군요. 각각 죄를 묻겠다는 것 같습니다."

빙우가 그쳤을 때는 유시(오후 6시) 무렵이다. 그때서야 거리에 사람들이 나왔는데 모두 서둘렀다. 만 하루 동안 빙우가 쏟아졌기 때문에 성안은 온통 얼음이 쌓여서 마차가 다닐 수 없을 정도였다. 늦은 시간이었지만 시장이 열렸고 가게들은 새벽까지 장사를 할 것이었다. 김산이 도리온 골짜기의 바랴족 숙소를 나왔을 때는 술시(오후 8시)가 되었을 때다. 숙소의 사내들은 성밖 경비로 차출되었는데 오늘밤은 돌아오지 못한다고 했다. 김산이 주막으로 들어섰을 때 안쪽 자리에 혼자 앉아 있던 사내가 시선을 주었다. 바랴족 모습이었고 30대쯤의 얼굴이다. 김산이 잠자코 앞쪽에 앉자 바로 주막 하인이 다가왔다. 하인에게 술과 안주를 더 시킨 김산이 잠자코 앞에 앉은 사내를 보았다. 사내는 김산이 북부 총독이었을 때부터 시라곤에 심어놓은 밀정이다. 사내가 입을 열었다.

"구타이는 시라곤을 떠난 지 며칠 되었습니다. 어디로 갔는지는 알 수 없습니다."

김산이 시선만 주었고 사내가 말을 이었다.

"저는 내성 밖 경비를 맡고 있어서 안의 내막은 알 수 없으나 구타이의 무림인들이 은밀하게 이번 사건을 조사하고 있다는 것입니다."

"……."

"무림인 12명과 몽골 위사대 1백 명이 구타이 가족의 핵심 경호병력이고 석태자와 5대 제자는 별동대 역할이었지요. 이번에 5대 제자 중 하나가 죽어서 석태자의 체면이 깎였습니다."

"성주 하단에 대한 원성이 높았다."

불쑥 김산이 말하자 사내가 크게 머리를 끄덕였다.

"이번 부족원을 소집시켜 성 안팎 경계를 시켜놓고는 제대로 양식과 주류를 공급해주지도 않았습니다."

그것은 김산이 도리온 골짜기의 부족원 숙소에 묵으면서 겪은 것이다.

"하단이 죽으면 바랴족은 어떻게 될 것 같으냐?"

김산이 묻자 사내가 숨을 들이켰다가 잠시 후에 대답했다.

"위사장 사타와 경비사령관 우드리 중 하나가 될 것 같습니다. 다른 가문 중에서는 족장감이 없습니다. 하단가문이 전체의 1할밖에 되지 않지만 인재가 많습니다."

"그렇다면 하단이 두 번째 천벌을 받아야 되겠군."

혼잣소리처럼 말한 김산이 사내를 보았다.

"네가 바랴족에게 소문을 퍼뜨려라. 하단이 구타이 편을 들어서 쿠추를 상대로 전쟁을 하려는 것이라고, 그러면 아마 부족원이 동요하겠지."

그러다가 하단이 죽는다면 시라곤 성은 공황 상태가 될 것이다.

방태산으로서는 김산에게 귀싸대기는 맞았으나 은망에 집어넣고 폭파시킨 전적이 공적으로 남았다. 본인의 사기 함양은 물론이고 휘하에 남은 고수(高手)들, 구타이 등 구매자에게 내세울 가치가 떨어진 것이 아니다. 이곳은 타이렌 성, 방태산이 묵는 숙소는 성 밖 골짜기의 폐가다. 아무래도 이곳이 북부의 수도인 이상 성안에 묵고 있기는 거북했기 때문이다.

"이봐, 주토, 서둘러라."

방태산이 재촉하자 주토가 어깨를 부풀렸지만 잠자코 몸을 일으켰다. 술시(오후 8시), 주토는 성안으로 들어가 내성 후문 근처 민가에 있는 황방과 교대를 해야만 한다. 주토의 뒤에 대고 방태산이 말을 이었다.

"쿠추의 식솔이 아직까지 내성에 남아 있을 리는 없어. 총독대리까지 온 이상 내성은 비워 놓았겠지만 말이야."

"오늘이 엿새째요."

투덜거린 주토가 폐가를 나서더니 경공을 펼쳐 어둠 속으로 사라졌다. 낮에는 변신을 한다고 해도 행동에 제약을 받았기 때문에 밤에 수색을 하는 것이다. 방으로 돌아온 방태산 앞에 차경이 다가와 앉았다.

"대인, 놈들에게 우리가 내성 주위를 훑고 다닌다는 것이 다 알려졌을 것입니다."

차경이 말하자 방태산의 얼굴에 웃음이 떠올랐다. 그러나 입을 열지는 않는다.

"대인, 계속하실 것입니까?"

"당연히."

어깨를 편 방태산이 방안을 둘러보는 시늉을 했다.

"난 이미 내 자신도 미끼로 내놓았어. 이번에도 다시 놈을 부르는 거야."

방태산이 아예 목소리를 내어 말을 잇는다.

"정면 대결을 하자는 것이지. 쿠추가 처자 수색을 멈추게 하려면 우리 앞에 나타나는 수밖에 없어."

"그렇군요."

"놈이 살아있다면 나타날 거야."

방태산이 길게 숨을 뱉었다.

"이젠 나도 맡은 일을 떠나서 내 이름을 걸고 놈과 한판 승부를 내고 끝낼 것이네."

"과연."

"강채기가 근처에 있다는 것이 힘이 돼."

차경의 시선을 받은 방태산이 붉은 얼굴을 펴고 웃었다.

"이제 나는 허세도 다 버렸다네. 쿠추만 꺾으면 내 인생을 마쳐도 돼. 그럼 내 이름은 남을 것 아닌가?"

주토가 다가가자 황방이 잠자코 술잔을 내밀었다. 이곳은 내성 후문 근처의 주막 안이다. 주막 안은 손님들로 가득 차 있었는데 절반이 외지인(外地人)이다. 타이렌이 서역으로 가는 대상단의 북방 통로로 개척되면서 몇 년 사이에 외지인이 부쩍 늘어났다. 그러니 그들이 떨구고 가는 경비로 타이렌 성의 경기가 살아나고 있는 것이다. 술잔을 받은 주토가 독음으로 말했다.

"남방 상인들이 많구먼."

"왜 털려고?"

황방은 이미 술에 조금 취했다. 50대 초반의 황방은 천수문파(天水門派)라는 해괴한 무공을 연마한 도인으로 본래 무당산에서 10여 년을 수련한 기반이 있다. 야견 주토로서는 황방의 무공을 이곳저곳에서 모아온 잡술로 여겼지만 내색하지는 않았다. 황방의 말에 주토가 쓴웃음을 지었다.

"이것 끝나면 마음 놓고 털어야지, 동토까지 따라와서 도대체 이게 무슨 꼴이란 말인가?"

"자네가 쿠추를 겪었지?"

"그래, 두 번이나."

쓴웃음을 지은 주토가 어깨를 추켜올렸다가 내리면서 긴 숨을 뱉었다.

"그놈을 다시 보고 싶지 않아."

"허어, 이래서야, 어디."

황방이 눈을 둥그렇게 떴다.

"그래 가지고 싸움이 되겠나? 지난번에 설산인이 그물로 잡아넣는 것을 보았지 않아?"

"그건 운이 좋았기 때문이지."

한 모금에 백주를 삼킨 주토가 말을 이었다.

"쿠추는 죽지 않았어. 설산인이 아무래도 제 분수를 모르는 것 같네."

지붕 위에 앉은 도사 노초성이 머리를 돌려 비호수를 보았다. 밤바람이 불면서 음식 냄새가 맡아졌다. 둘은 주막 지붕 위에 앉아 있는 것이다.

"장군, 저는 구분을 못 하겠습니다."

노초성이 얼굴을 일그러뜨리며 말하자 비호수는 머리를 끄덕였다.

"나도 얼마 전까지만 해도 너와 같았다. 각하께서 진기를 주시기 전까지는 말이야."

"진기를 주시다니요?"

노초성이 물었지만 비호수는 말머리를 돌렸다.

"두 놈이 주토와 황방이란 말이지?"

"예, 방태산이 데려온 무림인 중 둘입니다. 저까지 여섯이 있었는데 아래에 둘이 있군요."

비호수가 머리를 끄덕였다. 황방의 꼬리를 잡은 것이 어젯밤이다. 밤에 내성 근처를 다니는 황방의 뒤를 밟았더니 결국 방태산의 휘하 무림인 중 둘을 만나게 되었다.

"저놈들이 유인하려는 수작이 뻔해."

비호수가 말하더니 곧 쓴웃음을 지었다.

"정면 대결을 하자는 표시야."

"그렇습니까?"

놀란 노초성이 묻자 비호수가 다시 웃었다.

"노초성, 넌 자꾸 네 점괘가 변하는 것을 보고 당황하고 있구나."

"예? 그, 그것이."

"내 몸이 진기로 운용되기 때문이야. 뇌가 넓게 퍼져 있어서 네 시력이 다 미치지 않기 때문이지."

말을 그친 비호수가 손을 뻗어 제 머리에 넣었다.

"아앗."

노초성의 입에서 낮은 외침이 터졌다. 비호수의 손이 머리를 뚫고 들어갔기 때문이다. 머리통을 뚫고 나온 손이 반대쪽에 보인다. 그때 비호수가 말했다.

"이미 내 몸은 진기가 퍼져 있다. 너는 지금 허상을 보는 거야. 그래서 내 머릿속을 읽지 못하는 거야."

임무교대를 해서 황방을 방태산에게 보낸 주토가 탁자에 남은 술을 마저 마시고 일어섰을 때는 해시(오후 10시) 무렵이다. 주막 밖으로 나온 주토가 사방을 둘러보고 나서 숨을 들이켰다. 경공을 일으키기 직전의 모습이다. 거리는 행인이 드문드문 보였지만 밤이 깊어지면서 기온이 급강하하는 터라 곧 텅 빌 것이다. 주토는 어둠 속으로 솟아올랐다. 그러고는 내성 벽을 따라 달리기 시작했다. 이제 내성 구조는 익숙해져 있어서 안쪽 내궁만 진입하지 못했지 어지간한 곳은 다 지나갔다. 가끔 지붕 위에 올라가 집안에서 나는 소리를 듣는 것이 임무인 것이다. 지금까지 엿새 동안 주토, 황방, 차경 셋이서 내성을 수십 번 돌았어도 발각되지 않은 것이다. 그것은 그들만 한 경공과 은신술을 펼치는 고수들이 이곳에는 없다는 증거다. 그러나 땅바닥에 발을 디딘 순간에는 상황이 달라진다. 그때는 실체가 보이면서 내성 경비병과 부딪치게 되는 것이다. 담장과 지붕 위를 날 때하고는 상황이 달라진다. 귀신이 아닌 이상 인간은 피를 흘리고 죽어야 한다는 말하고 같다. 내성의 부식 창고 지붕이 주토가 멈춰서 동정을 살피는 장소가 되었다. 지붕 위에 머리카락이 떨어지는 것처럼 소리 없이 내려앉은 주토가 먼저 주위의 소음을 듣는다. 주토는 별명이 야견(夜犬)이다. 밤의 활동량이 배나 많아지면서 능력도 배가 된다. 무공 수련도 그렇게 해온 것이다.

"아이구, 그만 먹어."

시녀가 누구를 나무라는 것 같다.

"아, 아, 아."

여자의 교성, 방사를 치르고 있다. 꽤 먼 곳이다. 귀를 다른 쪽으로 돌렸을 때 사내가 투덜거렸다. 경비병 같다.

"이 새끼는 교대를 안 시켜주는 거야? 개새끼 같으니."

그때 다른 목소리가 들렸다.

"누구 목소리를 들으려는 거냐?"

주토는 귀를 기울였다. 누가 귀를 기울이고 있는 것 같다. 다시 사내가 옆에 있는 것처럼 말했다.

“땅으로 내려가면 부딪쳐야만 할 테니까 언젠가 들려올 아이와 부인 목소리를 듣겠다는 것이군.”

숨을 들이켠 주토가 머리를 든 순간 옆에서 펄럭이는 옷자락이 보였다. 바로 두 발짝 옆에 사내 하나가 나란히 앉아 있는 것이다. 펄쩍 뛰어 일어나던 주토가 야견 별명이 무색하게 기왓장 하나를 밟아 떨어뜨렸다. 기왓장이 미끄러져 내리는 소리가 요란했다. 그때 옆에 선 사내가 주토를 보았다.

“뭐해? 도망쳐야 할 것 아니냐?”

그 순간 주토가 몸을 날렸다. 같이 몸을 띄운 사내가 나란히 몸을 날리면서 말했다.

“뒤쪽 숲으로 가자.”

주토가 눈을 부릅떴지만 방법이 없다. 뒤쪽 숲이 가장 가깝고 안전하다. 설령 이놈이 덤비더라도 그렇다. 둘의 검은 그림자가 어둠 속을 날아가고 있다. 담장과 지붕, 가끔 나뭇가지를 밟고 뛰어오르는 둘은 거의 같이 움직였다. 주토는 사내의 경공이 자신보다 낫다는 것을 깨달았다. 자신을 따라 나는 것이 그렇다. 모든 공력을 뽑아 뛰어도 사내는 똑같이 따르기 때문이다. 이윽고 둘은 내성 뒤쪽 숲의 복판으로 떨어졌다.

땅으로 내려선 비호수가 호흡을 모았다. 주토를 따라온 것이 비호수다. 황방은 노초성을 시켜 미행시키고는 주토를 맡은 것이다. 10여 보 앞에 떨어진 주토가 이쪽을 응시하고 있다. 대단한 공력이다. 비호수는 자신이 쿠추로부터 진기를 받지 않았다면 이자를 따라올 수 없었다는 것을 실감했다. 주토의 시선을 잡은 비호수가 빙그레 웃었다.

"네 이름이 주토렷다."

"넌 누구냐?"

거의 동시에 둘이 주고받은 대화다. 물은 것은 주토여서 비호수가 대답했다.

"나는 각하를 모시는 몸, 곧 세상을 떠날 놈에게 이름을 알려서 뭘 하겠는가?"

"건방진."

각오를 굳힌 듯 주토의 절구통 같은 몸집이 부풀었다.

"이놈아, 내가 설산인 방태산 따위의 휘하에 들었다고 함부로 보지 마라, 내가 지옥에 가기로 마음을 먹은 이상 혼자 가지는 않는다."

한마디씩 씹어 뱉듯이 말하면서 내력을 축적시킨 주토의 기공은 놀라웠다. 말이 끝난 순간 솟아오른 주토의 몸은 마치 거대한 바위가 번개처럼 떠오른 것 같다. 그 순간 엄청난 폭음이 연거푸 울렸다.

"꽈, 꽈, 꽝!"

주토가 두 손으로 내뻗은 것은 장풍이 아니다. 지금까지 숱한 이야기꾼이 손에서 일어나는 장풍으로 먹고 살았지만 다 지어낸 말이다. 세상에, 딱 막힌 손바닥에서 어떻게 바람이 일어난단 말인가? 1천 년 전 수나라 때 건풍이란 도인이 소매가 넓은 저고리를 입고 팔을 휘둘러 바람을 일으킨 적이 있다. 결국 상대가 칼로 소매를 자르고 이어서 목을 자름으로써 장풍 이야기는 사라졌지만 지금도 가끔 어린애를 속이는 장풍꾼이 있다. 주토가 손에서 내뿜은 것은 소매 속에 끼워놓았던 화약이다. 화약을 둥글게 뭉쳐 구슬처럼 수십 개를 숨겨놓았다가 내던져 일제히 폭발시킨 것이다. 주머니에 쌓여 있던 화약 알맹이가 밖으로 던져지면서 부딪치면 폭발되는 원리다. 그때 주토는 눈을 치켜떴다. 화약탄은 주토에게 필살의 무기였기 때문이다. 앞뒤 가릴 형편이 아니었으므로 대번에 마지막 비장의 무기를 꺼내 치명상을 주려는 의도였는데, 눈앞에 아무것도 없다.

"이놈!"

주토가 이를 갈았다.

그때 비호수는 주토의 뒤에서 진기를 모으는 중이다. 대기 속에 흩어져 있던 몸이 급속히 모이면서 형체를 갖춘 순간 비호수가 손을 뻗었다.

"으아악!"

주토의 입에서 처절한 비명이 터졌다. 비호수의 손이 주토의 가슴을 뚫고 들어갔기 때문이다. 원소 상태로 가슴속을 파고들었다가 급격히 형체를 갖췄으니 갑자기 가슴에 팔이 들어간 형국이다. 비호수는 손에 잡히는 내장을 밖으로 끄집어내었다.

"으아아악!"

내장이 몸 밖으로 뽑혀 나오자 주토의 비명이 밤하늘을 울렸다.

"지옥에 가거라."

비호수가 내장을 던지면서 이 사이로 말했다.

"그래, 내 이름을 알려주마. 나는 비호수다. 잘 가거라."

머리를 돌린 황방이 이를 드러내며 소리 없이 웃었다. 이곳은 외성(外成) 밖의 개울가, 얼어붙은 개울 위에 며칠 전에 내린 눈이 희끗

희끗 드러나 있다.

"따라왔느냐?"

황방이 두 다리를 넓게 벌리고 섰다. 얼어붙기는 했지만 개울을 등지고 섰으니 배수진인가? 짙은 어둠 속, 달도 없는 밤이어서 사방은 마치 먹물을 뿌린 것 같다. 그때 앞쪽에서 자갈 밟는 소리가 들리더니 곧 사람 그림자가 드러났다. 거리는 10보 정도, 그때 황방이 탄성을 뱉었다.

"오오, 노초성, 이 칠삭둥이 점술가, 배신자 놈을 이곳에서 보다니."

"천수문파 교주를 오랜만에 보는군."

노초성이 쓴웃음을 띤 목소리로 받는다. 주위를 다시 둘러본 노초성이 두 발짝 앞으로 더 나섰다. 결국 이 시점에서는 노초성의 미행이 실패했다고 볼 수밖에 없다. 황방을 따라가 근거지를 알아내려고 했기 때문이다. 황방은 인적도 없는 개울가로 노초성을 유인해온 셈이다.

"자, 그러면."

노초성이 두 팔을 늘어뜨린 모습으로 다시 두 걸음 나섰다.

"여기서 끝을 내고 갈라서는 수밖에."

"걸어서 나가는 건 내가 될 걸?"

황방이 두 손을 천천히 치켜들면서 웃었다. 어둠 속에서 흰 이가 드러났다. 둘 사이의 간격은 6보 정도, 그때 황방이 먼저 떠올랐다.

"얏!"

그 순간 노초성도 떠오르면서 손에 쥔 암기를 뿌렸는데 수백 개의 독침이다. 독침 끝에 독을 묻힌 극히 평범한 암기였지만 위력은 엄청나다. 여름날 벌판에서 소낙비를 피할 수 없는 것처럼 누구도 독침을 피할 수 없다. 그때였다.

"아아앗!"

어둠 속에서 함성 같은 기합이 울리더니 빗발이 쏟아졌다. 물? 당황한 노초성이 소매를 흔들면서 옷자락으로 얼굴을 가렸다. 피부에 물이 닿지 않으려는 것이다. 노초성은 황방이 먼저 착지하는 것을 보면서 땅에 발을 디뎠다. 그 순간 노초성은 옷이 타는 느낌을 받았다. 그리고 머리칼이 타는 냄새가 난다.

"으윽."

한 걸음 뒤로 물러서면서 노초성이 몸을 비틀어 저고리를 벗어 던졌다. 앞쪽 황방이 같은 순간 꿈틀거리는 것은 독침의 후유증일 것이다. 소매를 휘두른다고 해도 다 피할 수는 없다.

"으으윽."

그 순간 머리 가죽이 타는 것 같은 고통이 왔고 노초성의 입에서 저절로 신음이 터졌다. 그러나 이것으로 꾸물거릴 노초성이 아니다.

"이아앗!"

노초성이 황방에게 먼저 달려들었다. 어느덧 손에는 등에서 빼낸 장검이 쥐어 있다.

황방은 자신이 뿌린 홍천수에 노초성이 상처를 입은 것을 알았다. 천수문(天水門)이란 곧 하늘에서 내리는 징벌수를 말한다. 황방의 소매 안에는 서역에서 가져온 유리병 두 개에 천수(天水)가 가득 담겨 있었는데 그 천수란 바로 화북성 홍곡령에서 분출되는 홍천수를 말한다. 홍천수를 한 방울만 맞아도 피부를 뚫고 뼈까지 녹인 후에 몸

밖으로 빠져나오는 것이다. 그 홍천수를 노초성이 뒤집어썼으니 곧 결과가 보인다. 그때 노초성이 검을 휘두르며 돌진해왔으므로 황방이 일단 몸을 솟구쳤다. 그 순간 황방은 가슴에 예리한 통증을 느끼고는 눈을 치켜떴다. 조금 전 독침을 휘둘러 쳐냈는데 설마…….

"아앗!"

노초성의 장검이 한꺼번에 네 초식을 운용하면서 가슴과 팔, 배까지 회오리바람처럼 휘몰아쳐 왔다.

"이야앗!"

기합을 내지른 황방이 허리춤의 장검을 발도하면서 세 초식을 펼쳤다.

"쨍! 쨍! 쨍!"

세 차례 막고 마지막 노초성의 초식은 반동을 이용해 치솟으면서 피했다.

"으윽!"

치솟았던 황방의 입에서 저절로 신음이 터졌다. 이제는 목에서도 통증이 온다. 통증은 더 예리했고 깊다. 땅바닥으로 떨어져 내리면서 황방은 어금니를 물었다. 좋다. 동사(同死)하자.

땅바닥에 발을 디딘 노초성은 머리 가죽을 뚫고 들어가는 세 마리의 벌레를 느꼈다.

"으으윽."

극심한 고통이 왔으므로 이를 악문 노초성이 장검을 치켜들었다. 황방도 독침을 맞았다. 10보쯤 앞에 떨어진 황방이 몸을 비틀고 있는 것이 그 증거다. 바늘 끝에는 절강성의 맹독을 가진 오독사의 독이 박혀 있는 것이다. 독바늘을 독물에 넣고 3년 동안 절인 터라 닿기만 해도 독이 번진다. 그 독침 수백 개가 뿜어졌으니 놈이 뿌린 독물과 같은 효과다. 그때 황방이 소리쳤다.

"이놈, 노초성, 같이 죽자."

어둠 속에서 황방의 목소리가 울렸다.

"서로 독을 받고 죽는구나!"

노초성은 머리의 고통으로 입을 떼지 못했다. 벌레가 더 커졌고 세 군데에서 머리뼈를 파고 들어오는 중이다. 그러나 노초성은 기를 쓰고 머리를 들었다. 마지막은 비겁하게 보내지 않으리라.

"이놈! 나, 노초성은 마지막을 의롭게 보낸다!"

그 순간 노초성의 머릿속에서 지금까지 겪은 수많은 사연들이 스치고 지나갔다. 눈 깜박하는 순간이었지만 그 기억이 세밀한 부분까지 정확하게 끊고 지나간다.

"으으으윽!"

노초성은 앞쪽에서 들리는 황방의 신음을 듣고 쓴웃음을 지었다. 동사(同死)다. 첫 합에 둘다 필살의 암기를 던짐으로써 승부를 내보였다. 고수들이나 하는 짓인가? 그때였다. 노초성은 날카로운 새 소리를 들었다.

"휘이이익!"

새인가?

"후죽!"

또 다른 소리, 이것은 깃발이 펄럭이는 소리 같다.

막 쓰러지려던 황방은 뒤에서 누가 받치는 바람에 소스라쳤다. 온몸에 박힌 독침의 효과가 사방에 번지는 중이다. 독침은 모두 8개, 수백 개를 피했지만 8개는 박혔다. 그 8개가 온몸을 녹이고 있는 것이다. 그때 등에 뜨거운 기운이 덮여지면서 황방이 저절로 숨을 들이켰다. 누구인가? 나를 구해주러 왔는가? 혹시 설산인인가? 그때 황방의 귀에 목소리가 파고들었다.

"숨을 들이켰다가 길게 뱉도록."

여자 목소리다. 놀란 황방이 눈을 치켜떴다가 숨을 깊게 들이마셨다. 그러고는 길게 내뿜었더니 등에 붙었던 뜨거운 기운이 오장을 훑고 올라가 긴 숨과 함께 나가는 느낌을 받는다. 그때 여자가 말했다.

"됐다."

숨을 들이켠 황방이 어느새 온몸에 퍼져 있던 고통이 흔적도 없이 사라진 것을 깨달았다.

"누구시오?"

황방이 물었을 때 등의 감촉이 사라지더니 인기척도 없어졌다. 귀신인가? 황방이 주위를 둘러보았다. 없다. 아무것도.

땅바닥으로 쓰러졌던 노초성의 볼에 차가운 자갈이 닿았다. 이제 죽는다. 갑자기 편안해진 느낌이 든 노초성의 입가에 옅은 웃음이 떠올랐다. 그때 머릿속이 맑아지면서 고통이 사라졌다. 죽었구나. 노초성은 길게 숨을 뱉었다. 죽으면 고통이 없어지는 것이다. 어쨌든 황방하고 동사했으니 이름값은 한 셈인가? 대장군 비호수의 측근이 되어 새 인생을 살고 싶었는데 운명이 허용치 않은 것 같다. 볼에 닿은 개울가 자갈이 차가웠으므로 저절로 머리를 들었던 노초성이 숨을 들이켰다. 아니, 죽은 시체가 찬 감촉을 느낀단 말인가? 머리의 벌레가 흔적도 없이 사라진 것을 보면 현실은 아닐 터, 그때 노초성의 귀에 목소리가 울렸다.

"일어나라."

여자 목소리다. 대경실색을 한 노초성이 벌떡 일어나 우선 제 몸을 보았다. 이곳은 저승이 아니다. 그리고 내가 살아 있다. 노초성이 주위를 둘러보았지만 인기척이 없다. 그러나 저기 앞쪽, 10보 거리에서 있는 그림자, 저놈, 황방도 살았단 말인가?

채화진이 어둠에 덮인 강가를 응시했다. 이곳은 노초성의 뒤쪽 20여 보 거리의 낮은 바위 위, 노초성의 머리에 박힌 세 방울의 홍천수를 끄집어낸 채화진이 뒤로 물러가 있는 것이다. 앞쪽 어둠 속 어딘가에 황방을 구해낸 괴물이 있다. 엄청난 위력을 가진 괴물, 황방의 몸에 박힌 독침을 빼주고는 모습을 감추었지만 어딘가에 있다. 채화진이 마음의 평정을 갖추고는 몸을 넓게 분산시켰다. 채화진은 지금 진기 상태로 어둠에 덮인 대기 위로 넓게 퍼져 있었으니 형체가 보이지 않는다. 이윽고 채화진은 앞쪽 개울 건너 30보쯤 거리의 바위 옆에 서 있는 여인을 발견했다. 저 괴물이 누구겠는가? 바로 강채기다. 삼관필을 태워 죽인 괴물, 그 후로 총독께서 잡아 한(恨)의 일부분만 푼 것인가? 그렇다면 오랜 맹우(盟友)였던 삼관필의 나머지 한을 내가 풀리라. 채화진은 대기 속을 천천히 나아갔다. 아직 우두커니 서 있는 노초성의 옆을 지났지만 눈치채지 못한다. 노초성이 황방을 미행했을 때부터 채화진은 뒤를 따르고 있었던 것이다. 그런데 강채기가 함께 황방을 따르고 있는 것은 알지 못했다. 강채기의 무공이 뛰어났다는 증거일 것이다. 채화진은 이제 씩씩거리고 있는 황방에게 다가갔다.

강채기가 눈을 치켜뜨고 앞을 응시했다. 앞쪽 어딘가에 대기 속을 진기로 떠도는 괴물이 있다. 그러나 쿠추는 아니다. 그럼 누구인가? 여자다. 여자가 그런 능력을 가졌다니, 그년의 목소리를 들은 순간 온몸의 모공이 벌어졌다. 형체가 보이지 않는 괴물, 쿠추와 같은 능력을 보유한 괴물이 노초성을 살렸다. 내가 황방의 등에 내력을 뿜어내어 독기를 빼내 준 것처럼. 그러나 황방의 홍천수는 액체이지만 고체 같은 힘으로 몸에 파고드는 것인데 그것을 어떻게 빼낸 것일까? 강채기는 앞으로 길게 숨을 뱉었다. 입에서 더운 기운이 20자(6m) 밖으로까지 뿜어 나간다. 좋다. 오너라. 강채기는 다시 긴 숨을 뱉었다. 네가 지금 이 근처에 있다는 것을 안다. 그러나 지난번 쿠추에게 당한 것처럼 호락호락 당하지는 않겠다. 설령 내 앞에 쿠추가 있더라도 그렇다. 그 순간이다.

"으아악!"

앞쪽 20보 거리에 있던 황방이 처절한 비명을 지르면서 주저앉았다. 숨을 들이켠 강채기가 그 순간 황방의 앞쪽에 나타난 인체의 형체를 보았다. 그년, 조금 전 노초성의 옆에 나타났던 그년, 행동으로 옮기기 전에는 형체를 갖춰야 하기 때문에 대기 속에 숨어 있다가 형체를 갖추는 것이다.

"에익!"

그 순간 강채기가 손에 쥐고 있던 화기를 쏘았다. 내공이 섞인 황탄이 날아가 정확하게 형체를 맞춘다.

"됐다."

강채기가 마음속으로 외친 순간에 화기가 폭발했다.

"꽈광쾅!"

삼관필을 잡았을 때보다 다섯 배나 강하며 빠른 화기, 이것은 강채기의 비장한 무기다. 열화황탄이 폭발하면서 옷가지와 살점이 하늘로 치솟았다. 푸른 섬광이 주위를 비췄는데 마치 지옥불 같다. 바위와 자갈이 하늘 높이 치솟았다가 우박처럼 쏟아지면서 땅바닥과 어지럽게 부딪치는 소리도 요란했다. 강채기는 자신이 던진 열화황탄에 숨이 끊어지던 황방의 몸까지 갈기갈기 찢어지는 것을 상관하지 않았다. 이미 죽은 목숨인 것이다. 바윗덩이가 다 떨어져 내렸을 때 주위에 피비린내가 풍겨왔다. 살점과 피가 개울가에 좍 퍼졌으리라, 두 시체인가? 강채기가 두 손에 다시 열화황탄을 쥐고 앞으로 나아갔다. 얼어붙은 개울 폭은 10보 정도밖에 되지 않았으므로 단숨에 날아 건넌 강채기가 폭발로 두 자나 깊게 파진 구덩이 근처를 둘러보았다. 앞쪽 20보 거리에 노초성이 망연자실한 표정으로 서 있었지만 개의치 않았다. 노초성쯤은 화기를 쓰지 않아도 단숨에 제압할 수 있는 것이다. 시체는 갈기갈기 찢어져서 성한 팔다리도 남아 있지 않았다. 그때 뒤쪽에서 인기척이 났다.

"아앗!"

인기척을 느낀 순간 강채기가 몸을 돌리면서 또 한 개의 열화황탄을 엄청난 속도로 내쏘았다. 실로 전광석화와 같은 움직임이다.

"꽈꽝!"

이번에는 황탄이 허공에서 폭발했는데 푸른 섬광이 비처럼 땅바닥을 덮어씌우면서 바위와 흙무더기가 솟았다.

"됐다!"

외치지는 않았지만 강채기의 눈이 번쩍였다. 황탄의 폭발에 섞인 옷자락과 살덩이를 본 것이다.

"이년, 끝났다."

몸을 날린 강채기가 풍우처럼 대들었을 때는 허공으로 치솟았던 자갈과 흙이 다 떨어져 내리기도 전이다. 강채기의 두 손은 이제 두 자루의 비도를 쥐고 있었는데 길이는 한 자밖에 안 되지만 56가지 초식을 발휘할 수가 있다. 지금 강채기는 10할의 공력을 다 쏟아내는 중이다. 방심하지 않는다. 그때였다. 강채기는 여자의 목소리를 들었다. 뒤쪽이다.

"강채기, 아직 멀었다."

그 순간 강채기의 두 손이 원을 그렸고 칼 빛이 번쩍였다. 빈틈없는 방어와 함께 원안으로 들어온 모든 생물이 칼날 위에 놓이게 된다.

"쨍, 쨍, 쨍."

칼날 부딪치는 소리가 날카롭게 밤하늘을 울렸다. 보라. 칼 빛과 함께 강채기의 몸이 번쩍이더니 어느덧 보이지 않는다. 칼날이 무서운 속도로 회전하면서 몸이 가려진 것이다. 56수는 공력과 방어를 겸한 검법으로 모든 방면과 모든 수단에 대비한 검법, 당문 당주였던 부친 강득귀는 본래 검술의 명인이었는데 그 비기를 전수받은 자는 오직 외동딸 강채기뿐이다. 이 원진에 들어오는 어떤 생물도 살아남지 못한다고 알려져만 왔다. 왜냐하면 강채기가 처음으로 이 56수를 시전하기 때문이다. 그때 강채기는 눈앞에 형체를 갖추고 나타난 채화진을 보자 빙그레 웃었다. 그러고는 섬광처럼 덮쳐갔다.

노초성은 얼이 빠진 얼굴로 모습을 드러낸 채화진을 보았다. 강채기의 비도원진은 지금까지 노초성이 듣도 보도 못한 검법이다. 검법이라기보다 홀연히 떠오른 이상 현상 같았다. 깊은 밤, 검광이 번쩍이며 원을 이루는 이 현상은 마술 같다. 둥근 원이 번쩍였고 강채기는 그 안에 있는 것이 분명하지만 보이지 않는 것이다. 그러나 홀연히 모습을 드러낸 채화진이 장검을 어깨에 멘 자세로 원을 향해 다가가고 있다. 태연한 모습, 한 걸음씩 거침없이 발을 뗀다. 숨을 죽인 노초성이 어금니를 물었다. 자신은 이 도깨비들과의 싸움에 끼어들 수가 없다는 것을 깨달았기 때문이다. 끼어들었다가는 방해만 될 뿐이다. 그때였다. 채화진의 몸이 원안으로 쑤욱 들어갔다.

"아아악!"

그 순간 비명 같기도 하고 기합 같기도 한 외침이 원안에서 울렸다.

강채기의 검광 안으로 들어선 채화진의 눈앞이 환하게 밝아졌다.

"아앗!"

그 순간 채화진의 입에서 어둠을 찢는 기합이 울렸다.

"째쨍! 쨍!"

칼날 부딪치는 소리가 산천을 울렸다. 그 순간 채화진이 손에 쥔 석 자짜리 장검이 토막으로 부서지는 것을 보았다. 검광에 밀린 것이다.

"과연"

채화진이 장검을 내던지고는 두 손을 앞으로 내뻗었다.

"보아라!"

날카로운 외침과 함께 채화진의 소매 속에서 흰 분말이 뿜어졌다.

극독이다. 삼상산, 지곡천, 용화협에서 캐온 독극물 분말이 흰 증기처럼 뿜어졌다. 다음 순간 원안은 흰 분말로 가득 찼다. 같이 마시면 다 죽는다.

"앗!"

외마디 외침이 울렸다. 다음 순간 원이 사라지면서 강채기의 모습이 드러났다. 눈을 치켜뜬 강채기의 모습은 귀녀(鬼女)였다. 두 손으로 비도를 상하로 겨눈 채 채화진을 노려보았다. 거리는 20보로 떨어져 있다.

"이년, 승부를 내자."

강채기가 소리쳤다.

"둘 중 하나는 죽는다."

그 순간 채화진이 다시 맨손으로 덮쳐갔다. 입을 꾹 다문 채 두 손을 앞으로 뻗었는데 손바닥이 앞쪽을 향해 펼쳐졌다. 그때였다. 강채기의 비도가 유성처럼 날아왔는데 두 자루는 각각 한 자의 간격을 두었고 앞뒤로도 한 자 거리다.

"에익!"

다시 강채기의 기합이 울렸는데 이번에는 마주 뛰면서 소매를 펼쳤다. 그 순간,

"퍼엉!"

비도에 이은 화기가 발사되었다. 화광이 번쩍이며 불길은 번갯불 같다. 비도에 이은 섬광, 그 어느 것 하나도 피할 수가 없다.

"펑! 펑! 펑!"

비도가 맞는 것과 동시에 화기가 폭발했다. 이번 화기(火器)는 비도 손자루에 장착된 화약과 연쇄 폭발을 일으켰는데 섬광이 주변을 환

하게 비추면서 동시에 불길이 20자(6m)나 솟아올랐다. 20자 반경의 모든 물체를 순식간에 재로 만드는 위력이다.

"됐다!"

강채기가 몸을 날려 불길 주위를 돌았는데 채화진의 모습은 보이지 않는다. 한 바퀴, 두 바퀴를 돌았을 때 불길이 사그라지면서 섬광도 희미해졌다. 세 바퀴를 돌았을 때는 푸른 섬광만 번쩍였다가 네 바퀴를 돌자 그것도 없어졌고 귀녀 하나만 어둠 속에 옷자락을 펄럭이며 서 있다.

"네년이 원소로 변했다고 해도 내 섬광탄은 피하지 못했을 것이다."

강채기의 목소리가 어둠 속을 울렸다.

그 소리를 채화진이 허공에서 듣는다. 몸을 날려 강채기에게 접근하는 순간 채화진은 화약 냄새를 맡았다. 진기를 흡수하기 전에는 강채기의 옷자락과 비도 손잡이에 넣고 밀봉해진 화약을 구분하지 못했을 것이었다. 서역산 화약은 강력한 반면에 냄새도 적다. 그런데 지금은 다르다. 그리고 강채기가 간과한 것이 있다. 진기를 흡수한 몸은 전체가 대기로 변하든가 전체가 환원하든가 둘 중 하나가 아니다. 채화진은 몸의 일부분만 환원시키고 나머지는 허공으로 솟아올라 있었던 것이다. 강채기가 득의에 차서 소리치고 있을 때 채화진은 천천히 내려갔다. 대기에서 천천히 환원하면 무거운 안개처럼 땅바닥으로 내려앉는다. 내려가면서 채화진이 말했다.

"동토에서 혈우가 내리는구나."

몸체로 다 환원하기 전이어서 목소리가 기괴했지만 다 들리기는 한다. 다시 채화진이 말했다.

"동토에서 원한의 혈우가 내린다."

목소리는 넓고 또한 울림이 강하다. 그것은 대기에 퍼져 있던 채화진의 성대가 제각기 목소리를 내고 있기 때문이다. 수만 개 세포가 일제히 합창 하는 터라 수만 명이 소리치는 것처럼 메아리로 돌아온다. 소스라친 강채기가 주위를 둘러보고 있는 것이 내려다보였다. 강채기가 허리춤에서 두 개의 원탄을 꺼내 들고 있는 것도 보인다. 그 순간 채화진의 눈앞에 삼관필의 얼굴이 떠올랐다. 이어서 김산의 얼굴이 이어진다.

"전하, 저에게 맡기십니까?"

채화진의 머릿속에 떠오른 말이다. 이곳에 강채기와 있는 것을 안 순간부터 이것이 숙명인 것을 깨달았다. 비호수는 김산의 처자를 보호하는 역할이지만 자신은 적을 치는 역할이다. 공수(攻守)가 분명하게 나누어져 있다. 그때 채화진의 형체가 땅바닥에 내려앉았고 기다렸던 강채기가 두 손을 휘저으며 달려들었다. 역시 56기를 운용한다. 두 손을 회오리바람처럼 돌리면서 주먹 쥔 손으로 채화진을 쳤는데 손바닥이 펴지지 않는다. 순식간에 12수를 펼치는 바람에 채화진은 몸을 비틀고 솟고, 굽히면서 피하기만 하는 터라 강채기의 기세가 더욱 상승되었다. 또 기회가 온 것이다. 다음 순간 강채기가 더 접근하면서 눈빛이 강해졌다. 22개 초식이 펼쳐진 순간 강채기의 손바닥이 벌어지기 시작했고 24식이 되었을 때다. 강채기가 두 손을 펴더니 손에 붙어 있던 검정색 원탄을 채화진의 옆구리와 목 근처로 옮겨갔다. 초식을 운용하면서 손바닥이 그쪽 가깝게 접근했다고 말해야 옳다. 그 순간이다. 숨을 들이켠 채화진이 다시 손톱만 한 진기만 남기고는 솟아올랐고 나머지 몸통은 원소가 되어서 허공으로 솟아올랐다. 그러나 그것을 강채기는 모른다. 그리고 다음 순간 남아 있던 채화진의 몸통이 두 팔을 뻗어 강채기의 두 팔을 잡았다. 그때 강채기가 기쁨에 넘쳐 소리쳤다.

"동사(同死)냐? 좋다!"

그때 허공에서 채화진이 울림이 강한 목소리로 대답했다.

"난 여기다! 죽기 전에 보도록!"

놀란 강채기가 시선을 들었을 때 검은 허공 높이 떠 있는 채화진을 보았다. 강채기가 다시 시선을 내려 자신을 잡고 있는 채화진을 보았다. 시선을 받은 채화진이 빙그레 웃었다. 그 순간이다.

"꽈꽈꽝!"

엄청난 폭음이 울리면서 채화진과 강채기의 몸통이 산산조각으로 흩어졌다. 화광과 함께 폭파된 사물이 수만 개 조각으로 찢겨 허공으로 솟아올랐는데 피가 비처럼 뿌려졌다. 두 사람의 형체가 찢겨졌지만 실상은 하나의 육체다. 나머지 하나는 머리카락 몇 올만 남겨놓고 허공에 떠 있었기 때문이다.

"장렬했구나."

노초성으로부터 대결 전말을 보고받은 비호수가 눈을 가늘게 뜨고 말했다.

"강채기의 무공이 막강했다. 우리가 진기 운용을 못 했다면 이미 이승 사람이 아니었을 것이다."

"장군, 이제 방태산 일당이 남아 있습니다."

노초성이 똑바로 비호수를 보았다.

"방태산 또한 수단이 악착같고 비기(秘器)가 많아서 측량할 수도 없는 놈입니다."

비호수가 머리를 끄덕였다. 김산도 방태산의 은망에 잡혀 상처를 입었지 않은가? 강호의 비기(秘器), 비기(秘技)는 측량할 수가 없는 것이다.

"이번 일에 네 공도 크다."

비호수가 뒤늦게 노초성을 칭찬했다.

"네가 목숨을 걸고 미끼 노릇을 한 덕분에 대어를 잡았다."

그 시간에 시라곤성(城)의 성주 하단이 위사장 사타에게 말했다.

"사타, 네가 경비사령관을 맡아라."

긴장한 사타가 시선만 주었고 하단이 말을 이었다.

"우드리가 내 처신에 불만이 많은 것 같다. 구타이 님의 종노릇을 한다고 측근들에게 말하는 모양이야."

"그럼 우드리를 어떻게 하시려는 것입니까?"

주위를 둘러본 사타가 조심스럽게 물었다. 성의 정청 옆쪽의 접견실에 둘이 마주보고 앉아 있다. 우드리와 사타는 바라족 족장이며 시라곤 성주인 하단의 양대(兩大) 심복이다. 그때 하단이 목소리를 낮추고 말했다.

"처리해야지."

"어떻게 말씀입니까?"

"오늘 중으로 이곳으로 부른 다음 위사들을 매복시켜 처단하겠다."

"성주."

길게 숨을 뱉은 사타가 하단을 보았다.

"구타이하고 인연을 끊지 못한 것이 성주의 실책이었소."

"그게 무슨 말이냐?"

"구타이 덕분에 성주가 되었지만 대세를 보고 결별을 했어야 성주의 명이 길어졌을 것이라는 말이오."

"아니, 이놈이."

하단이 눈을 부릅뜬 순간이다. 사타가 허리에 찬 칼을 후려치듯이 뽑아내었고 그 칼날에 목이 잘린 하단의 몸통이 뒤로 넘어갔다. 잘린 목에서 피가 분수처럼 솟아오른다. 그때 사타가 칼을 손에 쥔 채로 접견실을 나와 청을 가로질렀다. 청에 서 있던 관리 서너 명이 그것을 보더니 입을 벌렸다가 닫았고 서너 명은 접견실로 뛰어 들어갔다. 청을 나온 사타가 빠른 걸음으로 회랑을 건너더니 이제는 정원을 뛰어 건넜다. 그러고는 내성 밖에 매어놓은 말에 올라 박차를 넣고 달렸다. 성문을 빠져나간 사타가 말의 속도를 늦췄을 때는 한식경(30분)쯤 후다. 그때는 사타의 얼굴이 변해 있었는데 바로 김산이다. 김산이 사타로 위장해서 성주 하단을 처단한 것이다. 사타는 이미 어젯밤에 죽여 야산에 묻었다.

"사타가 말이냐?"

우드리가 묻자 장교는 숨을 억누르며 대답했다.

"예, 위사들은 물론 청에 있던 관리 10여 명이 사타가 접견실에서 나와 도망치는 것을 보았습니다."

우드리는 어금니만 물었지만 진막 안은 순식간에 혼란에 휩싸였다. 장군들이 서로 떠들었기 때문이다. 경비 장교는 위사장 사타가 성주 하단을 베어 죽이고 도망쳤다는 것을 보고한 것이다. 우드리가 손을 들자 진막 안은 조용해졌다. 눈을 치켜뜬 우드리가 물었다.

"사타는 지금 어디 있느냐?"

"말을 타고 도주했습니다. 서문으로 나갔다고 합니다."

숨을 고른 장교가 말을 이었다.

"어서 성으로 가보셔야 합니다. 시중 구스타 님이 빨리 들어오시라고 하셨습니다."

"알았다."

어깨를 편 우드리가 다시 조용해진 진막 안의 장군들을 보았다. 모두 우드리의 심복들이다.

"출동 준비해라. 성안으로 들어간다."

"예엣!"

일제히 대답한 장군들이 서둘러 진막을 나갔는데 모두 활기가 띠어져 있다. 앞으로의 순서가 선명하게 보였기 때문이다. 2인자 자리를 놓고 경쟁하던 위사장 사타가 성주를 베고 도망친 바람에 대권(大權)은 자연스럽게 우드리 차지가 된 것이다.

진막에 위사 둘만 남았을 때 우드리가 손을 저어 그들을 내보냈다. 그때 진막 안쪽에서 사람의 형체가 드러났다. 김산이다. 우드리가 김산을 향해 두 손을 땅바닥에 짚고 머리를 숙였다.

"말씀하신 대로 연락이 왔으니 성으로 들어가겠습니다."

"내성 안에 있는 무림인들과 석태자가 당황할 테지만 너희들 바랴족에 대해서는 간섭할 수 없을 것이다."

김산이 정색하고 우드리를 보았다.

"내가 너희들 바랴족의 멸망을 막아준 것이나 같다. 알겠느냐?"

"예. 각하."

"가서 새 성주가 되어라."

"충성을 바치겠습니다."

다시 한 번 이마를 땅바닥에 붙인 우드리가 자리에서 일어섰다. 김산은 하단을 처리하기 전에 우드리로부터 충성 약속을 받은 것이다. 우드리는 구타이로부터 벗어나지 못하는 하단에 대해서 불만을 품고 있었을 뿐만 아니라 제거당할 것 같다는 분위기도 눈치채고 있었기 때문이다. 우드리가 서둘러 진막을 나갔을 때 다시 김산의 형체가 사라졌다.

광문을 찾아온 선교주 석태자의 얼굴은 찌푸려져 있다. 석태자는 제자 춘과 추를 대동하고 왔는데 5대 제자 중 이제 넷만 남았다. 하가 암살당했기 때문이다. 내성 안의 작은 청에는 광문과 12인 무인 중 차석, 공치선 그리고 석태자 일행 셋까지 다섯이 마주보고 앉았다. 구타이 가족 보호책임을 맡은 외래(外來) 무인들의 협의인 셈이다.

"장군, 바랴족 내부 반란에 개입할 수는 없으니 우드리가 새 성주가 되는 것을 놔둘 수밖에 없지 않겠소?"

"어쩔 수 없지요. 하지만."

입맛을 다신 광문이 눈썹을 모으고 석태자를 보았다.

"우드리가 구타이 대감께 얼마만 한 충성심을 품고 있느냐가 문제올시다."

"그렇다고 우리더러 내성을 비우라고 할 리가 있소? 그것은 둘째 문제요."

"하긴 위사장 사타가 갑자기 광기(狂氣)가 발작하여 하단을 벤 것이 수상합니다."

광문이 이 사이로 말하자 석태자가 쓴웃음을 지었다.

“이제야 장군도 쿠추를 의식하시는군. 장군도 그것이 쿠추의 소행 같소?”

“진기를 품어 대기로 변한다면 그쯤 못 할 바가 없지요.”

“아무래도 우리는 곧 쿠추와 대면하게 될 것이오.”

어깨를 부풀렸다가 내린 석태자가 말을 이었다.

“쿠추가 서두르는 것 같소.”

“허나 내성에는 접근하지 못할 것이오.”

광문이 이 사이로 말하고는 지그시 앞쪽을 보았다. 초점이 멀어진 시선이다.

“이제야말로 쿠추와 대결하게 되었군.”

혼잣말을 한 광문의 얼굴에 웃음이 떠올랐다.

“길고 짧은 것은 대봐야 안다고 했소. 대결에서 패한 자가 꼭 실력이 떨어졌기 때문이 아니오.”

석태자는 대답하지 않았다.

안에 구타이의 처자가 있다. 내성 사랑채 지붕 위에 떠 있던 김산이 형체를 만들면서 발을 디뎠다. 해시(오후 10시)가 되어가는 중이다. 사랑채가 셋 나란히 세워져 있었는데 가운데 채의 왼쪽 방 6개가 구타이의 처자식이 사용하는 공간이다. 처와 자식 셋, 구타이가 제 목숨보다 더 아끼고 있다는 것은 지금까지의 정황을 보면 다 드러났다. 머리를 든 김산이 하늘을 올려다보았다.

밤이 되면서 기온이 급격하게 내려갔지만 오늘 밤은 맑은 밤하늘이 드러났다. 별무리가 떨어져 내릴 것처럼 반짝이고 있다. 같은 하늘 아래 다른 땅에서 내 부모 형제가 처참하게 살해당했다. 그 살인마의 처자식이 바로 발밑에 있는 것이다. 하늘의 계시인가. 그 자식들의 나이가 살해당했을 때 동생들과 같다.

그때 바람이 불었다. 미풍이다. 그러나 올려다본 하늘의 별들은 흔들리지 않는다. 근처에서 부는 바람이라는 표시다. 머리를 돌린 김산이 앞쪽 지붕 위에 서 있는 검은 그림자를 보았다. 그리고 옆쪽에도 또 있다. 그 옆에도, 그 뒤에도. 천천히 둘러본 김산의 얼굴에 웃음이 떠올랐다.

"왔느냐?"

"네가 유인한 것도 알고 있다."

역시 웃음 띤 목소리로 대답한 사내는 광문이다. 광문은 앞쪽 지붕에 서 있었고 주위를 둘러싼 11명이 모두 무림인. 사방을 빈틈없이 둘러쌌고 김산은 그 중심에 있다.

"모두 훌륭한 자질이나 이름 없이 황금에 팔려 동토까지 올라왔구나."

김산의 목소리가 허공으로 울렸다.

"너희들이 뿌린 피가 혈우(血雨)가 되어 뿌려지리라."

"닥쳐라. 쿠추."

광문이 어깨를 부풀리며 말했다.

"네가 생명체인 이상 피해갈 수는 없다."

그 순간 광문이 허공으로 솟았고 동시에 사방에서 넷이 뒤따라 솟구쳤다. 김산은 그 중심에서 움직이지 않는다.

"얏!"

먼저 광문의 손에서 쏘아져 나간 흰 뭉치는 바로 금사(金絲). 3백여 년 전 하남의 괴인 초성이 금사로 수백 명 무인을 죽인 후에 종적을 감췄다는 전설로만 남겨진 금사가 나타났다. 금사는 거미줄처럼 가는 금실 뭉치로 던지면 몸에 엉겨 붙어 살점은 물론 뼈까지 베어낸다고 전해져 왔다.

"아앗!"

동시에 사방에서 덮쳐온 무인 넷이 김산을 향해 각기 네 종류의 암기를 던졌다. 천(天), 지(地), 현(玄), 황(黃). 화약으로 뭉친 탄과 비수, 표창, 독분(毒粉)이다.

김산은 찬 칼을 후려쳐 빼내면서 금사를 쳤다.

"펑!"

금사가 산산조각이 나면서 사방으로 퍼졌는데 그것이 곧 수천 가닥으로 나뉘면서 밤하늘을 가득 덮었다. 그리고 보라. 금사가 김산의 머리 위로 쏟아져 내린다.

"꽝, 꽝!"

이어서 화약이 김산의 머리 위에서 폭발했고 비수와 표창이 몸통에 박혔고 독분이 금사와 함께 쏟아졌다. 그때였다. 넷이 땅에 발을 디뎠을 때 나머지 일곱이 뛰어올랐다.

"에잇!"

일제히 외침을 뱉은 일곱이 일사불란하게 검과 칼, 단검과 단창을 휘두르며 육박해 왔다. 빈틈이 없다. 김산은 몸을 비틀어 칼을 막고 창을 막았다. 이미 몸은 금사로 뒤덮였으며 독분과 비수가 가득 박힌 상황이다.

"됐다."

10보쯤 떨어진 지붕 위로 착지한 광문이 외쳤다. 두 눈이 어둠 속에서 번들거리고 있다.

"이제 쿠추를 잡았다."

그것을 신호로 다시 넷이 뛰어올랐고 광문이 뒤를 따랐다.

"꽝, 꽝!"

다시 천, 지, 현, 황의 폭음이 터지면서 비수와 독분이 뒤덮였다. 일곱 무인들의 공격이 다시 휘몰아쳐 왔다.

"저것 봐라."

석태자가 외쳤을 때는 김산의 옷조각이 바람에 흩어지고 있었다. 검과 칼, 비수의 난도질에 옷자락이 베어진 것이다.

"이제 쿠추가 끝난다."

어깨를 부풀린 석태자가 탄성을 뱉었을 때 선임 제자 춘이 말했다.

"교주. 저희들 셋이 합세하겠습니다."

"아니. 기다려라."

머리를 저은 석태자가 손으로 앞쪽을 가리켰다. 이제 50보쯤 앞의 지붕 위는 격렬한 폭음과 함께 흰 연기에 뒤덮여 있다. 연기는 곧 금사와 독분이 뒤섞인 치명적인 함정이나 같다. 그 연기 속에서 치솟았다가 들어가는 12명의 무인은 인간 같지가 않다. 그러나 쿠추는 보이지 않는다. 12명에 눌려 연기 안에 있는 것 같다.

"저들의 행동은 손짓 하나에도 절도가 있고 순서가 있다. 12명이 머리카락 한 올 차이도 없이 진퇴를 거듭하는 것이다. 우리의 벽력진과 같다.

"그렇군요."

유심히 보던 일이 말했다.

"끼어든다면 오히려 방해가 되겠습니다."

"기다려라."

석태자가 앞쪽을 주시한 채 말을 이었다.

"빈틈이 생길 때가 온다. 그때 우리가 일제히 들어가면 쿠추를 잡을 수 있어."

"잡았다."

광문이 외쳤을 때는 쿠추가 뛰어오르다가 몸을 비튼 것을 봤기 때문이다. 쿠추는 몸에 금사를 뒤집어쓴 데다가 독분까지 덮쳐서 마치 겨울날 눈더미를 맞은 것 같다. 더욱이 쿠추의 몸을 뚫고 들어간 비수와 표창, 단창이 수십 개도 넘는다.

"에에잇!"

12도인 중 8번째 서열인 적귀는 가장 성미가 급했다. 그래서 땅을 박차고 올라 쿠추의 마지막 숨통을 끊었다. 적귀의 장검이 쿠추의 허리를 정확하게 잘랐다.

"오오."

반대편에 서 있던 6번째 제자 동배가 탄성을 뱉었다. 쿠추가 잘린 것이다. 그 순간이다.

"펑!"

아직 허공에 떠 있던 적귀의 몸이 터졌다. 온몸이 폭발하면서 체내에 있던 피가 모조리 뿜어져 근처에 있던 도인들은 모두 피 벼락을 맞았다.

"아앗!"

놀란 도인 두어 명이 일제히 외침을 뱉었다. 12도인 중 첫 희생자다.

김산이 땅바닥에 발을 디딘 순간 다시 도약했다. 이번에는 좌측 끝에 서 있는 7번째 도인. 양손에 비검을 쥐고 있는 7번은 몸이 빠르고 수단이 악랄했다. 눈의 살기가 지금까지의 밥 먹듯이 한 살생을 대변했다.

"이런."

김산의 몸이 귀신처럼 앞으로 나타나는 바람에 놀란 7번이 비검을 바람개비처럼 돌렸지만 늦었다.

"아악!"

처절한 비명이 밤하늘에 울리더니 7번의 몸이 허공에서 조각으로 잘렸다.

"다시 혈우(血雨)가 내렸다.

"아니."

뒤쪽 광문의 입에서 외마디 외침이 일어났다. 눈 깜박하는 사이에 도인 둘이 처참한 시체가 된 것이다. 광문이 소리쳤다.

"모두 떠라! 필살공이다!"

목숨을 내놓고 덤비는 자보다 더 무서운 상대는 없다. 그것은 단순한 수단이라도 필살공으로 만든다.

"으와악!"

허공으로 떠오른 10명의 도사가 일제히 기합을 뱉자 밤하늘이 울렸다. 그 순간이다. 김산이 떠올라 무리 속으로 끼어들었다.

"으아아악!"

밤하늘에 터질 것 같은 비명이 울린다.

석태자가 숨을 들이켰다. 주위에 둘러선 네 명의 제자도 돌처럼 굳어 있다.

동토에 혈우가 내린다.

흰 연기 속이어서 피비는 더욱 선명하게 드러났다 피비에 섞여 갈기갈기 찢어진 살과 뼛조각은 눈발처럼 보인다.

"으으으."

석태자의 입에서 신음이 터졌다. 그러고는 몸을 돌렸다. 눈의 동공이 커져 있다.

"돌아가자."

<2권 계속>